末日前，MEET DEMON GIRL BEFORE ARMAGEDDON 1
我把惡魔少女
誘拐回家了！

黑貓C——著
Fori——繪

目錄

MEET DEMON GIRL
BEFORE ARMAGEDDON

作者序

在二〇一七年初，剛好投稿了「島田莊司推理小說獎」，還沒有知道結果，但心想不論結果如何，不如繼續練習寫作吧。磨練寫作技巧最直接的方法就是動手寫，只要寫個一百萬字，至少應該不會退步？一百萬字聽起來好像很多，不過只要每天二千字，五百日就寫好了！

當時就這樣訂下了目標，那麼題材呢？有題材能夠讓我輕鬆每天寫二千字的嗎？我大概寫不出百萬字的推理小說，假如每一萬字殺一個角色，那就至少要死一百個，聽起來一點都不輕鬆。我想寫輕鬆的、能夠扯天扯地的，然後便想起了神話故事。

我想很多人，尤其是年輕的時候，都曾經沉迷過那些奇奇怪怪的傳說吧。例如為了爭奪「送給最美麗的女神」的金蘋果，令希臘眾神分成兩派，引發特洛伊戰爭，即使是神話也充滿人性呢；看到因幡國的白兔因欺騙海鱷，結果被扒光全身兔皮的故事，這情節讀起來很像《伊索寓言》。然而這故事還沒結束，之後有八十位兄弟神因為傾慕因幡國的女神，而前往該地向她求婚，途中看見白兔不但不幫助牠，反而騙牠走到海水中洗滌身體，弄得沒皮的白兔痛楚萬分；只有大穴牟遲神，因為要替八十兄弟揹行李而遲到，見到痛楚萬分的白兔，因善心療好了牠的傷，結果只有他娶得女神歸，這倒與《灰姑娘》中的仙度瑞拉有點相似。

可見神話傳說包羅萬象，並非遙不可及。在夏日夜裡抬頭，織女的故事就掛在星空；閉上眼睛，彷彿身邊一切都與神話有關。蘋果除了是金蘋果，也是撒旦引誘夏娃偷食的禁果；白兔除了是因幡的白兔，也是在搗藥的月兔。當現實與神話的界線變得模糊，眼前世界便有無窮的可能性，甚至不侷限於過去現在，如同神話一樣流傳幾千年……這種壯闊而且天馬行空的故事，正是我最想寫的題材，說不定一百萬字還不足夠呢。

於是這個系列就誕生了。我希望能夠跟大家分享美麗的幻想世界，希望大家能夠享受這個現代的神話故事！

黑貓C

寫於法蒂瑪聖母顯現後一百週年，所有登場團體皆為虛構。

楔子　法蒂瑪的第三個祕密

一層又一層的祕密把我們雙眼蒙蔽，而當中最大的祕密發生於整整一百年前，由法蒂瑪聖母顯現給修女路濟亞：

眼前是寸草不生的小山，山頂聳立著一個用橡木製成的巨型十字架，十字架材質非常粗糙，表面更附有黑色樹皮；然而在十字架之上，卻有著光輝無比的天使停在空中。

天使左手握著燃燒的長劍，煙炎絳天，其焰足以把整個世界付諸一炬；可是在天使的右下方站了一位聖母，聖母一揚手，她右手的光芒馬上就把火焰撲熄。

接著天使指向大地，高聲喊道：「懺悔、懺悔、懺悔！」叫喊的對象正是山下廢墟。

廢墟曾是繁華的城市，如今滿目瘡痍、哀鴻遍野。一位穿著白衣的主教步履蹣跚地引領餘下信徒出走，朝山上的天使進發。

經歷險峻山路，主教最先登上山頂，並跪在十字架前。他告禱，但在不經意間已被數十名士兵包圍起來。槍口整齊地指向主教，在將軍的一聲令下同時開火；主教沒有倒下，直至將軍親自提弓，一箭貫穿主教的心臟，始見白色教袍沾滿鮮血。

後面的信徒見狀紛紛痛哭。最後，不論神父、牧師、修士、修女，無分階級、神品，所有人都以相同方式個個死去。這座山頭注定是用聖職者的屍骸堆砌而成，因此才會寸草不生。

飄血過後一片寧靜，兩位天使從十字架的雙臂降臨屍骸山前；他們各執魂水杓和魂水盂，並把血裡的靈魂奉獻給他們的聖主。

第一章

不為人知的世界

1

二〇一七年九月一日，陽光普照的正午，香港某商店街上。

「蘇梓我！你開學第一天就曠課算什麼意思，你能不能有點學生的樣子？」

手機裡的女聲非常生氣，反倒是蘇梓我冷靜地回答：「君姊妳知道嗎，我不來上課是聖主的指示，也是神對妳的考驗——」

「孔老師！」聽筒的女聲打斷對話。「說了多少遍，在學校要叫我孔老師！」

「但是我根本沒有在學校——」

「這才是問題！現在午餐還有半小時，你不管用什麼方法也要給我趕來學校！」

「妳比我母親還要囉嗦，整天都在發脾氣妳的人生會好過嗎？」

女聲嘆道：「我實在非常後悔答應照顧你的學業。見到你現在這模樣，都不知道該怎麼向你的父母交代。」

「真是的，明知自己做不了，就別隨便答應別人嘛。」

「還不是你——」

這次輪到蘇梓我截斷對方的話，不只掛斷還索性關掉手機。畢竟這種對話也不是第一次，自從去年她接管他的班級開始，就已經煩個不停。

不對，嚴格來說，小時候孔穎君就已經如此囉嗦。只是蘇梓我萬萬想不到，她去年從教育學院畢業後，第一份工作就是在他的學校任教，更是當時他中學四年級①的班主任。反正新學年的班主任依然是她，或者正是這個原因，蘇梓我才會抗拒上學，一大清早就穿著校服流連街上。

「學校什麼的誰管他，人生應該有更值得我去做的事情才對。」蘇梓我解開衣襟的鈕扣，邊走邊抱怨：「天氣真熱，看見街上這麼多人都覺得心煩，他們都不用上班嗎？我說香港死一半人的話，生活應該會舒服得多吧。」

這時蘇梓我瞄到路旁有一位乞丐，衣衫襤褸又跪在地上討吃的，似乎是身體有所缺陷。不過那乞丐看起來似乎很樂觀，笑容滿面地對蘇梓我說著討好的話，比如身體健康等等。可惜乞丐找錯對象，蘇梓我根本不屑一顧，反而一腳把行乞碗踢得遠遠。

「別擋路啊！你就是那些最不應該存在的東西。」

蘇梓我頭也不回地走了，懶得理背後連聲的咒罵。他走進陰涼的後巷，喧繁雜音頓然隔去。

——喂。

耳邊傳來男聲，彷彿直刺心臟般令人心寒。蘇梓我回頭望去，只見十步外有個身穿黑色連帽外套的人站在暗處。

「先生你誰啊？光天化日穿得全身黑，還用帽子遮住臉，是要回去同治光緒當刺客嗎？」

---

① 香港中學教育以六年制為主，初中及高中各三年。

「有趣的小子。」黑衣人冷笑幾聲，命令道：「伸出右手給我看看。」

「幹嘛要聽你的？」

「有東西想送給你。」黑衣人攤開手掌，一張千元鈔票就放在他左手上。

蘇梓我睜大眼，二話不說就要伸手過去拿——豈料鈔票忽然化成煙，蘇梓我只是白白給對方拍掌。

「白痴，我沒空陪你玩魔術！」

正打算收回右手，他卻發現自己的手被對方牢牢抓緊；說時遲那時快，黑衣人用右手變出一根六吋長的粗鐵釘，猛地就往二人重疊的手掌刺去！

——啊啊啊啊！

冰冷鐵釘把他們兩手掌釘在一起，只見黑衣人若無其事地拔回鐵釘，釘尖從骨頭之間穿過，取出時，二人手掌已是血肉模糊。

「你這瘋子幹什麼！」

蘇梓我簡直無法相信眼前的事，看見自己掌心穿了一個洞，鮮血更不斷從中湧出；原本傷口有點寒意，其後痛楚越來越鮮明，更從右手蔓延至全身。他全身顫抖，更忍不住跪在地上哇哇大叫，恨不得索性斬斷自己的手掌。

「二千年的粗鐵釘還是如此鋒利。」黑衣人笑道：「不過對你來說，人的生活這麼沒趣，早點結束不是比較好嗎？」

這個人究竟在說什麼？蘇梓我痛得失去思考能力，無法理解，只知意識漸遠，直至最後眼前一黑，在一陣黑霧之中倒在無人的後巷角落。

——雖然要殺死你的另有其人。

2

同一時間，街角另一邊同樣充滿血腥氣味。一對披著白袍的男女學生，與一個額上刻有印記的彪形大漢在後巷空地正互相對峙著。

中年大漢的行為非常怪異，眼球充血，更不斷向少年少女咆哮；一般人看見他理應退避三舍，可是那長髮女生的反應與她柔弱外表相反，面對眼前的瘋子從容不迫，即使對方亮出美工刀撲向了她——

磅！一聲巨響，瘋子就像斷線風箏般被轟飛數尺，並一頭栽進水泥牆中。那不是什麼比喻，水泥牆確實被砸了個洞，身陷洞中的瘋子更是變得不成人形。

不知何時，身披白袍的男學生已經手持束棒——是種在斧頭柄外綑綁多根權杖的重武器——呈現保護少女的姿態。

少女問：「那個人已經死了？」

「不，還有氣息。」

少年走近奄奄一息的瘋子，高舉斧頭，手起刀落——大漢當場身首異處，血漿灑地。

「這是第六個了。」面無表情的少年揚手一揮，束棒竟化成磷光在空中消失。

但就算凶器不見，殺人的業也不會因而消散。少女望著被砍下頭顱額上的印記，滿心內疚地說：「在額上或右手被刻上獸名印記的人注定要成為惡魔奴僕，必須在他們犯下樞罪之前，替他們解脫……」

利雅言和利隆禮，一對孿生姊弟，他們因家族的關係，不得不接下狩獵惡魔的工作。不過弟弟利隆禮早就習慣，當他看見死者額上的印記漸漸消失，便道：「唯有死人才不會被八大慾所惑，也不會犯下七樞罪。」

「抱歉，一直要你下手殺人，姊姊卻什麼都做不了。」

「妳是我們家族一百年來『女神適性』最高的人，我手上武器也是為了女神閣下而揮的。」

利雅言不自覺地緊握手中的女神像，那是一個手掌般大小的木雕，是她的護身符。此外，女神像還有一個特點，就是女神的外貌跟利雅言長得非常相似；也許像她弟弟所說的，是女神適性的緣故，利雅言總是帶著一種來自另一世界的脫俗感。

見利雅言默不作聲，利隆禮問：「這個人不用施放『詛咒』嗎？」

利雅言搖搖頭。「詛咒是對生者的最大懲罰……他只不過是不幸被惡魔盯上而已，沒有必要施放詛咒。」

「那就換下一個吧。剛才殺掉第六人時，又有股邪惡氣息在附近冒了出來，想必又有人被釘上印記。」

「……『牠』為何要這麼做？」利雅言感到痛心。

「雅言，我知道妳不忍心傷害無辜，但這是教區的最高指令。教區的人一向瞧不起我們，但如果我們這次能夠捉拿到『牠』，他們也無法再說三道四吧。」

利雅言沒有反駁，於是姊弟倆離開了現場，前往下一個邪惡氣息的源頭——那個剛剛右手被釘上獸名印記的少年。

◇

「臭小子，終於被我找到了！」

另一邊廂，蘇梓我回過神來，馬上舉起自己右手查看，卻發現右手絲毫無損。難道剛才被怪人釘手只不過是場白日夢？可是那感覺明明如此真實。

「喂，你耳聾嗎！」陌生男人大聲一喝，迫使蘇梓我不得不面對當前狀況。

他環看四周，發現自己身處死胡同，而且出口被四個流氓堵住了。包括剛才喊話的陌生男人，所有人都惡形惡相，明顯要找自己麻煩。

「真是的，今天是什麼大凶日。」蘇梓我不屑道：「不過你們走運了，反正我不認識你們，要放過你們也未嘗不可。」

「啊？」當中比較瘦弱的男人恐嚇道：「嘴巴放乾淨點，現在是我們有事要找你。」

「本大爺從不記男人的臉，尤其是你們幾個醜的，快給我滾開。」

「哦，剛才你也是這樣對待我的手下吧。」一個左臉有長疤痕、貌似是流氓首領的人走近蘇梓我，拍他肩道：「據說你喜歡多管閒事，把街上乞丐趕走了呢。你有問過他的主人嗎？」

「都說行乞是犯法，尤其你這張臉最噁心，別碰我。」

蘇梓我撥開男人的手，旁邊三人同時發狠。「打他！」

蘇梓我意氣風發地回嗆：「好啊，誰怕誰！」不過他的威勢僅僅只維持了三秒。「幹！你們三對一太卑鄙，有種就跟我單挑！」

見蘇梓我被自己手下打腫臉又暴跳如雷的模樣，對方的老大不禁捧腹大笑起來。

蘇梓我生氣地罵道：「笑什麼，你這縮頭烏龜！」

流氓老大當場靜下，目露凶光，並掏出一把匕首慢慢走近蘇梓我。

「等、等等！武器犯規啦——」

沒等蘇梓我說完，流氓老大就在他的視線水平劃出一刀！蘇梓我連忙舉起雙手擋著，結果右手手背就被劃出一道血痕。

「啊啊！」現實的刀傷突然與記憶中鐵釘穿手的痛楚重疊，蘇梓我痛不欲生，頭腦一片空白。

——右手很痛嗎？

——覺得痛的話就別再忍住，用你的右手握拳還擊吧。

——我可以借你力量喔。

忽然一道女聲傳入蘇梓我的腦海，難道是痛得產生幻聽？明明附近沒有女人，聲音卻聽起來如此鮮明嬌艷。

「是誰？」

蘇梓我差點忘記自己正在打架，只管四周查看，但哪裡都找不到跟自己說話的女人。

流氓老大看得不耐煩，罵道：「別裝模作樣了，去死吧！」遂提起匕首衝向蘇梓我。

怦怦、怦怦……整個世界變成無聲無色，只剩下自己的心跳——蘇梓我聽見自己心臟的鼓動，同時周遭事物頓成慢動作，就連流氓老大的出拳也如電影特寫般地緩慢。

蘇梓我不知發生了何事，但不想錯失良機，馬上握緊右拳，如同剛才神祕女聲所示——一拳轟往對方的臉。

流氓老大硬生生被揍出數步，匕首亦被甩到身後。在他眼中，剛才蘇梓我的出拳近乎瞬移，超乎常理。蘇梓我見到對方動搖，立刻接上一腳，猛地把流氓老大整個人蹬倒在數尺之外——

嚓！

流氓老大倒在牆邊的垃圾堆中，不過很奇怪，他身下的垃圾袋與舊報紙隨即染紅……被甩掉的匕首同樣掉進垃圾堆中，那個流氓偏偏倒在該處，彷若死神索命，匕首剛好割破了他的頸動脈，立即血如泉湧。

在場的三個同黨嚇得雞飛狗跳，拔腿掉頭就跑。

「這、這算是不可抗力吧……」

蘇梓我一時半刻也無法理解眼前情境，喃喃說著。他不自覺地伸出右手查看，豈料自己手背有一個正在消失的黑色印記！

還來不及搞清楚狀況，正好碰上另一對男女跑來現場。但他們比起蘇梓我這個凶手，似乎更加在意全身浴血、倒在垃圾堆中的流氓屍體。

「已經死了。」利隆禮一副見慣屍體的語氣。沒錯，剛好趕來的那對男女正是利家姊弟，即是追尋惡魔氣息的人。

同行的利雅言眉頭一皺，又看見蘇梓我的校服，便道：「聖火書院的學生……敢問那個人是被你殺死的嗎？」

烏亮如絲的長直髮，水靈秀氣的外貌，站在血腥的凶案現場中如聖女一般降臨；蘇梓我睜大雙眼凝望著利雅言，看到入神地忘記闔嘴，口水直流。此刻他沒有把對方的話聽進耳裡，不過好像是問自己打架一事，這樣當然要在美女面前要逞英雄。

「不錯，哈哈哈！那流氓作惡多端，在街上恃強凌弱，連路上的行乞碗也當球踢走。」蘇梓我撐腰大笑說：「於是我替天行道，日行一善就把這惡霸收拾了！」

利雅言聽見後心想，莫非那個流氓就是剛才邪氣的主人？可是他額上和右手都找不到獸名印記，已經死無對證，這該怎麼辦……

利隆禮見姊姊正在煩惱，便對她悄聲耳語：「眼前的學生同樣沒有獸名印記，也沒有惡魔氣味，大概只是個傻子罷了。」

「嗯，正常來說，普通人不可能把『牠』的氣息隱藏得如此乾淨。」

而且被釘上獸名印記的人，一定會像剛才那個中年漢子般喪失理智才對。利雅言點點頭，似是有了結論，便對蘇梓我說：「大致上的事我已經明白了，不如你先離開現場，這裡交給我們處理就好。」

「欸？妳該不會是有戀屍癖吧？」明明是一個清純女生。蘇梓我不禁嘆氣。

「別鬧了，再不走的話警察可能就會趕來了。」利雅言道。

「那我突然想起有事忙，現場就交給你們啦！」

蘇梓我可不想惹禍上身，馬上落荒而逃。

「真是沒出息的傢伙……要怎麼處理？」
「沒辦法，要下詛咒了。」

3

蘇梓我回到家時已經夕陽西下，差不多要考慮一下今天的晚飯了，畢竟現在是一個人住。

蘇梓我所住的私人公寓，是他父母在十年前購置的，屋子位於市中心，交通方便而且環境舒適；從十二樓的窗外能夠看見優美的園林景色，生活沒有任何不便。

不過在他升上中學不久後，蘇梓我的父母就雙雙離開了香港。他們是狂熱的信徒，自稱在周遊列國修行，就只有逢年過節才有簡短的書信寄回家中，因此蘇梓我並沒怎麼關心自己的雙親。

「怎麼覺得有點頭痛呢……」蘇梓我躺在沙發上，打開冷氣，又按住額頭喃喃自語：「話說回來，今天時間可過得真快，完全記不起中午做過什麼，天就已經黑了。我是不是忘記了什麼重要的事？」

——叮噹叮噹叮噹、叮噹叮噹叮噹！

門鈴響個不停，憑著這熟悉的頻率，蘇梓我已大概猜到門後是誰。他無奈地走到玄關開門迎接，不出所料，門口站著一位二十多歲、穿著西裝短裙的女性。

「是君姊啊，好久不見了，最近好嗎？」

「哈、哈、哈。為什麼我是你的班主任，卻會好久不見呢？你忘記我中午時說過什麼？」

孔穎君——蘇梓我的班主任兼國文老師，不過他從來都沒有把孔穎君當作老師看待就是。

畢竟他們當了十年的鄰居，某種程度可以稱得上是兒時玩伴；再者，兩人父母是同一個教會的教友，因此兩家人非常親密，有時更會一起聚餐。

因為孔穎君比較年長，就像大姊姊般，經常會到蘇梓我家教他功課。這樣說的話，大學時期的孔穎君就已經算是蘇梓我的家庭教師了。

還記得蘇梓我十二歲左右，孔穎君已是一位亭亭玉立的大學生，尤其她長得清秀可人，身材窈窕，是蘇梓我青春期第一個春夢的對象。

只不過蘇梓我對她的遐想，隨著日子過去逐漸消失。其中一個原因是，蘇梓我出生在千禧年後，孔穎君則是九〇後的少女。即使兩人年齡相差只有八歲，感覺卻像隔了一個世代。現在見孔穎君全身職業女性的打扮，低馬尾加上一副眼鏡，完全是國文老師的造型，更讓他興趣缺缺。

「你究竟有沒有在聽我說話！」孔穎君氣得漲紅了臉，這是她在學校不曾展露的樣子，令蘇梓我想起她學生時期的模樣。

「啊……還需要問嗎？當然沒有在聽。」

「唉，你唯一令人安慰的地方就是誠實。不過就算你說謊也騙不了人，反正就是個蠢材。」孔穎君沒好氣地轉開話題。「你今天沒有上學，該不會是在港鐵站①旁的商店街逗留吧？今天下午那裡發生了可怕的殺人案，你最好別告訴我跟你有關。」

「欸？殺人案？」蘇梓我好像記得什麼，又好像遺忘了什麼似的。

「你都沒在看新聞？一共七個人死在商店街內的不同角落，地點都比較隱蔽，沒有凶手的目擊情報。現在附近居民都人心惶惶，除了你之外。」

孔穎君拿出手機，搜出新聞給他讀。根據報導，雖然看似連環殺人，但其中六名死者都沒有共通點，難以理解凶手的犯案動機。

「六人？不是說死了七個人嗎？」蘇梓我問。

「其中一位死者身上沒有任何身分證明文件，也沒有人認識他，完全來歷不明，只知道死因是頸動脈遭利器穿破。」

孔穎君的手機畫面正好停在新聞圖片上，包括那位身分不明的死者照片。

蘇梓我看見死者是一位左臉有長疤痕的男人，本能反應地大叫：「真是噁心的臉！死了也沒差吧。」

「你說話小心有報應。」孔穎君早已習慣，亦懶得教訓蘇梓我，只是叮囑著：「總之你這段日子就早點回家，還有明天乖乖來學校上課。沒空再跟你閒聊，我該回家弄晚飯了。」

「居然這麼巧！正好我想要吃晚餐而妳又要準備晚飯，不如多煮一份給我吃吧！」

「你去死吧，別跟來。」孔穎君丟下鄙視的眼神後，就離開了蘇梓我的家。

◇

蘇梓我被拒絕之後，只好出門買便當，外加一個芒果布丁，晚飯之後便躲在房間裡打電玩遊

①對全線港鐵車站之稱謂，包含火車、地鐵及輕便鐵路。

戲，一直玩至凌晨時分。夜闌人靜，青春期的少男難免會有青春期的需要，於是他關掉遊戲，打開電腦看了下有沒有吸引人的小電影。

「哦，這女的身材很不錯呢。」蘇梓我把滑鼠移到裸女封面，卻瞄到自己握住滑鼠的右手，手背上竟浮現出一個黑色印記——

那是呈圓形的印記，圈裡是一個倒轉的五芒星，五芒星的每個角之間均刻有五個不明字母。這印記嚇得蘇梓我冒出連聲髒話，邊罵邊試著用左手抹去。

豈料印記像刺青般刺進皮膚裡，怎麼也抹不掉。這時，早些時候中午的夢境忽然在腦海中掠過。對了，那個被神祕的黑衣人用鐵釘刺穿右手的情境，莫非不是白日夢？

——啪啪啪！

這時從客廳傳來嘈吵的拍打玻璃聲，像是大風吹打著陽台的玻璃門。不過就算是龍捲風，甚至是世界末日，蘇梓我也沒心情理會。

——啪啪啪！究竟有沒有人在啊！

這下可真奇怪，居然從陽台傳來女人的聲音。現在龍捲風還懂人話？還是如今小偷都這麼有禮貌？但這裡是十二樓，陽台附近又沒有什麼地方能夠攀爬，小偷是用什麼方法上來的？

——砰啷！

忽然一聲巨響，蘇梓我連忙跑到客廳，卻見玻璃碎片散落滿地。此時，轟破上鎖玻璃門的凶手，正交叉著手站在陽台處。蘇梓我抬頭一看，簡直不敢相信自己的眼睛。

在蘇梓我眼前的，竟是一個邪氣逼人的少女！

4

邪氣逼人，這不是修飾的形容，而是眼前事實的陳述。只見一層又一層的黑霧從少女腳尖包圍至她頭頂，隆隆作響。蘇梓我看見這場景，除了用「邪氣」來形容之外別無他選。

然而看了兩眼，意外地感覺少女並不可怕。與邪氣相衝突的是，少女皮膚白皙細嫩、容姿姣好；及肩的麥穗色鬈髮配上奢華的海棠色長裙，使她在邪氣之中帶著貴氣，像是一位來自地獄的女貴族。

黑霧把少女懸在半空，顯得她輕盈飄逸，同時又能威風凜凜地俯望著蘇梓我，說：「哼，終於找到你了。」

「不管妳是惡魔抑或妖孽，別以為砸爛人家的玻璃不用賠……」說到一半，蘇梓我看見少女不只漂亮，身材更是玲瓏。加上數分鐘前他才在瀏覽色情網站，仍是意猶未盡，便奸笑道：「要是妳沒錢賠的話，用身體支付也可以，這樣大家也幸——」

此時黑霧扭成一團，竟變成一隻巨人手掌把蘇梓我抓到了半空；接著，巨掌又突然化成巨大蟒蛇把蘇梓我綁在沙發上，使他動彈不得。

「低賤的下等種，休想對本小姐動任何主意。」少女粉白的臉頰稍微變紅，生氣地說：「吾乃繼承阿斯摩太之名的惡魔，豈是你這下等種的洩慾對象。」

「阿斯摩太……惡魔？妳沒有病嗎？」蘇梓我用可憐的眼神看著少女。不過看見眼前異象，難道她真的不是人類？於是他反問少女：「如果妳是惡魔，那就長對角或翅膀給我看看吧。」

「不要隨便試探惡魔。」自稱惡魔的少女一臉不悅。

蘇梓我不知該怎樣回應。「好啦好啦，就當妳是惡魔。所以妳來找我這個良好市民有什麼企圖？」

「還良好市民呢……」自稱惡魔的少女說：「你今天才殺了人，還敢說自己是無辜。」

「我殺了人？」蘇梓我聽不懂少女的話。

「你不理解我的話，是因為你今天下午的某段記憶被某人用詛咒奪去了。不過準確來說，受到詛咒的人並不是你，而是那個被你殺死的人，真是可憐的傢伙。」

「妳越講我就不明白，妳說那個人中了詛咒，這跟我失憶有什麼關係？」

「Damnatio memoriae。用你們下等種的語言來說，就是除憶詛咒，是種把一個人的存在抹殺掉的強大詛咒。」少女喃喃道：「不過除憶詛咒屬於第二級禁咒，世上懂得這種『神術』的人應該寥寥可數才對……」

「別以為說幾句外星話我就會相信妳啊。」

「這個嘛，與其解釋，還是讓你親身體驗比較容易理解。」

說畢，少女輕撥黑霧，黑霧變成蝙蝠，盤繞在蘇梓我的頭頂，啪啪啪啪地拍打翅膀，然後群起飛進他的腦內——突如其來的頭痛，猶如數千塊彩色碎片從四方八面闖進腦海，並在一瞬間拼湊成記憶的立體畫像。

少女見蘇梓我神色突變，便滿足地笑道：「你記得今天所有發生的事情了吧？」

「為何我會忘記如此重要的事情呢，真是失策！」蘇梓我懊惱大喊。

「這就是除憶詛咒的力量。」這時候少女的嘴角上揚，似是觸動了她的高材生神經，開始解說起來：「話說天界有三位命運女神：摩耳塔、得客瑪、諾娜。人類的所有事情都會被她們寫入三部大命運書，分別是大過去書、大現在書，以及大未來書。因此人類的記憶，都源自該三部大命運書。」

少女續道：「不過天界的神都不是好傢伙，他們有一種刑罰叫做『記憶抹殺之刑』，能夠把罪人的一切事跡從大命運書中刪去，並記錄在額外的小命運書中。除憶詛咒正是此法，被施下除憶詛咒的罪人便會從歷史，以及人類的記憶裡消失。」

少女輕輕指向蘇梓我的右手。「還好你被撒旦大人釘上獸名印記，使你右手擁有惡魔力量，方能閱讀小命運書，補完記憶。」

蘇梓我聽得不煩耐地說：「換句話說，上天是嫉妒我遇上那位漂亮的白袍女生，於是下詛咒害我失憶嗎？莫非有混蛋想搶我老婆，真是不可原諒！」

原來令蘇梓我懊悔不已的「重要事情」就是指利雅言。少女雖然不太明白，但見他單純的樣子，大概猜到他的獸名印記應該是捕食「色慾」維生的。

但話說回來，一般被釘上印記的人，最終都會因為無法駕馭欲望而暴走，可是眼前這下等種卻似乎毫無暴走的徵兆？還是說他的欲望比野獸更深？

少女暗笑道：「真是有趣的傢伙，說不定有非常高的利用價值。」

「咳咳，」少女清一清喉嚨。「看樣子你還沒有搞清楚被下詛咒的對象。被抹殺存在的，應該是那個被你殺死的流氓才對。」

「啊？那種人的生死我才不管呢，要忘記就由他吧。」

「重點是你記得後巷當時的情況嗎？」少女說：「原本你應該會被那流氓刺死才對，只不過一時借助了惡魔的力量，才有辦法殺死對方。」

蘇梓我只好回想今天下午的情況，並回答：「這麼說來，當時確實有一道神祕的女聲提示我用右手還擊，所以妳就是那聲音的主人？」

少女的眼神變得凶狠，搖頭否認：「那是另一位我最討厭的惡魔，而我正是為了要贏她，才搶先前來找你。」

一提起另一位惡魔，少女的邪氣變得更加旺盛，眨眼間邪氣充斥客廳每一處，壓迫感瞬間倍增。蘇梓我漸覺呼吸困難，再加上自己被黑霧困在沙發上，唯有向少女示弱：「所以惡魔大人妳來找我有何貴幹？」

少女聽見後便微笑點頭，得意洋洋地說：「照我的指示以血書為盟，來跟我做個交易吧。」

不過少女沒有告訴他，歷史上凡與惡魔做交易的人，最後都是不得好死。

5

「惡魔交易，還真的有這種東西啊。」蘇梓我好奇地問：「不過為什麼你們都喜歡跟人類做交易？別騙我說你們樂於助人啊。」

「天神也好，惡魔也好，大家都希望得到人類的靈魂。只不過現在很多人信教，受洗的人在死後會魂歸天主，所以靈魂都去到了天界。正因如此，我們惡魔才需要找機會跟人類做交易，以獲取靈魂。」

「人類的靈魂那麼有價值嗎？」

「你就把靈魂想像成是天界和魔界的貨幣就對了。」

蘇梓我盯著少女，奸笑地說：「既然這樣值錢，那相對我的要求也要高一點。」

「別妄想！像你這種沒有受洗的人，我大可直接殺死你再收割靈魂。只不過這樣做，收回來的靈魂會有缺陷，價值大減，所以我才大發慈悲地跟你做交易。」

其實還有另一個原因，若惡魔亂殺人的話，有可能會被教會盯上，到時得不償失。當然，少女不打算把自己的難處告訴蘇梓我，而是希望他能自願簽訂惡魔契約、出賣靈魂。

接著少女釋出善意，揮手把黑霧驅退，並變出一張莎草紙。她把莎草紙親自交到蘇梓我手上，說：「你只要把想要達成的願望寫在紙上，然後我們各自簽署，契約便會成立。如此一來，我便會替你實現契約書上的任何要求；相對的，你只要在死後把靈魂奉獻給我就好，這一切很簡單對吧？」

「剛才妳提到血書為盟，換言之，是要我用自己的血寫下契約內容嗎？」

「這個也很容易辦到。因為你的右手得到獸名力量，不管如何被割傷，都能夠快速復元，所以不用擔心血書的問題。」

蘇梓我聽完後，難得地動腦筋思考，答道：「但我得要獻出靈魂，便是必須要死的意思？這種交易怎樣看都不公平啊。」

少女溫柔地回答：「人類反正早晚都得死，何不物盡其用，把死後的靈魂賣給惡魔，你的願望也能實現。」

聽起來好像不無道理，雖然少女對蘇梓我隱瞞了一件事：當惡魔替人類達成願望之後，惡魔有權立即要求人類交出靈魂，就算直接殺死該人類，也不算違反協定。

「還有一個問題，」蘇梓我說：「假如簽約的人違約會怎麼辦？」

「不可能。惡魔契約屬於第一級禁咒，就算是神靈也無法違抗。萬一真的違約，違約者大概會立即魂飛魄散，總之都不會有好下場。」

「聽起來很危險嘛。」蘇梓我交叉雙臂，再次陷入沉思。

「別這麼沒趣啦，難道你沒有想要的東西？」

「想要的東西嗎……」

蘇梓我猶豫不決，少女靈機一動，便試著對他使用「誘惑術」。少女屬於夢魔族，本就懂得誘惑人心，再加上她是繼承阿斯摩太名號的菁英惡魔，手上擁有能夠增幅誘惑術的「阿斯摩太指環」，要把眼前這個黃毛小子騙到手，應該難不倒她。

於是少女發動手上的指環魔法，走近蘇梓我並耳語：「女人怎麼樣？只要依靠我的魔力，任何女人都可以幫你拿到手。」

耳語同時，少女俯身擺出撩人的媚態，並把蘇梓我的手臂放到自己胸口，隔著薄衣，在酥胸之間反覆搓揉；溫柔的體溫、刺激神經的體香，就好像火柴一劃般，少女輕易地把蘇梓我內心的慾火點燃起來。

見蘇梓我面紅耳赤，少女心中暗喜：真是好騙的下等種，雖然不太喜歡阿斯摩太的名號，但在這種情況之下還算好用。

「我決定了！」蘇梓我突然站起來大叫：「就簽訂契約，讓我成為女王大人的奴僕吧！」

「欸？」

蘇梓我跳起來並跪到地上，一邊叩頭一邊說：「妳就是我一直以來所追求的最完美女性！所以請魔界的女王大人收我為奴吧！這樣的交易可以嗎？」

論蘇梓我的變態程度，就算是自稱惡魔的少女也始料未及。少女尷尬回應：「這、這種契約我還是第一次聽見，不過應該可以吧……」

「契約內容我也想好了，女王大人妳等我一會兒，我去廚房用刀割一下手指，然後把血契給妳簽署。」

「等等！」少女把黑霧凝在半空，浮現出兩個中文字。「用人類的語言來說，我的真名叫

『娜瑪』。你要把惡魔的真名一同寫在契約之上才行。」

「明白了。」蘇梓我說罷，便帶同莎草紙走到廚房準備。不消幾分鐘，一張寫滿血色文字的莎草紙就呈現在少女面前。

契約的內文如下：

余謹以至誠，向娜瑪宣誓，蘇梓我願意成為娜瑪的奴隸，直至蘇梓我生命結束，娜瑪心滿意足為止。

「這個男人真的是被虐狂……」娜瑪搖頭嘆息，接著輕咬指頭，便在契約底部用血字簽署。簽完後，莎草紙突然飄浮到兩人中間，表示惡魔的契約正式成立。

「哈哈哈哈！」

蘇梓我突然放聲大笑，吵得娜瑪不禁掩著耳朵，生氣罵道：「你這個無能的僕人別再——」說到一半，娜瑪頓感頭痛說不下去，更痛苦地蹲在地上。

「妳竟敢對主人無禮？」蘇梓我忽然變臉，露出狡詐的笑容。

「你胡說什麼？」此時娜瑪瞄到浮在空中的莎草紙有點怪異，於是再把契約的內容讀一遍：

……娜瑪……願意成為奴隸……直至蘇梓我……心滿意足為止。

娜瑪驚道：「為什麼內容變了！一定你修改了契約條文，這交易不成立——」

無視娜瑪的抗議，契約便化成磷光消失在空中。這表示二人已訂立了血盟，誰都不能反悔。

蘇梓我見娜瑪嚇得花容失色，知道自己計畫成功，再度哈哈大笑：「我果然是天才，嘿嘿嘿。」

娜瑪無奈地問：「你究竟在契約上動了什麼手腳？」

少女並沒有察覺，其實原理十分簡單，就是蘇梓我分別用自己的血，還有昨天速食店用剩的番茄醬寫下如此契約：

余謹以至誠，向娜瑪宣誓，蘇梓我願意成為娜瑪的奴隸，直至蘇梓我生命結束，娜瑪心滿意足為止。

於是當兩人各自在莎草紙上簽署上名字，用番茄醬寫下的字便告無效而消失，剩下的就是娜瑪答應成為蘇梓我奴僕的內容了。

但見娜瑪心有不甘，蘇梓我偏偏不把詭計告訴她。這時蘇梓我滿腦子只有如何報復眼前這小惡魔，整個人都熱血沸騰起來。

「娜瑪，名字很奇怪，樣子倒是很可愛。尤其剛才胸部柔軟的觸感我也很喜歡。」蘇梓我一邊淫笑，一邊走近娜瑪。

「不要過來，你這個該死的無賴！」

「居然用這種語氣跟主人說話，看我怎樣調教一下妳這個惡魔，嘿嘿嘿。」

蘇梓我二話不說便向娜瑪施以魔爪，把她推倒地上。只見娜瑪眼泛淚光，已經弄不清誰才是真正的惡魔了。

「等、等等、暫停！」娜瑪躺在地上求饒：「這種男女行為應該是神聖的，要互相愛著對方才能做的……對吧！不如我們先了解一下彼此？」

「什麼？妳明明是惡魔，用不著神聖吧，哇哈哈哈！」蘇梓我繼續把娜瑪壓在地板上，又開始脫去自己的上衣。

「慢著！」娜瑪又說：「雖然我看起來跟你年紀差不多，但其實我還未成年！你這樣做是犯法啊！」

蘇梓我停下來，想了一會兒，再回答：「妳好歹也算是惡魔，對惡魔做壞事也算是對這世界做了件好事吧。日行一善是我的生活準則，妳就乖乖束手就擒吧。」

就在蘇梓我要脫下娜瑪的長裙之際，娜瑪再次大叫：「住、住住住手！」

「真是麻煩的傢伙，難道妳是第一次？」

娜瑪氣得面紅耳赤，大聲否認：「像我這種繼承阿斯摩太的大惡魔，在八大慾之中掌管色慾，能夠迷惑天下所有男人！男女之間的事情，我當然……當然……有經驗啦……再過幾年的話……」

說到一半，娜瑪雙眼通紅、淚盈滿眶，一副楚楚可憐的樣子。回想自己還沒有談過戀愛，又可恨自己身為夢魔族，最擅長用美色誘惑男人，但這些她統統都不喜歡。因此她才會比其他夢魔更努力學習魔法，希望無須利用身體就能夠迷惑他人。

幾經辛苦才爬上阿斯摩太的地位，可惜這麼多年的努力，今天就要白費了，而且還是栽在這淫賊手上。一想到這裡，娜瑪忍不住哭了起來。少女一開始那副不可一世的模樣已經不復存在，現在的她只能緊閉雙眼任人魚肉。

……

……

「咦……？」娜瑪感覺對方沒再壓住自己，於是戰戰兢兢地睜開眼，卻見蘇梓我已經站了起來，並開始收拾地上的衣服。

「原來已經凌晨兩點這麼晚了。」蘇梓我嘆氣說：「明天還要早起上學，再遲到的話肯定會被某人訓話，沒空理妳了。」

「這……這是什麼意思？」見蘇梓我右手的印記暫時消失，娜瑪便小聲地問：「那麼我可以走了嗎？」

「妳休想這樣就走。在我睡醒之前，清理好地上的玻璃碎片，把玻璃門復原，順便打掃客廳、洗乾淨廁所、擦好地板，還有幫我換一下廚房的燈泡；明早七點，妳就穿女僕裝叫我起床，我起床時要看見早餐擺在飯桌上，還要有芒果布丁。」

蘇梓我一口氣把工作交代完後便回房睡覺，剩下心情複雜的娜瑪坐在客廳。

6

「……喂……七點啦……起、起床吧……」

翌日清早，娜瑪按照吩咐走到睡房，害羞地小聲呼喚正在呼呼大睡的蘇梓我。這是何等的屈辱？可是惡魔契約是第一級禁咒，就算蘇梓我只是隨便命令幾句，她都必須要服從。

「只說是叫他起床，也沒有規定方法嘛……」娜瑪點頭喃喃道：「沒錯，這也是迫不得已。」

接著她就大力把床單拉走，「砰」一聲直接把蘇梓我摔到床下。

「啊！是哪個混蛋把我推下床？」

「我才不是混蛋，我已經按照約定把你叫醒了。」

「什麼？妳是誰？」突然看見一個只在漫畫裡出現的女僕站在自己床邊，蘇梓我有些摸不著頭腦。

「欸？既然你忘記我的話……我離開也沒有關係吧？」

「等等，我記起來了！妳不就是昨晚那個囂張的魔女？妳以為換套衣服我就認不出來嗎？」

「不是魔女是惡魔！而且這身裝扮是你昨晚吩咐的。」娜瑪嘆氣道：「因為昨晚你的一番話，害得我凌晨上街在附近找，最後千辛萬苦才在奇怪的咖啡廳裡偷回這套衣服。」

難怪娜瑪的女僕服會是粉紅色的，原來是來自女僕咖啡廳。

娜瑪見蘇梓我色迷迷地看著自己，不禁感到噁心，罵道：「別一直坐在地上啊！你不是要我準備早餐嗎，我都偷回來了，趕快吃完然後出門上學！」

「嗯，原來現在的女僕裙都是超短裙呢。」

「別、別亂看啊！」娜瑪連忙按住自己的短裙。「總之你快點出門，我就留在家中看門。」

「留在家中？」蘇梓我不滿地道：「這怎麼行，難得簽訂了契約，妳不跟來學校，我就沒人可以使喚了啊。」

「我不可以到處走啦。我們惡魔盡量都避免暴露於人前，否則被教會盯上就麻煩了。」

「教會？」蘇梓我問：「就是聖主教那些？他們說有驅魔師，原來不是騙人的喔？」

「聖教是其中一個，還有新教和正教。這三大教會表面上是宗教團體，但私底下都有專門獵殺惡魔的騎士團，就算我魔力再大，也不想隨便跟教會對著幹啊。」

不過娜瑪只說了一半的事實，她真正目的是想盡快打發走蘇梓我，好讓她實行之後的計畫。

「好吧，」蘇梓我說：「那妳就繼續留在家裡打掃煮飯，我想到什麼再吩咐妳。」

於是蘇梓我吃完早餐後便拿起書包出門，剩下娜瑪一人留在家中。

「終於送走了那下等種。」娜瑪怨道：「原本我在魔界的仕途一帆風順，照這個速度再過幾年就能封一國之王，卻偏偏在這重要時刻栽在那色狼手上……」

「雖說訂了契約不能單方面解約，但如果契約主出了意外，我也能夠回復自由之身吧。」娜瑪自我陶醉地奸笑道：「只要把那變態擁有獸名印記的消息公開到惡魔界，肯定會有不少惡魔想吃掉他靈魂。」

「等你死的時候再後悔已經太遲了！要怪就怪你昨晚不夠心狠。想跟惡魔作對，門都沒有！」

娜瑪馬上拿出手機不停敲打螢幕。「受死吧，淫賊！」

——哈啾！

「怎麼突然感到一身寒氣，有人在背後說我壞話嗎？」

此時，懵然不知的蘇梓我一如以往地經過港鐵站，往山上的方向走去。他就讀的聖火書院正是建在山頂。

聖主教開辦的聖火書院是全香港數一數二的著名學府，設有小學部及中學部；佔地面積廣大，設施一應俱全，包括球場、泳池、餐廳等等。

不過學生平日都不喜歡在食堂吃午餐，只是昨天發生的商店街血腥命案，凶手至今仍然在逃，今天大概會有不少人選擇留在學校用餐吧。

雖說其中一個在逃的凶手，其實就是蘇梓我。

「究竟是誰發明星期六也要上課的這種懲罰……」

蘇梓我走到公車站，卻看見已經有一堆人在排隊候車。他瞧一瞧手錶，現在才七點二十分，就算快走上山，應該也能趕在八點前到校吧。況且他曾經是足球校隊，唯一的長處就是體力，所以他沒有猶豫，直接掠過了公車站沿山路走上去。

——躂躂躂、躂躂躂。

走了十分鐘，忽然一陣響亮的跑步聲從蘇梓我背後傳來。

「同學早安！」

充滿朝氣卻非常低沉的男聲，更夾帶著一陣汗味襲來。蘇梓我回頭一看，只見一個理著平頭的男學生在跟自己打招呼。

「班長啊……早安。」

「咦？昨天你沒有上學，也知道我是今年的班長啊。」

「反正沒有人會搶這份苦差啦。」

李訥仁，是班上少數會跟蘇梓我打交道的學生，除了出於班長的責任心，李訥仁亦視蘇梓我為朋友，兩人已相識了快五年之久。

五年前初次見面是在學校的足球場上，他們同樣都因為體育成績而被推薦來聖火書院。不過蘇梓我最缺乏的，便是團隊意識和紀律，中學二年級就被逐出校隊，到現在只是個徘徊於被退學邊緣的不良少年。

「不過有件事同學你應該不知道，昨天開學我們班居然來了一位轉學生。」

「哦？但明年要考文憑考試①啊。」蘇梓我心想：會在這個時間轉校的，都不是什麼好東西，我才沒有興趣。

「對啊，明年我們就要考大學，新學年大家一起加油吧！」

老樣子還是典型的模範生，李訥仁除了運動，連讀書的成績都很不錯，與蘇梓我完全相反，

① 即香港中學文憑考試（Hong Kong Diploma of Secondary Education Examination，HKDSE），慣稱「文憑試」或「DSE」，是香港考試及評核局舉辦的公開考試。

而蘇梓我也不太懂得如何應付這種人。

「班長你不是正在練跑嗎，別管我了，快走吧。」

「好，等會兒我們早會見！」李訥仁跑了幾步又掉頭說：「提醒一下，今天早會我們班會直接去禮拜堂，記得要帶聖經！」

「原來早上有靈修課，早知道就晚點起床……」蘇梓我還沒有開始上課，就已意志消沉。

李訥仁口中的禮拜堂，其正式名稱叫「聖火教堂」，是聖火書院校內一間大教堂。聽說除了平日供給學生崇拜，星期天也會開放給聖教徒參與彌撒，當然蘇梓我沒有親眼看過。

比起什麼神靈，蘇梓我只想起家中惡魔。「既然惡魔真實存在，聖經記載的那些天使什麼都也存在吧？現在我得到了惡魔的力量，這下子看起來會很有趣呢。」

蘇梓我越想越興奮，即使暫時沒有目標，但反正得到力量就應該做點壞事吧！

7

宗教歷史與歐洲歷史從來密不可分。

聖主教在公元一世紀發源於耶路撒冷，因君士坦丁大帝皈依聖主教而漸漸取代羅馬多神教，成為羅馬帝國的國教。

而後，聖主教因為羅馬帝國的繁盛，傳遍整個近東及地中海地區，亦因羅馬帝國的衰落而陷入危機。

公元三九五年，狄奥多西一世把羅馬帝國傳給兩子，使國家再度分裂為西羅馬帝國及拜占庭帝國，最終亦導致聖主教東西分裂，出現對立教宗——即領導羅馬教廷的「羅馬主教」，以及授權拜占庭帝國的「君士坦丁堡牧首」。

為區分兩者，後人多以「聖教」來稱呼羅馬教廷的聖主教，又以「正教」來代表拜占庭帝國的聖主正教。這樣聖教分裂的狀態，一直持續到中世紀都沒有發生改變。

唯一改變是教廷的地位。由於中世紀歐洲戰亂頻繁、政局不穩，聖教的神權超越世俗的政權，形成了羅馬教廷管治歐洲的局面。

不過羅馬教廷不滿足於此，他們為求神權統一，在十一世紀末展開了長達二百年的十字軍東征；名義上是為消除異教徒，實際上則是企圖殲滅正教。結果羅馬教廷勝利，聖教的十字軍征服了君士坦丁堡，聖教便順理成章成為西方世界唯一的主流宗教。

同時伴隨拜占庭帝國滅亡，以及莫斯科公國崛起，莫斯科大公積極收留流亡的正教徒，又在莫斯科建立修道院，目的就是要取代君士坦丁堡成為正教的根據地。經過多年經營，莫斯科大公得償所願，君士坦丁堡牧首亦更名為「普世牧首」，繼續與羅馬教宗對立。自始西方文明信奉聖教，東方文明則信奉正教。

之後到了十五世紀的探索時代，西方聖教搶先一步傳入美洲，並以強硬的殖民政策迫使美洲住民信奉聖教。不過殖民主義以失敗告終，美國在十八世紀獨立，連同美國教會發生「大叛教」，脫離羅馬教廷，自立聖主新教（簡稱新教）。

正是這段長達二千年的歷史，現時世界上超過一半人口都信奉三大教（聖教、正教、新教），其他宗教幾乎不存在。至於香港，雖然位處東方正教的勢力圈內，但因為曾是英國殖民地，大多數人仍習慣信奉聖教。

——以上冗長的宗教歷史，居然是開學第一堂靈修課的內容。

蘇梓我環望四周，縱使禮拜堂內坐滿一排排的學生，不過幾乎所人都在低頭滑手機，沒有人理會台上授課的木牧師。反正聖火教堂的講台與坐席距離十數尺，木牧師跟本看不到台下學生在做什麼。

「慘了，還有二十分鐘才下課，早知道就叫家裡那傢伙幫忙充電了。」蘇梓我盯著快沒電的手機抱怨著。

因此蘇梓我只能無所事事，唯有繼續看看風景打發時間。本來平日都不太留意教堂內的裝瀆，可是他今天卻發現，原來教堂演講台的後方，供奉著一尊兩尺高的大理石女神像。

「那個女神像怎麼感覺有點面熟？」蘇梓我盯著女神像的臉，清麗脫俗，好像最近曾經看過類似的面孔？

「對了！昨天在商店街後巷遇見的白袍少女，簡直跟這神像長得一模一樣。」蘇梓我心中大驚。「難道她是什麼女神之類的？既然我家中都有惡魔了，學校有女神好像也很合理。」

然而，能被供奉在教堂裡的女神會是何方神聖？蘇梓我心想。莫非是聖母瑪利亞？不如問一下班長吧。

但班長李訥仁沒有坐在附近，蘇梓我只好用僅餘的10％手機電力傳訊息問他：你知道木牧師身後的那尊女神像是什麼來頭？

……

等了數分鐘都沒有回應。

不愧是模範生，上課沒有打開手機。蘇梓我無計可施，只好拿出手機拍下女神像的正面，待休息時間再問問李訥仁。

——啪。忽然有人輕拍蘇梓我的肩，他回頭一看，竟是一位未曾見過的女生。這麼可愛的女孩見過不可能忘記，蘇梓我愣住半秒，道：「妳就是……傳說中的轉學生？」

「嘻，是喔。」女生笑容非常甜美，配上側馬尾與斜劉海，有點像漫畫裡才會出現的模樣。

這女生絕對有資格當我的女朋友！於是蘇梓我擺出一副了不起的姿態自我介紹，並詢問女生的芳名。

「思思。」女生的聲音略帶點稚氣，表情動作也像是剛上中學不久，很難相信她與自己同年級。接著夏思思微笑說：「蘇哥哥你對那個『女神像』很感興趣嗎？」

「咦？」只有一瞬，蘇梓我感到她的目光突然變得深邃，猶如看穿自己的一切。

「比起女神像，蘇哥哥先顧一下自己比較好喔，說不定在放學後你就會被怪物殺死呢，嘻。」夏思思不經意地道：「遇上危險的話，記得要找家中的女僕幫忙喔。」

蘇梓我被夏思思突如其來的一番話愣住了，不知該如何反應。同時下課鐘聲剛好響起——蘇梓我雖想立即找夏思思問個明白，無奈她在下課後已經鑽到女生堆內，並對自己微笑揮手。

8

「女神像、怪物、家中女僕，那轉學生究竟是何方神聖，連我家裡養了一隻女僕都知道。莫非她一直在跟蹤我？」早上蘇梓我在教室裡暗自歡喜。「還跟到學校來了，她一定是仰慕我而轉校過來的。」

可惜之後課堂都沒有機會找夏思思問清楚，等到了第一節的休息時間，他才走到夏思思的座位打招呼：「思思，該感到榮幸了吧，我親自來找妳了。」

「真噁心，竟然直接稱呼夏同學的名字。」一位叫杜夕嵐的短髮女生把夏思思拉到一邊，低聲說：「妳是新來的大概不知道，那噁心的男人只要見到女的都會出手，妳最好別接近他。」

「是這樣嗎，」夏思思微笑地說：「看來是位很有精力的男生呢。」

「杜夕嵐這裡沒有妳的事，再說，我本來就不知道思思的全名，原來是姓夏嗎？」

「叫思思就可以了喔。」

杜夕嵐又捉住夏思思告誡：「妳就是太單純，所以更要小心那頭色狼！」

之後不止杜夕嵐，連班上其他男女同學都合力把夏思思帶離開。看來不消一天，她已經把班上所有同學都聚集到了她身邊。

蘇梓我見到自然不甘心，立即追上前，卻又被班長分隔開。

「同學！」李訥仁熱情地打招呼：「剛剛才有空看手機，你是想問聖火堂女神像的事吧？」

「你幹嘛偏偏在這時候出現啊！現在我不想跟你——」

「不用害羞！正確認識神是踏上正途的第一步，身為班長，我很樂意為同學解答疑問！」

李訥仁興致勃勃地捉住蘇梓我，於是蘇梓我只能眼睜睜目送夏思思等人離開教室。既然無法找夏思思當面問清楚，蘇梓我只能夠倚賴眼前這熱血青年為他解答。

「唉，那我就聽聽關於女神像的事吧。」

「樂意之至！」

兩人返回坐位，接著李訥仁說：「那個大理石像，正確名稱應該是『聖火聖女像』，雖然我也不知道它是什麼來歷——」

蘇梓我不禁白眼。「你在耍我嗎？」

「當然不是！我可是非常認真。」李訥仁辯解：「你也知道我們是聖教的學校吧，聖教一般只會敬拜聖父聖子聖靈，很少會對其他女性崇拜。」

「也有聖母之類的吧？」

「這也不對，因為聖母的象徵是『無玷聖心』，可是我們學校的聖女象徵是『聖潔火焰』。」

李訥仁說：「當然，聖教歷史上出現不少聖女，光是名字叫『德蘭』的聖女就有三人，可是以聖火作為象徵的聖女，就算把聖經從頭到尾讀一遍也找不到。」

蘇梓我說：「會不會是異教徒的——」

「當然不可能。」李訥仁突然對蘇梓我低聲耳語：「你能夠想像香港除了聖教之外，還有其他宗教能夠公開運作嗎？」

「說得也是。」但蘇梓我想了一想，依然感到不對勁。「說了那麼多，到頭來你也回答不了我的問題啊！分明在耍我吧？」

「我怎麼會耍同學呢！只是校方幾十年來都沒有公開過聖火聖女的真實身分嘛。」李訥仁說：「不過最近幾年倒是有一則有趣的傳聞，說是我們的學生會會長跟聖火聖女長得非常神似，搞不好聖火書院一直都在敬拜自己利家的千金呢。」

「慢著……誰是我們學生會會長？不是才剛開學而已？」

「中六①的利雅言啊，她由中三開始就一直是學生會會長，你連這個也不知道？而且利家可是聖火書院的創立者。」

蘇梓我才沒有興趣知道學校的事。他關心的是，莫非昨天見到的那位女生，正是學生會會長？看她的外表，年齡大概符合。

但李訥仁打斷了他的思考。「但是聖火聖女像不可能跟利同學有關，畢竟神像在她出生之前就已供奉在教堂內。只不過就算明知不可能，其他同學在她背後都是稱呼她為聖女會長。」

蘇梓我問：「我可以到哪裡找到那位聖女會長？」

「現在學生會還沒有正式運作，我也不知道怎麼找到她。畢竟聖火書院校園佔據整座山頭，

①香港的教育系統是基於英國的教育系統，除了自由選擇的幼兒園或幼稚園，還有六年的小學和六年的中學，其次是大學四年。中六相當於台灣學制的高中三年級。

要找可不容易。」

「嘖，真沒用。」

這時中堂休息結束的鐘聲響起，李訥仁返回自己的座位，剩下蘇梓我一人在想利雅言的事。

那確實是蘇梓我看過最漂亮的女生，所以就算像是夏思思那樣可愛的女孩子給他的忠告，他也早已忘得一乾二淨。

蘇梓我不知道，此刻在山腳下已聚集了一大群惡魔，正在等他回家。

9

通常星期六都比較早下課，可是蘇梓我被孔穎君逮住訓話，結果弄到下午五點多才離開學校。這時下山的公車班次稀疏，蘇梓我只好走路下山，反正天色還亮。

可是甫離開校門，路上環境便越來越昏暗；路旁的街燈亮起，斜坡的林間亦有昆蟲鳴叫。直到蘇梓我回神過來，才發現夜幕已然低垂。

蘇梓我看著手錶，明明才五點半，怎麼天會黑得像夜晚一樣？

「不對，秒針沒有在動，手錶什麼時候壞了？」

蘇梓我自言自語著，但有一點他無法想通。就算現在已經是夜晚，但放學時還是大白天，沒理由會一路走到天黑啊？

於是他往四周看去，想找路人問一下時間，卻發現路上只剩自己一人。不止行人，就連旁邊馬路走了幾分鐘都沒見一輛汽車駛過，感覺像走在深夜的無人街道。

飛蟲圍繞街燈飛舞，一片寂涼，蘇梓我見狀便自言自語道：「這個場景，如果山邊有烏鴉叫的話應該更有氣氛吧……」

就在這時候，斜坡上的榕樹頂突然發出嘶嘶叫聲，只見樹葉抖動，卻不見聲音主人。蘇梓我仔細凝看，發現枝葉裡有雙金紅色的眼睛回盯著自己，令人毛骨悚然。

「怪物？」

——說不定在放學後你就會被怪物殺死呢。

蘇梓我想起今早夏思思的話，馬上心慌起來，只好加速腳步盡快下山。然而蘇梓我一直在走，樹裡黑影卻是從一棵樹躍到另一棵，一直緊隨他的腳步。蘇梓我抬頭查看，林中金紅色的眼睛已經增加至十數對，這可不是鬧著玩的。

「我什麼壞事都還沒做，追著我想幹什麼！」

語音未落，數隻金紅眼的怪物突然從樹間躍出，一同撲向蘇梓我的頭頂！蘇梓我當然拔腿就逃，豈料轉彎之後竟是死路——數十棵大樹擋住了去路，但這條山路應該沒有死胡同才對。

蘇梓我來不及細想，擋路的樹後又冒出了數隻金紅眼的怪物。不對，說是惡魔應該比較貼切。那些生物只有半個成年人高，五官怪異，頭上長角，雙眼發光；雖然手短腳短，背後卻長有一對蝙蝠翼，使牠們能夠高速飛行。

蘇梓我不懂得那些生物正是魔界的下等惡魔「紅眼鬼」，牠們收到消息，知道蘇梓我的靈魂沾有撒旦的血、價值連城，於是成群結隊來此希望分一杯羹。

——吼！

一聲怒哮，從後追趕的紅眼鬼突然加速、大力撲倒蘇梓我！蘇梓我馬上爬起來，卻發現雙手雙腳已被另外幾隻紅眼鬼捉住；其中一隻紅眼鬼緊抓蘇梓我的頭髮，連同其餘四隻一起往相反方向拉扯，似乎想活生生地將蘇梓我五馬分屍。

「放開我！」

但見紅眼鬼猛地拍打翅膀，用盡渾身氣力將蘇梓我拉扯到半空；蘇梓我聽見自己關節快要散掉的聲音，連項頸也快被扯斷。就在他被拉扯到無法呼吸之際，「砰」的一聲，蘇梓我又被拋回到馬路上——五隻紅眼鬼忽然間同時鬆開了手。

究竟發生什麼事？蘇梓我一方面慶幸自己四肢依然完整無缺，另一方面看見在場二十多隻的紅眼鬼全部神色慌張，非常不安。

啪啪啪、啪啪啪。紅眼鬼群亂跳亂跑，其中一隻更著急地把同伴推開飛走，接著全數一起拍翼四散竄逃。

無論如何，總比被那些怪物五馬分屍得好。蘇梓我站起身來，拍打一下自己身上的灰塵。

——你就是沾有撒旦大人之血的靈魂嗎？

「欸？」蘇梓我抬頭一看，見到一個男人正在對自己問話。

「不好意思，忘記了人類的規矩。」陌生男人說：「我叫比夫龍，是來領取你靈魂的惡魔。」

這位繼承「比夫龍」名號的大惡魔，正是剛才那些紅眼鬼落荒而逃的原因——因為他是「擁有爵位的惡魔」。

擁有爵位的惡魔，與下等惡魔完全是不同的檔次，根本不能相比擬。在惡魔的世界，地位、魔力就是絕對的象徵，剛剛紅眼鬼群探知到比夫龍男爵的魔力逼近，自然不敢跟他爭奪獵物。

至於蘇梓我，他不知比夫龍是何方神聖，但仍當場嚇呆；原因不外乎當比夫龍把頭轉側時，蘇梓我竟看見眼前這男子居然前後有兩個臉孔！

蘇梓我喃喃道：「還以為雙面人只是一個比喻，殊不知真有個雙面人活生生地站在面前。」

比夫龍冷笑一聲，便單刀直入。「來把靈魂獻上吧。」

接著比夫龍舉起右手使出「死靈術」，剎那間便有十數隻屍鬼在人行道上破土爬出。每隻屍鬼都握著一把大鐮刀，名副其實就是要來收割靈魂。

蘇梓我看得目瞪口呆，想要逃，雙腳卻偏偏不聽使喚，動彈不得。眼見屍鬼們一步步迫近，蘇梓我雙手不斷慌亂地亂抓頭髮，但完全想不到對抗之法。

蘇梓我暗嘆：「莫非自己今天就要不明不白地死在回家的路上，我可不想死啊！昨晚才騙了一個女惡魔回家，我都還沒有享受過啊！」

——遇上生命危險的話，記得要找家中的女僕幫忙喔。

他再次想起夏思思的話，真是他媽的先知！於是蘇梓我孤注一擲，仰天大叫：「娜瑪！我以契約主的身分，命令妳立即趕來救駕！」

一陣狂風掃來，屍鬼群忽然停止了腳步；牠們緩緩退後，有些更用鐮刀挖地鑽回土中。這也不能怪牠們，正如之前的解釋，一切都是求生本能。

「唉……」

天空飛來一團黑霧，在黑霧裡面的，是一個拿著掃把的女僕。也許魔女的掃把能夠飛天，不過娜瑪的掃把還真的是用來掃地的。

「我很忙的啊……」娜瑪依舊穿著粉紅色的女僕裝，老大不願意地降臨到蘇梓我面前，而且一臉無奈。

「阿斯摩太……子爵閣下。」比夫龍驚道。

原來娜瑪同樣是擁有爵位的惡魔，而且比起比夫龍還要高出一階。比夫龍恭敬地問候：「閣下也想得到沾有撒旦大人之血的靈魂嗎？」

「唉……」然而娜瑪只是垂頭喪氣，知道自己借刀殺人之計失敗，沒心情回應對方的話。

「還有那個……閣下一身打扮是……？」

「別問了！」娜瑪迅速回道：「我才不是自己喜歡才穿成這樣的！」

蘇梓我看到兩位惡魔對話，好不耐煩，便對娜瑪呼喝：「別這麼囉嗦！快來替主人報仇，給這個雙面怪物一個教訓吧！」

「唉……」娜瑪只好擺出戰鬥架勢，無奈地跟比夫龍說：「多多得罪了。」

10

「去吧！娜瑪！」

「你不要囉嗦！」

娜瑪不想理會身後那個大聲亂叫的蘇梓我，只好如箭般地快速飛向比夫龍，以纏身黑霧攻擊。

剎那間，黑霧在娜瑪頭頂幻化成十二魔箭，每枝箭頭都瞄準比夫龍的頭顱發射；比夫龍不敢怠慢，馬上伸手操霧作盾，在自己前方劃出一個半球體，擋下魔箭——

砰！

兩團霧撞在半空炸出巨響，音波把山上樹木震得東倒西歪，路旁燈柱更是晃得搖搖欲墜。

「阿斯摩太閣下，妳是認真的嗎？」比夫龍問。

「我也不想跟你戰鬥，畢竟大家都是同期出身。」娜瑪心情複雜。「無奈現在我已經變成那個人類的使魔，假如他沒下令殺你的話還好——」

「娜瑪別偷懶啊！趕快殺死那個雙面怪物！」

娜瑪搖著頭，對比夫龍說：「你也聽見了吧。如果我違反契約命令，就會魂飛魄散……所以抱歉了。」

娜瑪收拾心情後再次懸在半空，預備再向比夫龍發動攻勢。至於比夫龍，他的兩對眼四隻耳凝神靜聽，並取出自己的神器「死靈燭台」準備應戰。

「再來一遍！」娜瑪厲聲高呼，這次纏身黑霧化成二十四枝魔箭，以倍數數量猛地向比夫龍站著的位置射去，不留對方活口的機會！

只是比夫龍亦非等閒，一陣地動山搖，比夫龍召出纏身魔力擋下魔箭，二人均毫髮未傷。

「阿斯摩太閣下，妳我魔力不相伯仲，只靠這樣是不可能打倒我的。」

比夫龍所言甚是。畢竟雙方都是擁有爵位的惡魔，又是同期出身資歷相同，純粹比試魔力只會沒完沒了。要決勝負的話，就要利用「魔魔法」和「神器」。

魔魔法，顧名思義即是惡魔之術，具有驚人的威力，只有天界的「聖魔法」能夠與之對抗。高階惡魔之所以比下等惡魔厲害，就是因為他們能使出魔魔法。可是高階惡魔的魔魔法與擁有爵位的惡魔相比又是小巫見大巫，皆因擁有爵位的惡魔都擁有至少一件神器，而神器能夠大幅強化特定的魔魔法。

像比夫龍的神器「死靈燭台」，正是能夠強化死靈術的觸媒。一般來說，死靈術是一種能夠喚醒在當地死去的靈魂，並將其化作自己的守護靈；可是死靈燭台的死靈術與眾不同，除了喚起往生者，更能召出未來在此地逝去的靈魂。換言之，比夫龍能夠使役的死靈是無限多。

這也是只有比夫龍才能夠駕馭的死靈術。因為他有兩張臉孔，正面的臉朝望未來，後腦的臉回望過去。

反觀另一邊廂，娜瑪的神器是阿斯摩太指環，是一枚能夠大幅強化誘惑術的神器，用來控制人類是易如反掌，不過要誘惑惡魔則非常困難。畢竟惡魔原本就是因為受不住誘惑而墮落的生物，所有惡魔本身已是誘惑和邪惡的集合體。

因此就結論而言，娜瑪是一位非常不擅長戰鬥的惡魔。她很明白比夫龍的話是事實，要怪就怪蘇梓我不負責任的命令，要她做最不擅長的事。

「煩死了！」不擅戰鬥魔法的娜瑪只好一味用純魔力向比夫龍攻擊，但都被擋了下來。

比夫龍難過地說：「我實在不想跟閣下戰鬥。」

「其實還有一個和平的解決方法……」娜瑪在半空中勸說：「雖然我是身不由己，但你大可以離開啊。這樣我們就不用互相殘殺。」

可是比夫龍搖頭。「那個男人的靈魂我是要定了，要我逃走，恕我無法辦到。」

「但我有任務要保護契約主，你要殺他就先得過我這關。」娜瑪反問：「你為了那個人的靈魂，不惜把同期惡魔的我殺死？」

比夫龍沉默不回應，然後高舉死靈燭台——燭光所照之處皆有死靈浮現，眨眼間，數十隻四肢不全的怪物一同飛上天，把娜瑪重重包圍起來。

「可惡，煩死人了！」

娜瑪對於比夫龍的決定有點失望，畢竟他們好歹相識一場，豈料對方會不顧情面殺害自己。她只好集中魔力，不斷擊出黑霧巨箭——

娜瑪不負大惡魔之名，山上激起灰塵與死靈碎片，就連經死靈燭台強化過的靈體，在娜瑪面前都是不堪一擊。可是比夫龍的死靈軍團數之不盡，只要他帶著死靈燭台飛到半空，死靈燭台就如燈塔般照亮了整座山；山上所有靈體一同湧現，爭先搶後地撲向娜瑪。

「這數量……幾乎上萬，足以跟惡魔軍團匹敵了。」

娜瑪心感不妙，奈何別無他法，只能逐一以魔箭擊殺；僅在空中戰鬥數分鐘，感覺就已消耗掉她幾小時的魔力，開始喘不過氣來。她想過直接衝去攻擊正在喚靈的比夫龍，可是她笨拙的戰鬥技巧消耗太多自身的力量。相較於比夫龍身邊有無數死靈守候，她貿然闖入敵陣無疑是送死。

比夫龍見娜瑪開始力不從心，沒有錯過她一瞬的破綻，猛然用黑霧將她從半空中擒下！娜瑪分神走避不及，便遭比夫龍用魔力摔到面前，地上死靈立即逮住了娜瑪。

「結束了。」比夫龍望著娜瑪的雙眼宣告，殊不知這亦是娜瑪最後的機會——

畢竟她唯一能做的就是孤注一擲，近距離用迷惑術把比夫龍迷倒。雖說迷惑術對惡魔的效用不大，但只剩下這個方法能跟比夫龍對抗了。

這一刻，娜瑪水靈醉人的眼眸泛起淡光，雙眸變得晶瑩剔透，好比水中的藍寶石般閃爍迷人。假如一直與她對望的話，靈魂就會被吸走吧？這就是阿斯摩太的指環魔法，就不知對於身為惡魔的比夫龍是否奏效……

沒想到，比夫龍的眼神真的變柔軟了。娜瑪立即將剩餘魔力一併爆發，趁對方猶疑之際反過來把他擒住，同時打斷了死靈術。一時間，整座山頭的死靈消失無蹤。形勢逆轉了。

「居然成功了……」連娜瑪自己都不相信會成功，可是比夫龍心中卻未感意外，只是非常不甘心。他其實一直暗戀著娜瑪，這正是娜瑪迷惑術能夠成功的原因。

事實上，比夫龍決意要殺死蘇梓我，並非想得到他的靈魂，更非要傷害娜瑪。相反的，他是為了保護娜瑪、幫她離開惡徒之手，才要殺死蘇梓我。

可惜娜瑪不知道比夫龍的心意，現在她終於以魔力鎮壓住比夫龍，這是唯一能殺死比夫龍的機會了。即使不想殺害同胞，但如果錯失這機會的話，肯定贏不過他……

究竟要殺他，還是被他殺死？抑或違反契約魂飛魄散？娜瑪內心裡不斷掙扎，可是契約詛咒不容她選擇，只能夠遵從蘇梓我最初的命令——殺死比夫龍。

「是我輸了，閣下請動手吧。」比夫龍閉上眼睛，好讓娜瑪不至於違背契約而被毀滅。

「抱歉……」娜瑪把手中黑霧化成鐮刀，並高舉在比夫龍的頭上——

「慢著！」豈料，一直在安全距離外觀戰的蘇梓我突然走來，趁比夫龍動彈不得時在他臉上踹了幾腳，踢了一邊的臉再踢另一邊，哈哈大笑地說：「剛才差點被你殺死呢，現在還不教訓你一下！」

蘇梓我邊笑邊踢，在旁的娜瑪看不過去，便說：「士可殺不可辱，你這樣做太過分了吧？」

「什麼？妳居然敢教訓主人，看來是調教不足。」

「別說調教啊！雖然現在我是使魔，但我也有自尊——啊！」

蘇梓我突然掐了一下娜瑪的胸，說：「總之我想怎樣就怎樣！」

「你這個無賴——不要、住手啊！」

娜瑪無論如何反抗，都逃不了蘇梓我的魔掌，不斷被揉著胸部；娜瑪變得滿臉通紅，早已經忘記繼續用魔力壓住比夫龍。

「啊……你看你幹了什麼好事！」待娜瑪發現時，比夫龍已經掙脫離開，飛到半空。

比夫龍望了娜瑪一眼，心想雖然她以為是靠運氣打贏自己，但其實無論試多少次，自己一定都會輸給娜瑪。比夫龍心灰意冷，最後消失在空中。

娜瑪問蘇梓我：「現在怎麼辦，還要追殺他嗎？」

「什麼？那男人我才沒有興趣。」

說畢，天空突然恢復光亮，不知不覺間馬路上開始有汽車駛過。蘇梓我看見世界回復正常，便拿回書包下山，沒再捉弄娜瑪。

娜瑪看著蘇梓我下山的背影，不禁搖頭嘆息。「剛才傷感的氣氛都被這淫賊一掃而空了。但至少我和比夫龍都沒有死，算是個好結果？」

娜瑪又想：假如剛才不是那淫賊突然出來搗亂，我應該已經下手殺死比夫龍了吧。這樣的話，反而要感謝那笨蛋呢。

「等等……難道那淫賊是故意放生比夫龍才這樣做的？」她立刻拍拍自己的臉。「怎麼可能！他可是個比惡魔更邪惡的人，絕對不會這麼好心腸！」

娜瑪嘆了口氣，最後跟隨蘇梓我下山回家，事情總算告一段落……她以為是這樣。

◇

「那究竟是什麼狀況？」

「看來有調查的必要。」

一對男女在遠方山路碰巧目睹了方才戰鬥的最後一幕。該對男女不是他人，正是利雅言和利隆禮。

第二章

入教

1

「唉，我把晚餐偷回來了。」

垂頭喪氣的娜瑪將飯盒放到面前，蘇梓我打開一看，馬上敲筷子抱怨：「怎麼沒有甜點，我的芒果布丁在哪裡？」

「別這麼挑剔好嗎。我身上沒有人類的貨幣，能夠把飯偷回來又沒引起其他麻煩，已經相當費神了。」

嗯，她的確好像說過惡魔不能被教會盯上。蘇梓我想了一會兒便說：「下次我還是給妳一點零錢好了，不過錢只能花在我身上。」

「那我今晚的飯怎麼辦？」娜瑪說：「我替你跑腿但還沒有吃飯啊。」

「妳就吃那些隔夜麵包吧。」蘇梓我指向客廳電視機前的白麵包說：「旁邊還有一罐抽獎送的貓罐頭，妳嫌白麵包沒有味道就拿它來配吧。」

「那根本不是人吃的啊！」

「妳又不是人，說什麼人話。別這麼挑剔，比起人類你們更像野生動物吧。」

「嗯……吃是能吃，這鮪魚雞肉看起來還可以。」於是娜瑪只好把麵包夾著肉塊一起吃。

於是客廳瀰漫著古怪的氣氛，有人吃飯，有惡魔吃貓罐頭。現在才晚上七點半，剛好夜幕低垂，換言之，放學時那段離奇經歷仍有著難以理解的地方。

蘇梓我忍不住問：「所以剛才那到底是什麼一回事？還沒到黃昏就已漆黑一片，其他人不會覺得怪異嗎？」

娜瑪邊吃邊回答：「那叫做『魔空間侵蝕』，能夠斷絕在場『因果』，將目標人物帶到『虛景』。也就是說，只有當事人的你才會看見黑色天空，其他留在『現世』的人無法察覺到異樣。

「不過那是進階的魔魔法啦。因為低階惡魔無法使出，因此才需要成群結隊到現世捕食。不過這魔魔法能夠侵蝕的範圍並不大，只是萬萬沒猜想到，我還把比夫龍引了過來……」

「妳引過來？」

「不、口誤而已！是你的靈魂把比夫龍吸引過來的。」娜瑪說：「你知道嗎，比夫龍是擁有爵位的高階惡魔，單槍匹馬便能夠侵蝕整個山頭。要跟那種怪物打，我就算吃了貓罐頭有九條命都不足夠啊。」

「妳還真沒用。下次又有惡魔襲擊我的話怎麼辦？」蘇梓我追問：「話說回來，為什麼連那些低階小鬼都知道我手上有撒旦印記的事？」

「誰、誰知道呢？真奇怪，哈哈。」娜瑪把聲音提高了半度。

「既然不能指望妳，我也要學一下魔法傍身才對。而且我是天才，學會魔法後應該比妳還要厲害吧。」

「魔魔法不是能夠隨便習得的，而且我只懂得迷惑男人的魔魔法，你想學嗎？」

蘇梓我一臉不悅。「妳果然不中用啊，萬一遇上女惡魔妳不就束手無策了？」

「所以我最討厭的就是她……」娜瑪欲言又止。

「不過為了女惡魔的樣子和身材，有機會還是讓我親自下手比較好，嘿。」蘇梓我說：「對了，妳不是能夠操控黑霧嗎？教我那個吧，讓我變出觸手之類的。」

「觸手？」娜瑪打量了下蘇梓我。「這個嘛，那些黑霧是魔力的具現化。既然你右手有獸名印記，又有邪惡的心腸，應該能操控魔力吧。」

然而蘇梓我舉起右手手背，卻看不見任何東西。

「咦？」此時娜瑪見到蘇梓我的右手手掌有個類似被刺的傷痕，穿了個洞似的。「那個形狀和位置的傷痕，在教會裡面好像有特別稱呼……雖然忘記了。」

「別管那傷痕了，現在我手背的印記不在，這樣還可以操控魔力嗎？」

「當然不行，沒有印記你只不過是個普通人。」娜瑪解說：「但不用擔心，反正你手背的印記沒有消失，只是暫時失效而已。它是捕食色慾的印記，只有當你燃起色慾時才會出現。簡單來說，你的色慾就是你的魔力。」

蘇梓我淫笑盯著娜瑪的胸口說：「那妳就是我施法的關鍵道具。」

「別把人家當成道具啊！」娜瑪嘆道：「為什麼像我這種菁英惡魔，要淪落成為這個人渣的使魔……」

「決定好了！」

「欸？決定好什麼……」娜瑪有不好的預感。

「吃完飯來飯後運動吧！」蘇梓我一邊說，一邊解開上衣鈕扣，又淫邪地大笑。

「等、等等！這不可以！」

蘇梓我張牙舞爪地放聲大笑：「這次無論妳怎麼說，也動搖不到我堅定的決心。況且我有契約在手，妳別作無謂的掙扎了。」

「不！」娜瑪連忙道：「你忘記契約的內容了嗎？契約要求我當你的僕人直至心滿意足。假如你今晚被我滿足的話，這就代表履約成功，我將再也不會聽你使喚。所、所以，我勸阻你也是為了主人你著想啊！」

蘇梓我頓時晴天霹靂。「難得入手的使魔怎麼可能就此放手……不行啊……」

「你倒是沒想過契約結束後，你也會被我取走靈魂嗎……」娜瑪嘆氣，心想這人果然是笨蛋。

蘇梓我感到無奈，搖頭說：「沒辦法，那就只做前戲吧。只要無法滿足就不算完成契約，嘿嘿嘿，我太聰明了。」

「別過來！你這個人渣——啊啊啊！」

2

聖教與正教、新教的組織架構大同小異，其行政區域總共劃分五級：最高的第一級稱作「聖座」，以聖教為例，即代表羅馬教宗現時管轄的梵蒂岡。

第二級為「教省」，最高領導人為「教省大主教」。教省一般以國家為單位，並在宣教與行政上享有獨立權力。

第三級為「教區」，主持人為「教區主教」。大多數的教區都會與鄰近教區合組為教省，但亦有香港這樣的例外，畢竟香港是聖教在東亞的唯一教區，由羅馬教廷直接牧養。至於原先屬於聖教的澳門教區已經消失，並在數年前被合併到中國正教的廣東教省之內。

第四級是「堂區」，以地區教堂作為基地，交由「堂區主祭」打理，具有一定的自主權。由於堂區每週日都會在堂區教堂舉行彌撒，因此堂區的凝聚力特別強，是整個教區的主心骨，也是宣教的最前線。現時香港教區共有五十三個堂區，聖火堂區便是其中之一。

最低級是「牧區」，通常設於比較偏遠的地區，又或者人口稀少的地方。形式跟堂區差不多，可是規模更小，算是堂區的雛型。牧養人是「牧區輔祭」，聖品比起主祭低一階。

蘇梓我居住的地方正是屬於香港教區的聖火堂區，以學校的聖火教堂作為中心；堂區主祭為利家兩姊弟的父親利得福，眾人尊其為利主祭。

今晚，在聖火書院後山的利氏大宅內，利主祭正在聽取利雅言和利隆禮關於堂區內出現惡魔的報告。

「惡魔之皇才離開不久，又來了另一個大惡魔嗎？」利主祭背著書房窗戶坐下，雙手按住書桌，這是他思考時的小動作。

「父親大人，」利雅言說：「那個大惡魔前後各有著一張臉，根據《惡魔大辭典》的描述，很有可能是所羅門七十二柱的比夫龍。」

「比夫龍，是擁有爵位的惡魔。」利主祭不禁嘆氣，卻又連忙說：「不好意思，父親悲觀的壞習慣又出現了。」

「不，這的確不教人樂觀。而且當時還有其他平民混在比夫龍的戰鬥當中，現在回想起來，也許我昨天犯了一個大錯。」

利主祭心思細密，很快就了解到她的意思。「莫非那位平民正是昨天商店街後巷的人？」

「是的。本來以為他只是個普通人，但傍晚看見他在一旁觀看比夫龍的戰鬥，也許他跟惡魔有所關係……或許昨天我不應該放走他。」

「但同樣的，現在也沒有證據顯示那個人跟惡魔有關吧？」

「嗯，還需要一些時間證實他的身分。」

看見利雅言神情失落，身為父親的利主祭便安慰道：「不用勉強自己，妳這個年紀要身兼學業和教會的工作，已經很辛苦了。比夫龍方面我會請求教區的協助——」

「不可以。」利雅言打斷了利主祭的話。「教區主教一直不太喜歡父親，請求協助的話又會給他藉口打壓我們。」

「這的確是個難題……其實上星期我向主教大人推薦了雅言妳升任堂區輔祭，可是如果教區知道我們堂區犯錯的話，大有可能影響到妳的審核……」

「因此就放心交給女兒處理吧。而且那個可疑的人是聖火書院的學生，要調查他應該不會很困難。」

「但若那人跟比夫龍這大惡魔扯上關係，單靠聖火堂區恐怕不易應付。」

利雅言微笑回答：「所以這時更應該信任身為自由白衣騎士的我們啊。」

白衣騎士——泛稱專門對付惡魔的聖品員。他們一般隸屬教區的白衣騎士團，由教區主教統籌消滅惡魔的工作，因此白衣騎士的數量亦反映了該教區主教的勢力。

至於聖火堂區被允許擁有白衣騎士，算是極少數的例外。由於某些原因，聖火主祭有權任命最多三名的白衣騎士，這正是現任教區主教不喜歡聖火堂區的原因。

利主祭說：「我明白了。一切就交給妳去處理吧。隆禮，你也要好好協助姊姊。」

「是的。」利隆禮恭敬回應，接著姊弟倆便離開了利主祭的書房。

「比夫龍嗎？居然偏偏是這個惡魔……」利主祭不禁遠望窗外嘆息，然後從抽屜取出手機。

「主教大人，很抱歉這麼晚打擾你。是這樣的，計畫出現了些許變化……」

◇

星期天，翌日早晨，蘇梓我家。

「昨晚真的太慘了。雖然守住了最後防線，但長此下去，難保那禽獸會失去理智將我吃乾抹淨……」娜瑪拿著鍋鏟在廚房自言自語：「不過萬一最壞的事情真的發生，那混蛋得到滿足的話，我也算完成了契約吧？到時看我怎麼把他剝皮拆骨！」

「妳在煮什麼早餐需要剝皮拆骨？」蘇梓我突然從背後冒出，把娜瑪嚇了一跳。

「沒、沒什麼啊！你的廚房根本沒其他食材，我就只是在煮泡麵啊！」

「好吧，今天早餐就准妳煮兩人份，這是昨晚的打賞。」

「哇……真令人感激。」娜瑪面無表情地說。

「可是昨晚只有前戲，實在不能令人滿足啊。」

「怎麼突然變成這種話題啊？」娜瑪臉紅起來。

蘇梓我沒有理會她，續道：「所以我想到一個解決方法。」

「什麼方法……？」

「妳雖然身材不錯，長得也算漂亮——」

「就、就算怎樣誇獎我，我也不會給你好處！」

「——不過那個人比妳還要美麗一百倍！」蘇梓我大笑道：「因此我決定要把她捉回來，當我老婆。」

娜瑪冷冷道：「雖然不知道是誰，不過你加油吧……」

「是要妳加油啊！妳不是懂得迷誘人類嗎？所以才要妳幫忙。」

「欸，但那女生也太可憐了吧！既然你說她那麼漂亮，被你吃掉才是天下間最可悲的事。」

「妳在胡說什麼，跟我在一起應該是天下間最幸福的事才對。」蘇梓我拿出手機，把昨天拍下的女神像給娜瑪看。「總之我要把她得到手。」

「你連石像都要搞嗎……？」

「蠢材，我是指跟這個女神像長得一模一樣的女生！」蘇梓我吩咐道：「她應該跟我念同一間學校，所以明天開始，妳也得跟來我學校上課。這是命令！」

聽見命令，娜瑪一不小心就把鍋鏟掉到鍋中，今早的心情又跌落谷底。

3

服侍完蘇梓我的早餐後，娜瑪便獨自在樓下徘徊，苦惱著該如何混入校園。雖然以她的外貌年齡來說很適合扮成學生，不過一時半刻要如何申請入學？而且還是教會辦的學校，最糟糕的是，蘇梓我更給了明天就要上學的期限。

娜瑪喃喃道：「真是被那混蛋害死了。要是明天無法上學而魂飛魄散，本小姐不就成為魔界的笑話？」

她一時氣憤，便用力踢走路上小石，但石子卻飛到了一名陌生男子的臉上。

「啊，抱歉。」

但那陌生男子好像沒有理會，反而慢慢走近娜瑪，並說：「請問……妳是不是酆娜瑪小姐？」

娜瑪心想：這個人為什麼道出我這惡魔的真名？雖然只有名字說對姓氏不對，但那不是普通人的名字啊，不可能隨便說說就中。莫非他是那個色狼派來捉弄自己的？

那男生確實認識蘇梓我，不過這次與蘇梓我無關。

娜瑪思考了一會兒，只好不爽地承認：「沒錯啊！要剮要殺，悉聽尊便。」

「原來真的是酆同學！」李納仁興奮地說：「夏同學說，只要星期天早上的十點整來到這公園門口，就會見到一個穿女僕裝的女生在踢石子，那個女生就是沒來上課的酆同學。」李納仁再次驚訝。「居然和她說的內容一模一樣，那位夏同學的塔羅牌占卜果然厲害！」

娜瑪聽得一頭霧水。「什麼酆同學夏同學啊，你又是誰？」

「我是你的同班同學，班長李納仁！」他拍打自己胸口說：「夏同學跟妳一樣，都是新轉校的插班生，她經常會在下課時間替我們用塔羅牌占卜，很受同學歡迎。我發現班上另一位轉學生遲遲沒有上學，便找她占卜一下，果真靈驗！」

「這個人突然在說什麼……」娜瑪心想：不過剛好在我煩惱如何混入學校之際，居然有人告訴我，我本來就是學生？眼前的人該不會就是那色狼的同學吧？於是她問：「你有聽過蘇梓我這個人嗎？」

「蘇同學嗎？當然了，我們是同班同學啊。」

娜瑪心中驚嘆：天下間怎會有如此巧合的事！究竟是神的安排抑或是魔鬼的惡作劇？

李納仁無視神情震驚的少女，從背包取出一疊單子及筆記遞給了她，裡面還包括了班內的聯絡名冊。娜瑪立刻翻看名冊，果真有自己和蘇梓我的名字。

這時娜瑪又想起對方一直在說的夏同學，怎麼想都非常可疑，便仔細再把名冊查看一遍，並找到夏思思的名字。

「思思……斯斯……」娜瑪面色一沉，「該不會是她吧！不對，肯定是她，一切都是她設計安排的！我今天淪落到這地步也肯定是她的詭計。」

——在人家背後說壞話，小娜娜好嚇人喔，嘻嘻。

突然從旁邊冒出的夏思思假裝驚恐，躲到李納仁身後。李納仁責怪娜瑪：「大家都是同班同學，應該要和睦相處、守望相助才對。」

「嗯！」夏思思點頭微笑：「所以呢，小娜娜，我們明天在學校見吧。」然後就像小動物一樣地溜走了。

「啊……」娜瑪失神地跪在地上。「這個世界有兩個我最討厭的人……明天我卻要跟他們一起上課……我想死……乾脆魂飛魄散好了……」

「酆同學身體不舒服嗎？」

「不……不用理會我……」

李納仁見娜瑪模樣怪怪的，心想明天應該要盡班長的責任，多點留意這位同學才行。

◇

「就是這樣，明天我可以跟你一起上學了。」娜瑪無奈地回家跟蘇梓我報告。

「原來那個夏思思也是惡魔嗎？怪不得她好像知道很多東西。」

「她是繼承『阿斯塔特』名號的大惡魔，跟我一樣在魔界位列子爵。別看她像小孩子般天真，那只不過是裝出來的，她的內心可是既惡毒又狡猾。」

「聽起來跟我性格很合得來呢。」

娜瑪嘆了口氣。「順帶一提，當天提示你用右手魔力殺死流氓的那個聲音，就是她。想必她是預視到我會跟你簽下契約，所以才救你的吧。」

「是嗎？可是當日我聽見的女聲妖艷成熟，跟她的聲音不一樣啊。」

「那才是阿斯塔特的真身，現在你看到那像小孩子模樣的夏思思，只不過是偽裝形態而已。重點是阿斯塔特擁有神器『毒蛇手環』，那是一個會說話的手環，能幫助她預視未來。因此她最擅長的魔魔法就是『預視術』，而且她最喜歡利用預視的結果去捉弄他人。」

「聽起來她比妳厲害多呢——」

「只不過是各有長處！沒有我比那個人弱這一回事！」娜瑪又小聲地說：「雖然我一次都沒有贏過她……但人家也很厲害的……」

蘇梓我附和：「嗯，確實妳有些東西勝出她。」

「是什麼？」娜瑪的雙眼稍稍恢復了信心。

「例如胸部大小、胸部的柔軟度，還有胸部的——」

「色狼！別說下去了！」娜瑪臉紅地說：「而且我都說阿斯塔特的初中生外表只是她的偽裝罷了，她真實的身材其實跟我差不多——」

「居然是這樣！」蘇梓我心中對夏思思的好感度隨胸部大小提升。「本以為她只是個可愛的女生，沒想到還有隱藏的屬性呢，好想看看。」

娜瑪傻了眼，心想：這個人真是見到女人就出手啊。昨晚對我做了那麼過分的事，今早又要那個女神學生當他老婆，現在又對阿斯塔特起了色心……不對，也許可以利用這色狼，給阿斯塔特一個教訓！

娜瑪忍不住嘴角上揚，馬上告訴蘇梓我：「根據聖經記載，阿斯塔特是個極端淫邪敗德的女惡魔，想必夏思思在純真的外表之下同樣是個淫娃。只要把她攻略到手的話，一定能夠滿足到主人你呢。」

「哦哦哦！」蘇梓我全身充滿力量大叫：「這樣明天一定要找夏思思了解一番！妳也一起跟來幫忙，這是命令。」

「遵命。」這是娜瑪第一次爽快接下蘇梓我的命令，她充滿信心，相信明天一定可以替自己報仇雪恨。

4

「各位好，我叫酆娜瑪，請多多指教。」

星期一的早會，娜瑪被班主任安排在黑板前跟其他同學打招呼。身為夢魔族的她，當躬身彎腰時難免會垂下那對傲人雙峰，剛好壓在了講桌上，看得教室內的男學生熱血沸騰。

「果然小娜娜很受男生歡迎呢……」夏思思在一瞬間變臉。「簡直令人作嘔。」即使娜瑪不是故意做這些小動作來誘惑男人，但正因如此，更令夏思思感到討厭。

「……這是一堆蘇梓我嗎……」至於娜瑪，她看到班上男生個個表現雀躍，不禁退後一步。

身為班主任的孔穎君見娜瑪打招呼時沒精打采的，便追問她：「不如再自我介紹一下吧，例如酆同學有什麼興趣？」

「呃……興趣嗎？不能說。」

「那麼妳平日通常會做什麼？」

娜瑪垂頭喪氣地回答：「買菜、煮飯、洗衣服、打掃……十八般家務……」

「看來將來能夠成為一位好媳婦呢。」孔穎君打趣回應。

「我才不想當一個家事惡魔……」

「好的，那麼座位方面……」孔穎君看了一下教室，頓感無奈。

原本孔穎君把蘇梓我安排在無人角落，目的就是要隔離那個麻煩鬼；但她沒想到新學期多了兩名轉學生，現在就只能安排娜瑪坐在他前面唯一的空位了。

其他男生見狀當場晴天霹靂，一堆嫉妒的眼神投向蘇梓我；夏思思越看越不爽，但當娜瑪經過自己座位時，她依舊展現微笑，對娜瑪說：「嘻，我們『又』變成同學了，請多多指教。」

「嗯。」相反的，娜瑪臉上毫不隱藏自己憎惡之情，同時心裡盤算：一定要讓那色狼好好教訓一下她。

◇

上個星期，班上焦點都放在外表人見人愛的夏思思身上，但今天所有男同學都圍在娜瑪身邊。看來可愛和身材，一眾男生已經做出了抉擇。

對此狀況，蘇梓我暗自笑道：「真是一群蠢材。假如娜瑪沒騙我的話，思思也是個身材火辣的小妖精才對。既然因為契約問題無法對娜瑪出手，那就先找另一位惡魔的思思解悶吧。」

於是蘇梓我在午膳時對娜瑪說：「等會兒妳就當誘餌，引開班上其他男同學，我要單獨跟思思交涉。」

娜瑪雖然不願當餌，但這是對付她仇人的機會，因此亦獻上一計：「你可以利用夏思思是惡魔的身分來要脅她就犯。畢竟這裡是聖教的地盤，如果她身分敗露，肯定會被教會通緝。」

「哦！好主意，妳終於有點用了。」蘇梓我又不忘叮囑娜瑪：「可是妳也要懂得保護自己，別給那些男生佔便宜。」

「咦，這算是關心我嗎？」娜瑪心中吐槽：既然這樣，為何又要我當誘餌啊！

「總之妳不能隨便相信別人，要記住，這個年紀的男生全都是色魔！」

「這才不用你告訴我！」同時娜瑪又見到有幾位男同學往自己走來，心道：人類是下等種，人類男性更是下等種中的下等種。但她仍強顏歡笑地跟那些男生一起吃午餐。

沒有上星期那些煩人的男生，蘇梓我見夏思思落單一人，便把握機會立即走上前搭訕：「思思，我有話要跟妳講。」

「蘇哥哥有什麼事？」夏思思用手指繞著自己的側馬尾，依然一副天真無邪的臉，充滿稚氣。

她越可愛，蘇梓我就越想佔有她，於是邊笑邊威脅夏思思：「我已經知道了妳的身分，妳也不想被教會知道吧？不如現在我們出去吃午飯，順便談一下？」

「原來如此，好啊。」夏思思意外地爽快答應。

她告訴經常跟自己出雙入對的好姊妹杜夕嵐，說今天不能陪她吃午餐。縱然杜夕嵐非常擔心，但最終還是無法阻止夏思思跟蘇梓我二人離開。

◇

非常嘈雜的速食店，蘇梓我和夏思思在一個角落並排而坐，是個十分適合密談的地方。

「在討論之前我想確認一件事，」蘇梓我認真地問：「現在妳看起來像是個中二學生，但其實這只不過是妳偽裝出來的外表？」

「原來小娜娜連這件事都告訴你了。」夏思思回答：「沒錯，這是我把魔力收起來時的外表，可能收得太緊，所以連身體也變得有點像小朋友呢，嘻。」

「太好了！雖然現在的妳也很可愛，但我還是比較喜歡成熟一點的女生啊。」蘇梓我於是滿心歡喜地表白：「思思，我要妳做我的女朋友！」

「哦，什麼意思？」

「主要是性方面的意思。」

「蘇哥哥還真是被色慾侵蝕的人呢。」夏思思保持笑容地回應：「那麼小娜娜怎麼辦？她不算是你的情人嗎？」

「她是僕人啊，就算是女朋友也沒差，女朋友當然越多越好！」

「嘻，蘇哥哥說話真直接。」

「我從來都不拐彎抹角，只會努力向前，向著目標奔跑！」蘇梓我充滿信心地說：「只要發現好女人，我一定會給她幸福，哈哈。」

「即使內心墮落，也還是會背幾句聖經呢。」夏思思歪頭說：「關於你的要求，思思沒有問題喔——」

「那就今晚——」

「不，」夏思思用指尖按著蘇梓我的嘴唇。「只是我有一個條件。順帶一提，不要以為可以用教會來要脅思思呢。剛才我也說過，思思現在的體態是把魔力收起來的結果，就算教會現在要調查，思思也不會露出任何馬腳喔。」

「難怪妳能夠輕易潛入聖教的學校。」蘇梓我非常失望。

夏思思放開了手指，微笑道：「只要蘇哥哥替思思辦一件事，我就願意聽從你一個要求。」

「什麼要求都可以？」

「當然不可以要求得到更多要求。」夏思思又補充說：「如果你擔心思思會反悔，我們也可以簽訂契約喔。」

「惡魔契約？那不是人類出賣靈魂給惡魔的契約嗎？」

「的確是這樣，正如你跟小娜娜簽訂的契約，是要求惡魔一方履行約定，以換取人類一方的靈魂。不過還有另一種交易稱為『逆契約』，即是人類一方履行約定，以換取惡魔一方支付相應報酬。」

換句話說，兩種契約的區別在於，主動履約的責任在於哪一方。逆契約便是要求人類執行承諾，否則會魂飛魄散。因此，逆契約對於人類來說不怎麼好用，而且惡魔也無法獲取人類的靈魂，所以逆契約是十分冷門的契約。

「契約方面，思思一早準備好了。」

夏思思把一張莎草紙放在桌上，好讓蘇梓我能夠讀出契約內容：

本人蘇梓我願意盜取聖火聖女身分的證據，以換取夏思思給予蘇梓我的一個願望。

內容十分簡單，但蘇梓我馬上舉起莎草紙放到燈光下照看。

「不用擔心喔，思思不會在契約上面動手腳的。」

「也對，只有像我這樣的天才才能夠想出這種妙計。」不過蘇梓我始終不明白契約內容。「什麼叫『聖火聖女身分的證據』？」

「思思拜託蘇哥哥要做的事，就是要調查出聖火聖女的真正身分。」

「但調查那個對妳有什麼好處？」

夏思思低聲說：「長久以來，教會內部隱藏著一個重大的祕密，而且為了瞞騙世人，他們要用一個又一個的謊話去掩飾。至於那個聖火聖女像的身分，正是能揭穿教會祕密的其中一個關鍵。只要能夠證實聖火聖女像的身分，教廷的聲望必定會一落千丈，到時思思就能夠在惡魔界立下大功。」

夏思思又擺出嬌媚的姿態，依偎在蘇梓我的胸口，仰望他說：「到那個時候，思思就能夠滿足你一個願望喔。」

接著夏思思輕吻蘇梓我的臉頰，讓他得意忘形地大叫：「好！妳洗香香等做我的女朋友吧！」

蘇梓我二話不說，提起速食店的鐵叉刺了一下食指，並用血簽下契約。有了雙方的血字簽署，莎草紙浮起數吋後化成磷光消失。

「嘻，謝謝蘇哥哥。」

夏思思一如以往報以微笑，可是這次的笑容其實是嘲笑蘇梓我簡直是單細胞生物，智商跟精子無異。

教會可是保守了聖火書院的祕密超過一百年，單憑蘇梓我，根本不可能有辦法揭發女神像的真身。什麼都不用付出就能夠騙得這男人幫自己做事，更重要的是，他一定會把娜瑪拖下水，這才是令夏思思最感愉快的。

5

午飯過後，蘇梓我與夏思思回到教室門口，卻被一位男生迎面撞開。只見那男生珍而重之地拿著果汁，甫進門就大叫：「酆同學，我把蘋果汁買回來了！」

另一位呆頭呆腦的男生又端上一只咖啡杯。「這杯子已經清洗好，請酆同學放心使用！」

又有一個戴眼鏡的男生說：「怎麼能給酆同學用你喝過的杯子？你是想跟酆同學間接接吻嗎！」接著把全新的玻璃杯放到娜瑪的桌上。「這是剛剛新買的，用我的吧！」

娜瑪在男生堆中愉快地笑道：「抱歉呢，給大家添麻煩，只不過是口有點渴而已。」

在場的男生都說著類似的話：「不用客氣，同學之間應該互相幫助才對。」

只有夏思思在門口咬牙切齒，心中咒罵：這就是那個女人的本性，專門迷惑男人的夢魔。

但有個人比夏思思更氣憤。蘇梓我氣沖沖地走進教室，捉住娜瑪的手企圖把她拉走。

「你這色——」娜瑪還來不及反抗，她身邊的男生已經把蘇梓我重重包圍，並威嚇道：

「蘇梓我！你想對酆同學做什麼？」

「這個問題該我問你們才對！你們要對我的女人做什麼！」

——哇，真噁心。

——那個人以為自己是什麼？

——對啊，簡直是白痴。

教室內嘲諷蘇梓我的聲音此起彼落，讓他暴跳如雷，當場大叫：「我說的都是實話——」

他吼得連走廊的人都聽見了，抱著課本準備進教室的孔穎君暗自嘆氣：「想不到新來的也是麻煩學生。」

教室內蘇梓我忽然內心一寒，感應到孔穎君即將回來上課，怕被她囉嗦只好撤退返回座位，娜瑪的事待回到家中再慢慢追究。

不過他仍是逃不過孔穎君的教訓。

「蘇梓我，等下放學留下，有人要找你。」

「不會又是訓話吧？老師妳上星期還嫌說得不夠多嗎？」

「放學要找你的人不是我。總之下課後就去學生會一趟吧，學生會有些事情想請教你。」

「學生會！」蘇梓我像吃到魚餌一樣。「是那位美人會長的那個學生會嘛！」

「嗯……你好自為之吧。」

孔穎君今早才被主任要求提交蘇梓我的操行報告，之後又負責傳話，叫蘇梓我到還沒有運作的學生會走一趟。所有事情都很奇怪，但既然是學校董事長的千金，還是別多管閒事比較好。這是職場的生存守則。

◇

同一時間，聖火書院學生會的會所內。

「蘇梓我，學校的問題少年、不良學生。這種人死不足惜吧？」利隆禮把蘇梓我連續五年的操行報告拋到桌上。

「隆禮你說得不對。我們的工作是要殺死惡魔，並不是把犯了罪的人類殺死。」利雅言嚴厲地告誡。

「可是妳之前也看見了吧，那男人有使魔保護，肯定是簽了惡魔契約的人。就算交由信理部審理，這個人都一定會被判死刑的。」

信理部即是宗教裁判所，但由於中世紀時的名聲不太好，如今已被改組成為較現代化的教廷部門。

「這也得交由信理部判斷，我們白衣騎士無法判處人類的罪名。」

「雅言妳太不懂變通了，這樣只會讓妳白白錯過在教內晉升的機會。別浪費父親推薦妳當上堂區輔祭的良機啊。」

利雅言反駁：「但那位同學利用使魔擊退比夫龍，表面看來並不構成罪行，也許他擁有使魔是另有苦衷？我想，先查明他的意圖比較妥當。」

「但妳別忘記，他同樣出現在上星期的凶案現場。假如他真的擁有獸名印記卻沒有浮現出來，這就代表那個人的欲望比惡魔還要深，是毫無疑問邪惡的存在。這樣白衣騎士就有殺死他的義務。」

利雅言皺起眉頭。「若真的證實那位同學身上有獸名印記，確實只能把他殺死。畢竟墮落為魔是一種無法抹滅的原罪……」

「沒錯。不但擁有獸名印記，還能夠隱藏印記，再加上簽訂惡魔契約使役惡魔。光這三條罪名就足夠那人死一百次。」

但這樣做真的好嗎？利雅言內心對於教會的做法始終有所保留，可是礙於她在教區裡只屬於「黑三品」，根本沒有發言的權力。

聖教的聖品階級一共分成六品，上三品依序為主教品、主祭品、輔祭品；下三品依序為驅魔品、讀經品、看門品。

世俗所說的三級聖品制，即為上三品的聖職人員；一般人對下三品一無所知，畢竟下三品是專門賜予給獵殺惡魔的教會騎士。正因如此，在教會內部都稱呼下三品為「黑品」；相對的，上三品就是「白品」。白品聖職人員是教會的管理層，至於黑品聖職人員則負責處理不能見光的教會事務。

也就是說，如果利雅言要改革教會，她就必須升上白一品的輔祭。而這次聖火堂區出現惡魔作亂，正好是她爭取表現的好機會。

利隆禮說：「再想想，既然有惡魔不惜成為人類的使魔，都要得到他的靈魂，那麼此人的靈魂必定十分有價值。只要我們把姓蘇的罪人殺死，並用其靈魂作餌，說不定還能把大惡魔一網打盡。屆時就算教區的人再怎麼不喜歡，他們也沒有藉口阻止妳升為白品了。」

但利雅言不同意弟弟的話。「無論如何，我們得先確認那位同學的真正意圖。待放學後看他的表現，再決定怎麼處理吧。」

「妳真的太善良了……待會兒還是讓我跟妳一起審問那個人吧。」

「不必，太多人的話可能會引起對方戒心，還是由我一人跟他談話就好。隆禮你就在別的房間警戒著。」

「好的。不過一旦確認了他與惡魔之間的關係，我就會立即把那個人殺死。」

6

在放學的鐘聲響完後，蘇梓我獨自走到教堂旁邊的學生會小屋。縱使他有想過把娜瑪一併捉來，但她現在身邊有一群無知的隨從，實在麻煩。

「那該死的娜瑪居然背著我誘惑其他男生，不可原諒！」蘇梓我喃喃自語走到小屋門口，卻看見正門外掛上「休息中」的小木牌。這也難怪，說到底，這屆的學生會成員還沒正式選出呢。

「搞什麼啊，不是約好在學生會見面嗎？」無奈的蘇梓我只好繞到旁邊玻璃窗前偷看。

結果裡面不見人影，只看到屋內非常華麗的裝潢，高級地毯和紅酒櫃之類的應有盡有。與其說是學生會，這間獨立木屋更像是利家的小別墅，大概是專門為利雅言而建的吧？反正聖火書院是私人學府，校方喜歡怎樣花錢，學生也無權過問。

「很抱歉，讓你久等了。」

就在蘇梓我鬼鬼祟祟地在屋外偷看時，一位長髮少女在身後跟他打招呼：「請問你是蘇梓我同學嗎？我是利雅言，很高興認識你。」

面對面看果然長得很漂亮，還帶有一陣淡香，薰得蘇梓我傻笑著說：「我很也很高興能再次見到妳，這一定是緣分的牽引。」

「嗯？」利雅言臉色一沉。「你剛剛說什麼？我是問第一句。」

「就很高興能夠再次見到妳啊，妳不認得我了嗎？」蘇梓我反問。

「你的意思是，我們之前在什麼地方見過面？」

「怎麼了，」蘇梓我覺得奇怪。「上星期在商店街的後巷，那個穿白袍的女生不是妳嗎？」

心思細密的利雅言很快就察覺到不對勁，她心想：明明我已經施了除憶詛咒，所有關於後巷的記憶應該都消失了才對。這個人怎麼可能不受第二級詛咒的束縛？

詛咒系的魔法共分三級。第三級詛咒只能束縛原始生物，好比禽獸；第二級詛咒可以束縛所有凡人；第一級詛咒則連天神惡魔都能約束。

例如惡魔契約就是第一級詛咒，連娜瑪自己都無法反抗。而除憶詛咒屬第二級，理應蘇梓我不會記得當日發生的事才對。

利雅言心想：除非這個人是神的使者或惡魔的奴僕。假如他身體上刻有獸名印記，一切就能說明了，可是看他額上沒有印記啊？

於是她微笑回答：「當然記得，我們真有緣分。」並伸出右手示好。然而她想跟蘇梓我握手，只不過是也想確認一下他的右手。蘇梓我不疑有他，傻乎乎地就伸出右手。

捕食色慾的獸名印記，只要蘇梓我色心一起，右手的印記就會清晰浮現，埋伏屋內的利隆禮就能狠狠砍下他的頭顱——

「咦？」

豈料，在確認蘇梓我手背之前，利雅言先瞄見了他的掌心。她一看便緊張地捉住蘇梓我的手腕，驚道：「這是……怎會這樣？」

「學姊，妳是在看掌相嗎？」

「不，你手上的疤痕是怎麼弄來的！」

「嗯……不知不覺就有這個圓形的疤痕了，我也不清楚。」蘇梓我不想把神祕人的事告訴她，他只單純認為被人打敗和釘手是一件羞恥的事。

反觀利雅言內心卻十分混亂：難道這是聖子被釘十字架的聖痕？這個人能夠免受除憶詛咒，是主的使者嗎？

「不好意思，」利雅言深呼吸冷靜下來，遂放開蘇梓我的手。「不如我們先到裡面詳談吧。」

事情變得複雜了。原先只想確認蘇梓我身上有否獸名印記，卻意外發現他的掌心刻有「聖痕」。假如他是主的使者，這個人就不能隨便殺掉。

而且關於蘇梓我的右手，有更多利雅言不知道的事。至少她不知道蘇梓我右手的掌心是聖痕，掌背則是獸印；如同硬幣的一體兩面，是利雅言絕對無法應付的存在。

綜觀人類數千年歷史，只有一位出現在舊約聖經的偉人，擁有如此明顯的特質。當然，利雅言現在還不清楚蘇梓我的特異之處，她只是苦惱著，為何擁有聖痕之人，會有使役惡魔的能力。

「莫非他只是利用使魔，來驅趕其他惡魔？」

利雅言反覆設想不同的可能性，同時帶著蘇梓我來到學生會的會客室；經過旁邊工作室時，她不忘確認自己的弟弟在隔壁暗中保護自己。

——只要確認蘇梓我身上有獸名印記，我就會立即殺死他。這是不久前利隆禮告訴她的話。

至於蘇梓我，還是呆頭呆腦的老樣子，他滿心歡喜地走進會客室，見窗戶旁邊站立著聖火聖女像，便好奇地說：「那個聖女像跟利學姊很像呢！」

「不用特別稱呼我為學姊，叫我利雅言就可以。」

「這個不行，學姊聽起來比較吸引人。」

「嗯……」利雅言無言以對，只好把他招呼到沙發處。「請隨便坐。」

「可是為什麼會這麼像呢？那個聖女像是什麼人？」

「這是聖火聖女像。」

「聖火聖女又是誰？」蘇梓我想起夏思思給出的契約條件，不做修飾便直接問：「這位聖火聖女有什麼名字嗎？她有做過什麼事蹟？」

「聖火聖女的名字沒有被記載，但她能夠用聖火點亮世人的內心、驅除邪念，所以聖教尊封她為聖女。」

「說到底，還是不清楚她的身分呢，唉……」

「身分？聖火聖女不就是聖火聖女嗎，蘇同學你的問題好奇怪。」

「我朋友告訴我，教會一直隱藏著聖火聖女的真實身分，所以才這樣問妳。原來妳也不知道嗎……」蘇梓我交叉手臂，看起來非常苦惱。

「嗯……」利雅言心想：這個人果然另有企圖。不過他把話說得這麼白，看起來不像別有所謀……完全摸不清他的想法。

「話說利學姊因何事叫我來呢？」

「喔對，我也不想佔你太多時間，就開門見山好了。」利雅言問：「蘇同學你見過惡魔嗎？」

「惡魔？見過，還舔過呢。」

「舔、舔過？」利雅言不曉得蘇梓我是在迴避問題還是什麼，只好委婉追問：「我的意思是，蘇同學最近的行為有點過火了吧？例如上星期五在後巷跟流氓打架，那看起來就像是被惡魔誘惑而誤入歧途。」

「沒有啊，那些流氓原本就是壞人嘛。隔天放學我也有跟另外一頭惡魔大戰，最終還把惡魔趕走呢！」蘇梓我得意道：「嘿嘿，有沒有崇拜我啊？」

「你跟惡魔打了一場？」利雅言忽然愧疚，心想：這個人沒有任何隱瞞的企圖，反倒是我變成心懷不軌的一方……

於是她直截了當地問：「所以你真的跟惡魔簽訂契約，把靈魂出賣給惡魔，以換取你使役惡魔的資格？」

蘇梓我心想反正利雅言長得這麼漂亮，肯定不是壞人，於是非常合作地回答：「對啊——」

說到一半，他突然眼前天旋地轉，「砰」一聲就被摔到地上。蘇梓我眼前瞬間滿天星斗，好不容易回過神，卻發覺自己被一個男生用束棒壓住心口，而且棒上斧頭更對準了自己頸項。

「喂！你是誰啊，幹嘛突然衝出來一副想殺人滅口的樣子？」蘇梓我大聲呼救：「對了，娜瑪！娜瑪快來救我啊！」

「真難看。」利隆禮冷冷地說：「這裡布下聖魔法封印，你與惡魔的通訊不會有效。」

——你只要安靜領死就好！

7

「慢著！」利雅言連忙叫停：「那個人的右手有聖痕！」

從今以後，我切願沒有人再煩擾我，因為在我身上，我帶有聖子的烙印。

——迦拉達書（6：17）

聖子的烙印，亦稱為聖痕，是聖子因受難而承受的五處傷痕：釘十架時，雙手雙腳被鐵釘刺穿的傷，以及側腹被羅馬士兵確認死亡時，以矛刺破的傷。

「五傷」象徵聖子受難之苦。在教會的歷史上，有極少數人，他們的身體如奇蹟般出現跟聖子一模一樣的傷口。第一個身上出現聖痕的人是亞西西的方濟各，他於山上領受五傷的恩寵，並藉此感化人心。自此以後，聖痕被認為是聖主對聖徒的顯現，透過親身體驗聖子所受之難，聖徒便能夠傳遞出更加準確的聖意。

利隆禮一聽姊姊說蘇梓我身上擁有聖痕，便用腳踢開他的手掌，看見對方的手心確實有個圓形傷痕。

「只不過是碰巧手掌受傷，或是偽造的吧。」

歷史上出現不少偽裝的聖痕，再加上蘇梓我平日多行不義，利隆禮打從心底不相信此人會跟聖教沾上任何關係。

利雅言說：「可是我確實感受到，在他的手上傷痕有著一點點的力量……雖然不太確定就是。」畢竟利雅言也沒有接觸過聖痕的經驗，便道：「也許要交由主教判斷，甚至只有教廷的樞機才有辦法辨別聖痕是否屬真。」

這時蘇梓我只是默默地看著這兩個人爭論不休，雖然聽不明白，但被人用斧頭架著脖子的當下，還是少出聲比較保險。

「不值得為了這無恥之徒而驚動教廷吧？如果只是場鬧劇，我們利家一定會成為笑柄的。」

「但我身為教會聖徒，有責任保護教會名聲；身為家人，我更不想讓自己的弟弟錯殺無辜。」

「這個人豈會無辜？」利隆禮的話咄咄逼人。「剛才我在隔壁聽見他不斷打探教會和聖女的消息，肯定圖謀不軌。如果今天我們放過了他，他肯定帶著他的使魔回來報復教會。萬一發生什麼意外，這個罪我們難辭其咎。」

利隆禮的話不無道理，況且眼前的蘇梓我不受除憶詛咒影響，今天的事總要有個了斷。

就在利雅言掙扎著該如何處理蘇梓我的時候，忽然會客室的窗旁有一風鈴噹噹作響——

「有人入侵結界了。」利雅言望向風鈴。

「是這個人的惡魔同黨嗎？」利隆禮把束棒的斧頭移近蘇梓我的頭顱，以防他趁亂逃走。

「不對，是普通人的氣息。為什麼這時間會有人到訪還沒運作的學生會……」

同時刻，抱著課本的孔穎君一邊走在教堂旁的小路，一邊自言自語：「雖說多管閒事不太好，但蘇梓我是我的學生，倘若他遇上什麼麻煩，也會影響我身為班主任的評價吧……」

孔穎君又念在與蘇梓我認識多年，便心軟起來。「還是去幫幫他好了。」接著她就往學生會的方向走去。

豈料來到學生會的大門，門後突然傳來嘈雜的爭吵聲，更有疑似玻璃砸爛的聲音。孔穎君聞聲心中一慌，馬上推門入內——

只見蘇梓我一人躺在會客室的地板，利雅言和利隆禮已消失得無影無蹤。

「蘇梓我……你在幹什麼？」

「君姊妳來得真是時候啊，我差點就被壞人殺死了。」

「你又在說什麼傻話。剛才我在屋外聽見吵雜聲，都是你一個人在搞鬼嗎？學生會的人呢？」

「就是學生會的人想殺我啊！總之快點離開這裡。」蘇梓我馬上爬起來跑到屋外。

之後就算蘇梓我如何解釋，孔穎君都認定他是撞邪了。因為他說自己因為手上聖痕而險些被學生會殺掉，但孔穎君抵達時，會客室根本沒有其他人，更沒看到蘇梓我手上所謂的聖痕。看來聖痕跟獸印一樣，必須要有什麼觸發點才會出現。

「就叫你不要看太多漫畫……」孔穎君很後悔自己居然會擔心這個蠢材，於是沒再聽他解釋就轉身離開。

8

「我當時很危險，生命受威脅。於是馬上使出祖傳擒拿手，先以左手奪去那混蛋的武器，再用右手推掌把他轟到窗外面！就這樣，費盡我九牛二虎之力才能夠成功脫險。」

晚上回家，蘇梓我就把他的英勇事蹟告訴了娜瑪。

「別吹牛了，你十之八九是爬在地上逃走的吧。」娜瑪心中抱怨：這人乾脆被教會殺死算了。

「哼，我說的都是實話。妳沒在現場錯過了我的表演……咦？不對啊，為什麼主人有難，妳都不出來幫忙！」蘇梓我趁機抓著娜瑪的胸。

「你在幹什麼！」娜瑪連忙退後雙手掩胸。「剛才你自己不是說了學生會有聖魔法結界嗎？看來那對利氏姊弟都是教會的聖職人員啊，說不定還是黑品的聖徒。」娜瑪接著問：「那現在怎麼辦？要去找他們報仇嗎？」

「不……中午那一招已經耗盡我一生的功力，現在再跟他們打也沒有勝算。」

「你別忘記有跟夏思思簽訂契約，要替她找出聖火聖女的祕密。假如你不照做，夏思思隨時可以控訴你違反契約。無論如何你也是死路一條。」

「可惡的夏思思，居然騙我簽約！」蘇梓我又責備娜瑪：「妳快給我想辦法啊！究竟聖火聖女是何方神聖，妳這惡魔什麼都不知道嗎？」

「惡魔也不一定知道天界的事啊。」

「可是我如此英明都被夏思思設計陷害，想必她肯定知道內情。果然她比妳有用多了。」

「別把我跟她比較！」娜瑪不滿地反駁：「夏思思知道的話，肯定是什麼有名的女神吧。反倒是你親自跟他們交手，都沒有注意到什麼嗎？」

「妳在胡說什麼？當時情況危急，我以一敵二根本無法分神留意其他啊。」

「至少應該知道對方用什麼聖魔法對付你吧！這可是能找出他們身分的線索啊，笨蛋。」

「他們又沒用什麼魔法！襲擊我的男生能隨意召來一把奇怪的武器，我也不懂那個叫什麼。」

「你形容一下又不會死——好痛！別打頭！」

蘇梓我不屑地說：「就是一堆鐵桿綑綁在一起圍成圓筒狀，而且中間綁著一把斧頭，看起來非常沉重。我打賭妳一定也沒有見過——」

「不就是法西斯嘛。」娜瑪打斷了蘇梓我的話。「就是『束棒』，是古羅馬時代的聖具，刀斧手的象徵。」

「什麼？那個人變出古羅馬的武器是要玩角色扮演嗎？」

「聖具是不能選擇的，就好比之前比夫龍拿著的燭台一樣。換言之，那個襲擊你的人跟古羅馬的束棒有關。等等，聖火聖女……」娜瑪恍然大悟。「我知道聖火聖女的身分了！是異教神維斯塔！」

於是，娜瑪拿出以前在魔界學校讀過的歷史課本，開始解說：「維斯塔是羅馬多神教其中一位有名的處女神。雖然沒有留下任何神蹟故事，但由於她是家庭的守護神，古羅馬每戶人家都一定會敬拜她。」

「慢著，」蘇梓我問：「為什麼聖教裡會有異教的女神出現？」

「大概是歷史的因素吧。聖教在中東發祥後，非常積極地入侵歐洲地區，結果更推翻了羅馬多神教成為羅馬帝國的國教。那時失去勢力的羅馬眾神面臨兩個選擇，一是奮戰到底，二是歸順聖教。如果聖火聖女真的是維斯塔女神，這就代表維斯塔選擇了後者。」

蘇梓我嘆道：「原來眾神之間的權力戰爭也跟人類差不多啊。」

「戰爭本來就不分種族嘛。我只是奇怪，為何二千年後，維斯塔的神使會出現在香港這座東方城市內。」

「妳真沒猜錯聖火聖女的身分嗎？聽起來維斯塔跟聖火好像沒有關係。」

「不，維斯塔除了守護羅馬的每個家庭，她還守護著羅馬整個國家。」娜瑪繼續解釋：「古羅馬王政時期其中一個最重要的建築物，就是維斯塔神廟，廟內供奉著象徵羅馬的聖火。傳說只要維斯塔聖火熄滅，羅馬將難逃滅亡的命運，因此廟內設有貞女嚴密地看守聖火。」

「貞女，就是處女吧？」

「為什麼你就只對處女兩個字有反應啊……」娜瑪沒好氣地道：「就說維斯塔是處女神了嘛，守護維斯塔聖火，當然也要由保持貞潔的女子來負責。」

娜瑪又解釋，那些看守聖火的貞女又稱「維斯塔貞女」。一般女孩被挑選成為維斯塔貞女後，便要花十年時間學習、十年時間奉仕、十年時間培育接任人，一共守貞三十年。

蘇梓我喃喃地道：「就像童貞三十年後，轉職做魔法師的概念嗎……」

「她們原本就使聖魔法，擁有女神適性，可以把神力降臨到自己身上。正因如此，她們的社會地位非常崇高，所以通常三十年後失去適性就會嫁人。當時維斯塔貞女是整個羅馬最令人嚮往的結婚對象。

「可惜也有貞女無法守貞的例子。相傳古羅馬的開國君王，就是維斯塔貞女與戰神馬爾斯所生之子，所以維斯塔貞女亦代表了羅馬王國的開端。

「但諷刺的是，當聖教成為後期羅馬帝國的國教後，狄奧多西一世親自下令撲熄維斯塔聖火，接著在他駕崩後羅馬帝國就分裂滅亡了。因此維斯塔可以說是見證了羅馬的興亡，是羅馬眾神中非常特別的一位。」

蘇梓我抓著頭問：「那麼利家就是維斯塔女神的後代嗎？」

「怎麼可能！他們只是侍奉維斯塔的神使吧，大概是借助維斯塔的神力，所以在教會佔有一席位。」

「原來如此。」蘇梓我喜道：「那不就結束了嗎？我們已經找到聖火聖女的真實身分了，這樣就算完成夏思思給我的契約了吧？嘿嘿。」

「蠢材，當然沒有這麼簡單。那個女人給你的契約條件，是要你盜取證據啊，一個能夠證明聖火聖女身分的證據。」

「什麼證據啊？難道女神也有身分證明書？」

「都說得這麼明白了，你還沒有猜到嗎？當然就是維斯塔聖火。」娜瑪說：「雖然聖火應該在公元四世紀就已被撲熄，但假如維斯塔女神願意歸入聖教，說不定她的聖火得以在某地方延續下去呢。這樣利家作為維斯塔的神使才有存在價值，就是守護聖火。」
「妳說是守護聖火……我明白了！利雅言是守護聖火的維斯塔貞女！」蘇梓我高興地大叫：「是貞女！太好了！」
「你這色狼……」娜瑪又嘆氣說：「順帶一提，古羅馬時代的維斯塔貞女通常都有刀斧手保護，所以我猜利雅言的弟弟就是負責刀斧手的角色吧。束棒也是刀斧手的象徵。」
「哼，那男人我才不管。」之後蘇梓我只是不斷重覆相同的話：「是貞女！是貞女！」
「我告訴你，維塔斯貞女是負責守護聖火的神使，而聖火又是守護一個國家命運的聖物。換言之，假如你獸性大發，隨時會換來一個國家的毀滅啊！」
但蘇梓我沒有理會娜瑪的話，只是重覆：「貞女萬歲！貞女萬歲！」
娜瑪又繼續翻看歷史書。「你最好別太得意忘形。自古以來，任何想侵犯貞女的人都沒好下場。從前聖教有位貞女叫阿格尼絲，她因受羅馬帝國迫害而被淪為娼妓，之後有一名嫖客想要侵犯她，立即遭到天罰而雙目失明。自此所有嫖客都不敢對她出手，聖阿格尼絲亦得以保持童貞殉教。」
童貞女確實有特別的力量，所以當蘇梓我親身接觸利雅言時，所有淫念都一掃而空，掌心更顯現聖痕；相反的，他現在在娜瑪面前絲毫善念都無，不斷連聲高呼貞女萬歲，手背獸印因而非常清晰。
「唉，簡直不知廉恥。」娜瑪抱怨道：「順便一提，我雖然是惡魔，但也還是貞女啊，也不見得你會來崇拜我——」

「對了，」蘇梓我突然停止興奮。「話說今天在學校的事還沒跟妳算帳！竟敢誘惑其他男人來對付我，妳還有資格說廉恥嗎？看來妳終究還是調教不足……」

「等、等等！你不要眼神突然變得色迷迷啊，別亂來！」

——砰！

蘇梓我走到門口把一大個紙盒拋到地上，並從箱內取出大量道具。

「這是我特地從網路上買回來的『電動玩具』，今晚就來玩這個吧，嘿嘿！」

「嗚哇！不要！」

不顧自身已被教會盯上，蘇梓我一整晚都在跟娜瑪玩著調教遊戲，直至夜深。

9

同夜，利家大宅。利主祭最近公務繁忙，到晚上他才有時間聽取利氏姊弟倆的報告。

「雅言，妳的判斷十分正確。」利主祭說：「雖然教會的工作是消滅惡魔，但既然那位蘇同學手上擁有聖痕，又協助擊退其他惡魔，也許我們能夠引導他走回正道。隨便殺掉他太過魯莽了，隆禮，你要向姊姊學習才是。」

「十分抱歉。」利隆禮很恭敬地接受教訓。

利雅言說：「這不能怪責隆禮，他也是擔心對方會耍詐罷了。」

利主祭摸著桌子說：「當然隆禮的擔心同樣正確，因此我們有必要先發制人，盡快把蘇梓我帶回教會感化……只是我不放心他的使魔，那惡魔能擊退比夫龍，肯定同樣也是有爵位的惡魔。所以蘇梓我的事還是由我親自負責吧，你們暫時先不用插手。」

利雅言感到意外。「這怎麼可以？我也想為父親大人分擔工作——」

「不，我已經決定好了。你們回去休息吧，今天辛苦了。」

「我明白了……」利雅言很清楚她父親有時會莫名地異常固執，只好順從他的意思跟利隆禮離開了書房。

過了一會兒，利主祭拉開書桌抽屜，從裡面暗層取出手機。

「主教大人，有個好消息要告訴您⋯⋯

「抱歉，雖然之前讓比夫龍逃跑了，但我們又發現另一個擁有爵位的惡魔，而且是使魔⋯⋯

「沒錯，只要善加利用的話，香港教區快很就會淪陷⋯⋯

「是的。就算對方如何謹慎，也都沒想過北方會有如此龐大的惡魔軍團越河而來吧⋯⋯

「主教大人別取笑我了。即使我當上香港教區的主教，也始終比不上教省主教的大人您⋯⋯

「那麼一切就拜託主教大人了。」

利主祭放下手機，打開筆記型電腦後，就收到來自廣東教省的機密電郵，裡面還附上兩名正教騎士的資料。

「兩個剃光頭的正教騎士嗎？哈，外表跟聖教的差真遠，不說還以為是偽裝成異教和尚的間諜。」不過看那兩位援兵的履歷可說是身經百戰，應該能替他活捉到蘇梓我的使魔。

◇

翌日清晨五點半，蘇梓我家。

今天娜瑪比平常更早起床，因為除了要準備早飯，她還要清潔昨晚被蘇梓我搗亂的客廳。

「又是個非常糟糕的一夜，」娜瑪搖頭嘆息。「實在忍無可忍了，一定要想辦法脫離那色狼的魔掌。」

少女把掃帚放在電視機旁，取出手機連上魔界的暗網發文求救——可惜問了半個小時，都沒任何惡魔能提供有用的回覆。

「果然還是不行嗎……難道我一生的前途就要毀在那色狼手上了……」

正當娜瑪打算放棄之際，忽然有一邪氣從屋外襲來。娜瑪打開陽台的玻璃門，原來魔力源頭正是幾日前交過手的比夫龍。

「比、比夫龍？你為什麼在這裡，而且身上還沾滿血！」娜瑪連忙把他推回陽台。「別進來客廳，我才剛打掃好！」

「閣下變了很多……」比夫龍身上雖沒有明顯傷口，但說話的聲音十分虛弱。

「遇上這種衰事很難不改變啊。」娜瑪打量了下比夫龍，問道：「你都傷得這麼重了，該不會又來搶蘇梓我的靈魂吧？我可不想又被命令跟你大打出手。」

「不……我身上的傷是教會造成的。」比夫龍面有難色地說：「教會大概已掌握了我的行蹤，我需要暫時離開此地了……咳咳，我來是想提醒妳，教會最近的行動非常詭異，妳自己要小心一點別被發現。」

娜瑪蹲下來抹去地板上的血跡。「我也不想跟教會扯上關係啊，可是受到契約束縛，很多事情都身不由己。」

「我實在不忍心看見同期被教會殺掉，所以有東西要送給閣下，就當作是上星期的賠罪……」比夫龍將一把手掌大小的鐮刀交到娜瑪手上。

「這是什麼？這上面似乎有十分微弱的魔力。」

「這是『神的遺物』，克洛諾斯的鐮刀。」

神的遺物又稱「聖髑」，即是被消滅的神族們在世時所用的武具法寶。相較於一般聖武具，由於聖髑已失去主神祝福，因此法力大減，價值比聖武具還低。

不過娜瑪見狀卻是又驚又喜。「就算不比聖武具珍貴，聖髑也是非常貴重的東西呢！我實在不敢收啊。」

「不，這鐮刀在魔界是違禁品，但對阿斯摩太閣下來說應該很有用才對。」比夫龍說：「克洛諾斯的事蹟妳也聽說過吧？這件就是別稱『弒君之鐮』的法寶。」

克洛諾斯是古希臘第二代的主神，天空之神烏拉諾斯與大地之母蓋亞所生的兒子。烏拉諾斯天性冷血，喜歡殘暴地虐待子女，使得身為母親的蓋亞非常傷心。見此，蓋亞只好請求兒子勇敢站起來、反抗烏拉諾斯，結果只有最年輕的克洛諾斯答應了母親的請求。

蓋亞擔心克洛諾斯的能力不足，於是將一把用魔法礦精製而成的鐮刀交付給他，並安排克洛諾斯埋伏在寢室內。

埋伏了半天，終於等到夜晚時烏拉諾斯與蓋亞親熱的一刻，克洛諾斯見床上的烏拉諾斯性器勃起，二話不說衝出來，用魔法鐮刀把父親的性器砍下並拋到海中。

元氣大傷的烏拉諾斯最終不敵自己兒子，克洛諾斯得以奪下大權，開創了希臘神話的黃金時代。只可惜這黃金時代維持不久，克洛諾斯最終也重蹈了父親的錯誤，殘忍地對待子女，導致後來親兒子宙斯的叛變。

「後來克洛諾斯被宙斯殺死，因此武具就變成聖髑，也就是這把鐮刀。」娜瑪回想起希臘眾神的歷史，馬上雀躍起來。「無論如何，這就是當年克洛諾斯以下犯上的神器，用它來殺死自己的契約主也不會受到懲罰吧！」

「對。假如遇上危機，妳就用這把鐮刀殺死蘇梓我。我聽聞教會將會調動大批白衣騎士圍剿在香港的惡魔，此地已不宜久留，妳得到自由之後就離開這裡吧。」

「謝謝你，比夫龍。假如我能成功脫離蘇梓我，我一定會好好報答你的！」

娜瑪綻放的笑容讓比夫龍一陣臉紅。他最後支吾以對，再次語重心長警告娜瑪避免跟教會接觸，然後就低著頭離開了陽台。

接著娜瑪連忙把克洛諾斯的鐮刀收到裙底，準備隨時引誘蘇梓我脫光衣服，再用這把鐮刀砍下他的子孫根！

「娜瑪妳在偷懶嗎！什麼事好像很高興啊。」

「啊，別突然冒出來嚇人啊！」娜瑪問：「為什麼今天你特別早起？」

「因為我突然想到一個偷取聖火的好方法。」蘇梓我拿出粗麻繩，笑道：「就是綁了妳送到利府作餌，嘿嘿！」

「住、住手啊！」娜瑪大叫：「你還沒睡醒的話就給我爬回床上，別亂來！」

蘇梓我笑道：「怎麼，妳也被我這個天才的詭計嚇了一跳嗎？既然無法潛入利家大宅盜取聖火，那本大爺就光明正大地走進去搶！」

「所以就用我作餌嗎？要是我被教會抓住，很可能會被殺死啊！」

「這一點妳就自己努力避免，我不會因為妳的無能而改變我這天衣無縫的計畫。」蘇梓我說：「電影也常有類似的橋段吧？主角假裝挾持同伴闖入敵陣，等敵人鬆懈下來，便立刻一網打盡。換句話說，妳就是特洛伊的木馬！」

「我才不要當木馬。而且我的魔魔法不擅於戰鬥，把我棄置在敵陣當中真的會必死無疑啦！」

「對喔，忘記妳的魔魔法了。」於是蘇梓我捉住娜瑪的手，強行拿下她的阿斯摩太指環。

娜瑪驚道：「你、你幹什麼！你這是把我最後的保命符拿走啊！」

「就是怕妳會用魔魔法自保。哪有人質會反抗的？到時被妳搞亂我的大計就麻煩了。」

娜瑪淚目。「這不是在說笑，我真的會被教會殺死啊……」

「放心，偷了聖火之後，我一定會回來救妳的。」

娜瑪有那麼瞬間相信了，但越想越可疑。「你什麼魔法都不會，怎麼有辦法在那些白衣騎士手中救回我？」

「那個嘛，」蘇梓我摸著下巴思考。「只要把聖火拿到手，我就算完成了夏思思的契約，到時就可以命令她前來助陣。」

「這是你剛剛才想到的吧！」

「放心啦，總之我不會讓妳白白死掉。」蘇梓我心想：畢竟我還沒有正式跟妳「那個」過呢。

萬念俱灰的娜瑪只好放棄掙扎，內心祈求蘇梓我真的有個周詳計畫盜取聖火。至於蘇梓我本人，他則是滿心歡喜地用麻繩把娜瑪綁起來。

「不用綁啦……反正人類的麻繩也不能束縛住大惡魔。教會應該有專門封印惡魔的道具，像是注連繩之類的吧。」

「嗯，把妳五花大綁純粹是我個人的興趣，而且看起來更像人質嘛。」

娜瑪覺得丟臉。「路上被警察看見的話，去到教會前就會先被抓去警察局了。」

「那就收斂一點，只綁上妳的雙手好了。」

於是蘇梓我便拖著雙手被綁、穿著校服的娜瑪一同去學校，找利雅言示好。

10

——叩叩、叩叩。

蘇梓我把娜瑪牽到聖火書院的學生會前，拍門大叫：「我知道你們知道是我，我把伴手禮帶來了！」

娜瑪在旁低聲說：「這裡果然布有聖魔法的結界啊，我覺得很不舒服。」

「有結界的話，利學姊應該會察覺到我們。」於是他繼續拍門大叫：「英雄蘇梓我大人親自把惡魔帶來了，快給我開門！」

不出所料，連續拍了幾分鐘的門後，利家姊弟終於來到眼前。利隆禮一見蘇梓我就好像見到仇人，靠著理性還有一旁利雅言的制止，他才收起了殺意。

利雅言輕輕點頭，嫣然道：「請問兩位找我們有事嗎？」

「當然有事，我把木馬帶來——不，是娜瑪才對，差點說漏嘴呢。」

娜瑪心想：太悲慘了，把我的生命交給這個人可以嗎……

利雅言問：「她就是你的使魔吧，你這樣做，代表你願意歸順聖教嗎？」

「沒錯。昨天我面壁思過了一整晚，知道跟惡魔交易始終不道德，於是就把這個惡魔帶來獻給聖教處置，以示我改邪歸正的決心！」

哪有面壁思過！明明這個人欺負了我一整晚！娜瑪很想說，但娜瑪有口難言。

「這個……」利雅言柳眉雙鎖，半信半疑。

這時利隆禮在她耳邊說：「這個人非常狡猾，不能相信。他這樣做必定有什麼企圖。」

利雅言思考半晌，答道：「我們先把你的使魔收下吧，我會把她交由教會處置。至於關於你的事情——」

「不行。」蘇梓我打斷了她的話。「我的使魔凶殘成性，殺人不眨眼，吃人不吐骨！所以不能隨便交給你們。」

「那蘇同學你打算怎麼做？」

「讓我親自把這惡魔押送給聖火堂的祭司吧！」

太可疑了，無須利隆禮提示，蘇梓我這番話同樣引起了利雅言的懷疑。

因此利隆禮又對利雅言耳語：「我們乾脆就把惡魔帶到教會殺死，然後將蘇梓我囚禁在教堂裡吧。」

「不行……我們昨晚答應了父親大人，不能插手此事。」習慣循規蹈矩的利雅言下不了決定，只好打電話通知父親利主祭，詢問他的意見。

「父親大人……」接通電話後，利雅言就把眼前情況告知給利主祭。

「雅言，不要緊，妳就帶兩位客人前來見我。」話筒另一邊的利主祭平和地回答。

「可是把他們帶回家沒有問題嗎？」

「沒有問題，這件事我會處理，妳和隆禮辛苦了。」

「嗯……好的，我明白了。」

總覺得父親有事隱瞞自己，但利雅言不便追究，只好聽從父親的話對蘇梓我說：「我已經知會了聖火堂的利主祭，請隨我來吧。」

蘇梓我心急地問：「去哪裡見你們的主祭？是後山的利氏大宅嗎？」

「話是沒錯……還是你有什麼特別的要求？」

「沒有！我也想去你們的家看看，嘿嘿。」

利隆禮看不下去，想開口提醒，卻被利雅言搶先出言堵住。「這是父親大人的決定，千萬不要對客人無禮。」

於是蘇梓我一行四人今早都沒有上課，而是一同前往利家大宅。

每人有各自的想法，蘇梓我想趁機搶奪不知何處的維斯塔聖火，利雅言想替父親分憂而盡忠職責，利隆禮想保護利家而監視著蘇梓我。

至於娜瑪最可憐，她只能像被販賣的牛羊一樣，被蘇梓我牽往屠宰場，並暗自祈禱奇蹟出現。

◇

——同時刻，利家大宅。

利主祭掛掉電話後，一人對著書房的鏡子大笑。

「真是天助我也！為保險起見，立即把正教給我的兩個光頭騎士召來協助。只要活捉住擁有爵位的使魔，就能讓她領導魔軍作亂！」

利主祭的書桌上正攤開著一份舊報紙，內文有一則兩個月前的新聞：

廣東省某煤礦發生罕見爆炸，連同附近數個村落，所有村民在一夜之間全部離奇死亡。

11

話說大約兩個月前，廣東省內某煤礦場，上百名工人一如以往，吃過早飯後就進入礦坑工作。當日最初的幾個小時，採礦過程十分順利，負責的監工也都相當滿意，沒人想到正午就是惡夢的開始。

當太陽升到天空最高點，現場突然失去光華，太陽彷彿被蝕掉一般；同一時間，從礦坑接連傳出淒厲喊聲，嚇得監工頭子連忙叫停工作。

可惜為時已晚，其實礦坑裡的工人早已全部身亡，外面聽到的淒厲聲只不過是鬼魂的嚎泣罷了。而事發起端其實是數分鐘前，在礦坑深處盡頭發現的一處黑色水池。

那個黑色水池是標準泳池般的大小，莫名其妙憑空出現，而且惡臭異常。原先發現的工人以為它只是普通礦坑水，因為從岩壁湧出所以比較污濁；但過了一會兒，黑水池忽然冒出氣泡，而且每個氣泡一爆開，裡面就冒出一隻長有人臉的黑色蝌蚪！

人臉蝌蚪在洞中亂飛亂撞，把工人嚇得語無倫次，拔腿逃跑。可是突然「啪」的一聲，礦坑內所有燈火熄滅，連同每個人的照明工具都同樣失靈。

整個地下礦坑瞬間變得伸手不見五指。工人只能聽見耳邊的同伴悲喊求助，下一秒自己的手腳就被無數昆蟲撕噬，活活地被扯斷四肢；濃郁的腥臭迅速充斥了整座礦洞，所有工人都只能在地底下迎接死亡。短短數分鐘，礦坑內的上百位工人都被無數人臉蝌蚪噬成肉塊，礦坑每隔半尺就有模糊血肉沾在牆上。

◇

由於礦場地處偏遠，直到政府通知正教的聖職人員來到時，已是晚上時分。

「主教大人，前面就是封鎖區了。」一位地方官員說：「白天裡面出現了惡魔肆虐，整個煤礦無一人生還，現在省政府已經命令軍隊封鎖住現場。」

被稱作主教的人年約六十，是位頭髮花白的男性。不過與他年齡相反，這位廣東省教區的主教不但眼神凌厲，說話聲音同樣中氣十足。他推開礙事的官員，並道：「是否為惡魔肆虐，由我來判斷。」

接著，該名主教與隨行的十多位正教騎士走近現場，只見黑霧人臉與血肉殘肢混成一團在上空徘徊，主教對旁邊心腹抱怨道：「在這國家當聖職人員真麻煩。雖說表面是正教地區，但實際上無神論者到處都是，偏偏又矛盾地相信鬼魂之說。我看世上沒一個地方比這國家有更多鬼魂的了，而且我們自古以來還給魔界一個親切的名字，叫做『黃泉』。」

主教身旁那位年輕祭司說：「果然是誤掘到黃泉泉水，讓黃泉魁鬼游上來準備蛻變嗎？」

「嗯，而且規模之大，近年罕見。爬到現世的魁鬼數量接近四萬九千隻，要是全都蛻變成餓鬼就麻煩了。」

魁鬼是餓鬼的幼兒形態，與蝌蚪相似；只要牠們來到人類的世界吞食靈魂，就會慢慢蛻變，長出四肢變成餓鬼。

「快五萬隻魁鬼？就算只是下級惡魔，這個數目都很難應付。」

「沒辦法，無神論者在死後得不到任何一方的照顧，死後靈魂有很大機會化成野鬼。再加上這國家的傳統文化都相信死後變鬼，又會拜鬼。」主教嘆道：「人多自然也鬼多，所以才說是個麻煩的地方。」

聽見主教似乎一時半刻無法驅鬼，地方官員就問：「要不要先疏散附近村民？這周圍有好幾個村落，合共也有數百人。」

主教反問：「你是想把鬼魂的事公諸於世嗎？那些百姓就由他們被鬼吃掉就好，你們的工作只是在戶籍上面刪除那些人，免得節外生枝。」

「可是……那些妖鬼怎麼辦？」

「要驅趕那種規模的惡靈可需要一大筆資金呢，而且驅鬼的騎士肯定會有死傷。」主教想了一想，便笑說：「把不要的東西送給別人就好。我想到一個方法，可以把這邊的黃泉魁鬼送到聖教地區。」

「鄰近的聖教地區……你說是聖教在香港的教區嗎？」官員面色大變。「這是變相跟西方聖教開戰，我們擔當不起啊！」

主教笑道：「不用擔心。我在那裡有一位朋友，他應該很樂意替我們接收魁鬼。」

◇

兩個月後，正教騎士好不容易才把黃泉魁鬼驅逐至邊境，接著，兩位光頭騎士就依照吩咐潛入了香港教區，如今正藏身在新界①郊外的一間荒廢小屋內。

其中比較高大的騎士拿出手機說：「收到這邊的緊急通知，可以準備給那個姓利的聖教祭司活捉大惡魔了。」

身材較矮的騎士在床下取出工具箱，回應：「根據報告，對方只是一個落單的惡魔，而且出道不久，魔力較弱。也許我一個人就能夠活捉。」

「別太輕敵，對方始終是掌握神器的貴族惡魔。」

「明白啦。」矮小騎士又說：「只是想不到，香港會有笨蛋願意接收內地的黃泉魁鬼。」

「我們教省當然不想犧牲資源消滅那五萬隻魁鬼，可是這姓利的祭司剛好相反，他恨不得利用魁鬼的力量在自己教區搗亂，再把罪名推給現在的香港主教。」高大騎士笑說：「這樣那混蛋就能出來打圓場領功，哈哈，最邪惡的始終都是人類。」

◇

另一邊廂，娜瑪果然被利氏姊弟以特製的注連繩重新綑綁。

注連繩起源日本，是一種用稻草織成的繩子，有辟邪治鬼的作用。由於製作簡單，目前已被

① 香港三大地域之一，與中國大陸接壤。

東方各教區拿來作為對付惡魔的其中一項咒具。

「嗚……好難受……」被注連繩反綁雙手的娜瑪垂頭喪氣，再加上蘇梓我沒收了阿斯摩太指環，魔力大減之下，她已沒有任何大惡魔的威勢。

蘇梓我拉扯著注連繩說：「忍耐一下吧，再走幾分鐘就是目的地了。」

雖說蘇梓我沒有見識過利家大宅，但他看見山上有一棟顯眼的白色建築，想必就是收藏聖火的地方。直至走到大門前，蘇梓我不禁嘆道：「你們家外表看起來好像一座大教堂呢。」

蘇梓我沒有說錯，利家大宅確實是仿照羅馬式建築，以拉丁十字作為平面結構；大宅一端有一塔樓，另一端則有半圓形的聖壇。這棟建築正是利家用來昭顯自己忠於羅馬教廷之心，本就應當如此。

「利小姐、利少爺。」一位身穿西裝的男侍出門迎接。「請問，身後的兩位就是主祭提及的蘇先生和他的隨從？」

利雅言回答：「沒錯。請幫忙通傳父親大人到客廳一聚。」

「遵命。」男侍沒有繼續追問，在替利雅言等人打開大門後，就回屋內工作了。

蘇梓我一行四人穿過室內穹頂走廊，來到牆壁掛滿宗教油畫的客廳坐下。等了五分鐘，利主祭終於推門而入，滿面笑容地跟蘇梓我打招呼。

「歡迎你們今天前來敝舍，如有什麼招呼不周的地方請同學見諒。」

蘇梓我馬上掛起笑臉。「不要緊，能夠得到主祭大人親自接見，小人感到無上光榮。」

「呵呵，蘇同學真懂得說話。」接著利主祭望見娜瑪獨自坐在一旁發抖，問道：「這位就是你的使魔，你知道她的魔名嗎？」

「好像叫阿斯什麼——」

「阿斯摩太！」娜瑪搶答道。

「哦，阿斯摩太。」利主祭暗自歡喜，對蘇梓我說：「阿斯摩太是掌管色慾的大惡魔，在我們聖教當中屬於七樞罪之一，是非常凶險的惡魔。把她放任不管確實會危害社會。幸好你回心轉意，願意把她交給我們教會處置，聖主一定會感到欣喜。」

蘇梓我答：「這當然沒有問題，但是……在把使魔交給貴教之前，我有件事想跟主祭大人單獨商量。」

在場的利隆禮聽見後立即反駁，卻被利主祭阻止。此時蘇梓我又補充：「為表誠意，我可以把使魔先交由你們接管。這樣我就是個手無寸鐵的、人畜無害的良好市民。」蘇梓我環顧四周，續道：「利學姊堅貞無私，在這段商量期間，我的使魔若交由利學姊看守我也放心。」

「原來如此。」雖然比想像中麻煩，但利主祭目前只想盡快把阿斯摩太得到手，只好先答應他的要求：「好吧，也許蘇同學有一些不可告人的苦衷，請移步到我的書房單獨詳談。」

蘇梓我嘴角揚起。這是奪取利家聖火的第一步。

12

——砰。

利主祭把房門關上，此刻書房內就只有他和蘇梓我二人。

「蘇同學，不知道你有什麼——」利主祭剛剛轉身回望，蘇梓我立即變臉拿出美工刀，指向利主祭的脖子，大笑道：

「死老頭上當了吧！我跟你沒什麼好說的，我只要跟你討一件東西。」蘇梓我又警告：「別大聲呼救，驚動其他人的話我就先把你殺死！」

利主祭冷靜地回答：「但你自己這麼大聲，不怕會引來其他人注意嗎？」

「少囉嗦。」蘇梓我連忙小聲說：「我知道你們欺騙其他信徒供奉異教女神，但只要你願意交出異教聖火，我就當什麼事都沒有發生。」

「如果我不交會如何？」

蘇梓我揮舞美工刀。「你不交出來，我就殺死你——」

語音未落，豈料手中武器已被迅速打飛！蘇梓我萬萬沒想到，眼前這個四十出頭的文弱書生，居然擁有如此身手。他想拾回美工刀，卻已被對方用消音手槍瞄準。

「聽說你上星期錯手殺了一個流氓呢。但很可惜，你根本不是殺人的料。」利主祭撥動手槍的保險桿。「下次如果要挾持對手，至少要用刀刃割穿對方皮膚才有嚇阻力。」

二人當中誰習慣殺人已經一目了然，蘇梓我為求保命立即駁道：「你、你身為教會主祭，如果客人在家中被殺，你以為自己能夠脫罪嗎？」

「我們這位聖教同學與惡魔簽訂契約，單是這一條罪名就足夠你領死……」

說時遲那時快，「轟隆」一聲，利家大宅的屋頂突然炸了開來！天花板掉落大量粉塵，書房的玻璃窗更是全被震碎，整個空間劇烈搖晃。

利主祭站隱陣腳後馬上抬頭查看，蘇梓我見狀，便奮不顧身地撞開他奪門而逃——

砰砰！

利主祭連開兩槍，只見蘇梓我俯身逃跑，兩發子彈皆打偏到牆上，讓他十分氣憤。可是他無暇理會蘇梓我，而是急忙走到窗前，竟發現外面天空已被無數隻黑色魁鬼覆蓋。

「魔空間侵蝕？明明還沒有降伏大惡魔，怎麼他們偏偏在這時候把魁鬼送來？」

利主祭馬上拿起手機打算聯絡兩位正教騎士，但還沒有撥號，手機就收到一張死人照片——照片裡，兩個光頭騎士已身首異處。

「難道被教區揭發了？」

利主祭抹去額上冷汗，深呼吸坐了下來——所有這些細節都沒逃過夏思思的雙眼。

◇

「原來如此。」

夏思思並沒有直接參與這場教會內亂。她只是在學校大樓的頂樓隔岸觀火，用自己的神器觀看數里之外的影像。

「回來吧，烏洛波羅斯。」她伸出右手，眼前原本巨大的銜尾蛇便放開了自己尾巴，使蛇環斷開；環內影像如海市蜃樓般消失，毒蛇亦瞬間縮小，變成手環般大小繞在夏思思的手腕上。

銜尾蛇——吞食自己尾巴的蛇，自古便有「無限循環」之意；既是開首也是終結，既是此方也是彼方。只要烏洛波羅斯用嘴咬自己尾巴，便能連接不同時空，夏思思因而能從蛇環裡預視未來，又或者從透視遙遠彼岸的當下。

「原本以為蘇哥哥和小娜娜這一趟是去送死，沒想到姓利的計畫早已被識破，看來香港教區的主教也不是個傻子。」夏思思喃喃續道：「想不到香港主教有跟大惡魔結成同盟呢。嗯……正率領一眾野鬼攻向利家大宅的大惡魔梟首狼身，看來是瑪門伯爵，七樞罪當中的『貪婪』。」

不過她並未太感意外，畢竟只要有錢就能使役瑪門，算是思想最單純的惡魔，但同時亦是一個非常危險的惡魔。畢竟瑪門位列伯爵，魔力比起自己和娜瑪都要強大，能駕馭的惡魔數量也多得很。看來這次利主祭要被香港教區先發制人滅口了。

「但這也是個機會。烏洛波羅斯，我們一起去拜訪利家吧。」

◇

夏思思口中的利家大宅，此刻已被無數人臉蝌蚪包成一團，圍得密不透光。此時中年男侍急忙衝進書房報告：「大宅外正有數萬隻魁鬼在結界外企圖闖入，請求主祭大人指示！」

利主祭回答：「只是魁鬼的話，不可能隔著結界造成剛才的爆炸波。有發現領頭的惡魔嗎？」

「有的……在魁鬼集結之前，有目擊情報表示見過梟首狼身，說不定是掌管貪婪的瑪門。」

聽見瑪門二字，利主祭暗自罵道：「想不到被教會先發制人，真是卑鄙！」

隨後他馬上吩咐：「立即叫屋內所有人到禮拜堂念經，鞏固結界，以爭取時間向教區求援！」

「這個……其實我們已經發出求救訊息了，可是教區都沒有反應，不知道訊息是否受到魔空間侵蝕的干擾……」

「不管怎樣都要繼續發訊求救！」利主祭心想。「待脫離險境之後，一定要用這些求救訊息來追究教區的責任。」

——轟隆轟隆！

又是震耳欲聾的巨響，而且聲音一次比一次接近，聽起來聖魔法結界快被硬生生被瑪門砸爛。那是最糟的情況，假如沒有結界保護，利家上下恐怕支撐不了半分鐘。

這時利隆禮趕來書房確認父親的安全，利主祭看見兒子便收起怒火，故作平靜地回應：「不用擔心我，反倒是你們那邊有沒有傷亡？」

「暫時還好。」利隆禮又問：「姓蘇的那位，現在人在哪裡？」

「我也不清楚，剛才他趁亂溜走了。」利主祭不能公開自己叛變一事，便索性把所有罪名都推到了蘇梓我身上。「也許惡魔來襲一事跟你們那位同學有關，如果見到他，一定要把他捉住問個明白。」

「果然如此，所以我才說不能輕信此人。」

利主祭回應：「抱歉，當時沒有聽你的忠告。不過現在守護結界要緊，你趕快回去雅言身邊吧，我馬上要到地下聖壇請求女神降臨到她身上。」

「這……！」利隆禮驚訝得不知如何反應。縱使他侍奉女神多年，但從沒想過自己有機會親眼目睹維斯塔女神。原來人與神之間的距離這麼接近嗎？

◇

與此同時，成功溜掉的蘇梓我沒有忘記此行目的，一邊避開宅內耳目，一邊鬼祟探索。不過坦白說，他連聖火是什麼樣子都不知道，要漫無目的地尋找實在好比大海撈針——

忽然蘇梓我右手的聖痕發亮，他感到一陣暖流從地底湧上。他喃喃道：「是地底。」

13

難以言喻，但蘇梓我此刻確實能捉得到這陣暖流的軌跡。他用右手抓住飄浮空中的聖力一直走，就好像在茫茫大海之中捉到救生繩索般，向著目標前進。

「咦？沒有路了嗎？」

他來到一間昏暗的地下室，雖然空間非常寬敞，可是幾乎沒有擺設；最盡頭處供奉著一尊女神像，女神像前放了一張擺有油燈和杯子的祭壇桌。油燈是室內的唯一照明，蘇梓我倒映在牆上的影子隱約可見。

在如此黑暗的空間，蘇梓我凝神感受，馬上發現純白聖力在眼前一直伸延至女神像的腳下。他喃喃道：「原理就跟肉眼看見的魔力差不多，不過問題是，如何走到地下聖力的源頭——」

忽然，蘇梓我聽見門外有腳步聲接近。他連忙想找地方躲起來，卻見地下室只有四面牆壁，根本沒有隱匿的空間。情急之下他靈機一動，立即瑟縮一角，並嘗試召出黑霧包圍自己——

「可惡，為何黑霧就是出不來？」蘇梓我在牆角乾著急，可是他右手獸印被聖痕蓋過，現在根本無法如娜瑪指導的那樣控制魔力，而且身為觸發色慾必需品的娜瑪又不在身邊。

迴盪的腳步聲越走越近，蘇梓我卻無計可施。既然無法欺負娜瑪本人，只好欺負她的隨身物。於是蘇梓我把阿斯摩太指環幻想成娜瑪的模樣，用手指大力一戴——頓時獸印冒現，蘇梓我感到體內魔力不斷從手背湧出。

「不愧是大惡魔的神器！」

蘇梓我戴上指環後，輕鬆召出黑霧包圍自己，這時利主祭正好急步走入地下室。只見利主祭心煩意亂，直直走向祭壇桌，用桌上刃物朝自己手腕割出血痕，並把鮮血盛到桌上的杯中——

女神像忽然垂直地一分為二，從底座位置居然打開了一條通往地底的祕道。

只見利主祭低頭走進祕道，蘇梓我趕緊在祕道關上前鑽了進去，並放輕腳步跟隨其後。換作平日，利主祭應該不難發現有人跟蹤自己，不過此刻他非常焦急，直至走到盡頭仍渾然未覺。

蘇梓我見利主祭在盡頭牆壁前停下腳步，便伏身躲在後方觀察，心想對方大概又要打開什麼祕道。

——嘶！

不知怎的，突然有毒蛇爬過蘇梓我的腳底，他連忙閃避，同時聲音傳到了利主祭耳中。

「是誰！」利主祭回頭發現了蘇梓我，苦笑道：「原來是你啊，你是怎麼溜進來的？不過正好，省卻我去殺死你的工夫。」

蘇梓我不怕死地反問：「這是什麼地方？門後面就是聖火的所在嗎？」

「你的目的好像就是為了聖火？既然如此，在你死之前我就給你圓夢吧。畢竟守了幾十年祕密，我其實非常疲憊了，一直很想知道其他人看見聖火會有什麼反應。」

利主祭大笑數聲後，非常隨意地打開牆上暗門；暗門左右緩緩移開，耀眼藍光從門隙滲出，另外一個世界即將要呈現在蘇梓我的面前——

最先映入眼簾的，是一位被釘在十字架上、一絲不掛的少女。少女奄奄一息、面色蒼白，但臉龐似曾相識……跟利雅言長得一模一樣，也跟聖火聖女有著相同樣貌。

但少女並不像在教堂受到信徒崇拜的模樣，更不是什麼石像雕塑，而是有血有肉的軀體。只見她手中釘孔不斷有紅色血水流出，一滴滴地落到腳下，同時馬上被大火吞噬消失——

蘇梓我這時才驚覺十字架下竟有一堆正在燃燒的木柴。所謂的聖木燃點起蒼藍火焰，燃著熊熊大火，火舌無情噬咬著少女的下半身，彷如中世紀歐洲獵巫的火刑。

燃燒無辜少女的業火照亮了聖潔的聖壇，還有利主祭陰鷙的笑臉。利主祭嘲諷道：「這就是你渴望得到的『維斯塔聖火』。真不愧是女神族，怎樣焚燒都如此漂亮。」

蘇梓我看得目瞪口呆，不敢相信眼前現實，可是手上聖痕的確感受到聖力是從燃燒中的少女身上傳來。這就是「聖火」的真面目。

「居然強迫女人玩這種ＰＬＡＹ！無法原諒！」蘇梓我猛地握拳撲向利主祭——卻遭利主祭的纏身聖力被彈飛數尺，重重跌到地上。

利主祭氣定神閒地說：「身為侍奉女神的使者，只要在聖火照亮的地方，你是不可能碰得到我的。」

蘇梓我大發雷霆。「你這個變態老頭，該不會也對利學姊做出相同的事吧！」

「哈哈，我對雅言當然非常好，畢竟她是女神聖力的載體。只可惜最近聖火有點虛弱，是燒得太久的緣故嗎？單靠這程度還不足以驅趕外面的惡魔，唯有加大火力讓女神釋放更多力量。」

利主祭揚手升起火勢，使火舌完全吞噬了少女。木製的十字架都一同燒了起來，大火燒灼少女每一吋軀體，她拚命張口大叫，卻絲毫喊不出聲。

——原來如此。

忽然有另一個人從祕道走來。「很久以前，人類有焚燒活人祭神的活動，但這個祭壇恰恰相反呢，以焚燒活神來祭人。」來者正是夏思思，她把毒蛇抱在胸口前，身材比起平日在學校的樣子明顯不同。她質問：「二千年來，聖教就是這樣對待戰敗的異教神嗎？」

利主祭仔細打量著夏思思。「妳不像是普通人……是惡魔？」

「這裡的聖火由阿斯塔特收下了！」

轉瞬間，從夏思思身上爆出龐大魔力，一直伸延到正在燃燒的少女身上——可是黑色魔力還未碰到聖火就已被反噬焚盡，夏思思突感身體灼熱，馬上躍離聖火。

利主祭見狀高聲大喊：「真是可笑！沒有任何人能搶走聖火，你們都死心吧！維斯塔女神在位時被施下『聖封印』，墮魔時被施下『魔封印』，現在兩種封印在她身上互相衝突，誰都無法解開。」

蒼藍火焰在此刻依然焚燒著十字架上的女神，蘇梓我實在不忍心如此美女被這喜歡玩火的變態蹧蹋，於是奮不顧身地向女神跑去——

「哈哈，都說沒有用了！」

不過利主祭只能笑到一半。見蘇梓我若無其事地穿越聖火結界，踏上木堆並伸手一碰——十字架和聖木堆頃刻消失無形，維斯塔女神緩緩降落在蘇梓我的懷裡。

二千年的束縛，就這樣結束了。

14

聖火熄滅的一刻，聖壇變得變得昏暗無光，彷彿整個空間就只剩下蘇梓我和維斯塔女神。

蘇梓我對懷中的維斯塔說：「真可憐，以後就由我蘇梓我大人好好照顧妳吧。」

維斯塔微笑答道：「謝謝你的好意……不過恐怕我無法陪你一起……」

倏地，維斯塔的身軀變成半透明狀，一粒粒磷光從雪白肌膚升起，蘇梓我感到她越來越輕。

「我什麼都還沒做啊，妳不會就這樣消失吧？妳不是女神嗎？」

「即使是神族，也會有生命走到盡頭的一刻，我已走了二千多年，是時候休息了……」說到一半，維斯塔望見蘇梓我的雙眼時，竟想起了某個故人。她稍作沉思，便明白原來這一切是天意，於是擠出最後一口氣對蘇梓我說：「沒有國家的君王，你的前路將會遇上無窮劫難。我願意把最後的力量借助於你，從今以後，你就是羅馬聖火的繼承者。」

蘇梓我聽得一頭霧水，但維斯塔已無力再解釋，緩緩化成藍色火焰，寄注到蘇梓我的聖痕當中。蘇梓我頓時感到全身溫暖，渾身充滿力量卻無從發洩。於是他望向利主祭罵道：「就是你這個虐待狂把女神折磨死的，看我如何把你宰掉！」

頃刻，蘇梓我的右拳冒出蒼焰，奮力轟向利主祭的鼻梁！利主祭想施展結界保護自己，奈何忽然使不出任何法術，硬生生被蘇梓我一拳打暈。

「嘖，真沒用。」

蘇梓我收拳把蒼焰收回手中。與此同時，地面上傳來猛烈的轟炸聲。這時一旁的夏思思出聲：「利家的聖火被你拿走了，大宅的結界也失效了吧。我看地上的人現在很危險呢。」

◇

不出夏思思所料，數分鐘前，瑪門伯爵已揮舞利爪撕開了屋頂，數萬野鬼蜂擁而上擠滿整座大宅。利隆禮見狀只好按照父親吩咐，把所有聖職人員集合到禮拜堂內，並堅守崗位至女神臨降的奇蹟出現——雖然他們不知道維斯塔女神已經消失。

正因為女神消失、聖火熄滅，在場的驅魔員聖力大減，情勢是一面倒地對惡魔有利；唯獨利隆禮的神器束棒力量來自羅馬諸神，他依然非常活躍地把禮拜堂內的人臉蝌蚪成堆成堆地擊退。但瑪門伯爵來到的話，他的力量在這伯爵級大惡魔面前，還有辦法抵擋嗎？

「為什麼？」利雅言跪在女神像前焦急道：「為什麼我感受不到任何聖火的溫暖？」失去聖火力量的她只好抱著護身符繼續祈禱，除此之外什麼都做不了。

與她同樣無可奈何的，還有雙手被反綁的娜瑪。娜瑪看見自己同族的惡魔快要支配聖教大宅，居然高興不起來。因為她失去了指環，又被注連繩封印魔力，現下的她在那些小妖眼中，只不過是弱小的糧食罷了。

「嗚……我不好吃的……」

娜瑪猛地低頭閉眼，並暗暗抱怨道：「那色狼明明說好要帶人回來救我，現在人呢？再不來我就死定啦！」

◇

——咳咳。

「好像忘記了什麼……」另一邊廂，蘇梓我自言自語：「嗯，大概是芝麻小事吧。思思，妳說我得到了聖火，這就算達成契約吧？快來為我實現願望。」

「對呢，想不到你真的把聖火搶到手了。」夏思思心道：雖然始料未及，但從結果來看也許算是不錯的成果。

對於夏思思來說，這次她不但借蘇梓我的手盜走聖教聖火，更查出二千年前戰敗的異教神下落，算是立了大功。尤其異教神的情報，對於日後天魔兩界的決戰或許有決定性的作用——畢竟最近兩方的氣氛是越來越緊張了。

「咦？」蘇梓我望見夏思思的身體，雖然樣子沒變，身材倒成長了不少。

「所以說這是我的惡魔形態嘛。」夏思思連說話的口吻也有點不一樣。接著她變出莎草契約。「之前偷聽到你和小娜娜的對話，你的確是想要求我去替你救人呢，我說得沒錯？」

「什麼？我哪有說過那些話！我從來的要求都只有一個啊。」蘇梓我激動道：「剛才那個女神從我手上消失，害我有點燃燒不完全，所以現在妳要來補償我！」

夏思思有不好的預感。「該不會你現在就要色慾發作吧？」

「果然是妳最了解我。」蘇梓我把契約搶到手，高聲宣布：「現在我就要要求履約的報酬，夏思思，我要妳當我的女友跟我大幹一場！」

「唉，沒辦法。」夏思思心想：區區一個人類，應該無法滿足得到我吧。

◇

正當蘇梓我風流快活之際，利氏一家仍在禮拜堂奮力迎敵，不過只戰了十多分鐘，已超過半數的人馬倒下，就連僅存的利氏姊弟，以及幾個驅魔牧師都氣喘如牛、滿身傷痕，眼看快要撐不下去——

突然禮拜堂颳起大風，甚至把壁上掛畫統統吹到地上，差點連女神像都要吹倒。娜瑪抬頭一看，一個體型異常巨大的惡魔飛到了她的面前。

近看的話，才發現瑪門整個身高超過五尺，他如豺狼般坐在禮拜堂中間，所有空間都幾乎被他佔據。

如此威武的瑪門伯爵見娜瑪瑟縮一角，便冷冷說道：「原來是阿斯摩太，好像是第十二代的？數年前才正式繼承爵位，現在竟然就已經落入人類手中。」

娜瑪自身被教會人員反綁也沒什麼好解釋，只是請求說：「我變成這樣也是有苦衷的！瑪門大人，請你先把我救出來吧！」

旁邊的利隆禮害怕娜瑪叛變，便躍步上前打算親自處決她——束棒上的斧頭刃光一閃，娜瑪卻居然完好無缺，而利隆禮反被瑪門用手指輕輕一彈，便轟到了石牆上！

瑪門怒道：「妳看妳自己多丟臉，居然被如此軟弱的人類逮住！像妳這樣沒出息的惡魔不適合繼續霸佔爵位。」

語畢，瑪門用前足把她抓起來。雖然瑪門梟首狼身，前足卻如人類的手一樣靈活，而且手掌差不多有娜瑪整身高度那麼大，只要大力一握，沒有魔力保護的娜瑪就會粉身碎骨——

忽然，一陣蒼焰劃過瑪門手腕，迫使瑪門鬆手放開娜瑪。

「好啊，居然趁我不在對我的奴隸出手！」

娜瑪立即往上望，那道快得不見影的蒼焰主人，居然是那個變態色狼！只見蘇梓我高高在上地站在女神像頭頂，春風得意又容光煥發，比起平日還要噁心十倍，這應該不是娜瑪的錯覺。

15

在娜瑪眼中噁心的色狼，在利雅言眼中卻有種神聖的感覺。沒有其他原因，畢竟蘇梓我手中的蒼焰正是維斯塔聖火，也是她身為聖火聖女應該侍奉的對象。

然而這神聖的存在，對七樞罪大惡魔的瑪門伯爵而言，肯定是非常討厭的。於是瑪門全身毛髮豎起，厲聲質問蘇梓我：「你是什麼人，為何身上會有古神的氣味？不僅如此，還有撒旦閣下的味道……」

——他就是那個靈魂沾有撒旦之血的人類喔，瑪門伯爵。

瑪門看見躲在蘇梓我背後的嬌小少女，便回應道：「原來是阿斯塔特，很久不見了。在這個小教堂裡，居然有三位大惡魔聚首，莫非是命運女神的捉弄嗎。」

夏思思回答：「先不提阿斯摩太，其實我和伯爵閣下的目的一致，所以才會在這裡相遇。」

「那妳也會助我一臂之力，清理掉這裡所有教會的人？」

蘇梓我在女神像頭上暴跳如雷，大聲嚷道：「其他男人我才不管，如果利學姊少一根汗毛，我就把你這頭畜生烤來吃！」

「哦？這倒要看看你是否有如此本事。」瑪門只是靜靜坐下，等待蘇梓我出手。

同時蘇梓我迫不及待要在利雅言面前大顯身手，於是他奮力一踏神像頭頂，一躍半空——

「蘇哥哥！」夏思思還來不及制止，只見蘇梓我打開手掌，在空中一連放出四個聖火球轟了下去。

聖火球猶如灼熱的翠火流星，掠過的空氣都化成煙雲，一直線直奔往瑪門身軀——火花四起，全數火球均應聲擊中瑪門胸口！但這龐然巨物依舊平靜地坐在禮拜堂中間，不動如山，連身上毛皮都沒燒焦半分。

「呼……」瑪門深吸一口氣，緩緩道：「原來如此，這是從神族直接得來的聖魔力。只可惜那位神族大概已是風中殘燭，打上來不痛不癢的。」

「住手啊你們。唉，蘇哥哥也真是的。」

夏思思伸手放出繫在手腕的毒蛇，毒蛇居然同時間變得跟瑪門一樣巨大，站在巨蟒頭頂的夏思思把半空的蘇梓我拉回身邊，直接跟瑪門談判：

「伯爵閣下，這位沾有撒旦之血的靈魂對我們非常有用，不如請閣下今日到此為止可好？所有責任我會一人承擔，三日後，自然會給閣下一個解釋。」

「阿斯塔特……」瑪門有所猶豫，但他顧忌的，並非眼前這剛剛繼承阿斯塔特名號的小惡魔，而是她腳下那頭巨蟒烏洛波羅斯。即使烏洛波羅斯只是一頭魔獸，又沒有爵位，但牠已侍奉了十代的阿斯塔特上千年，是隻魔力極強的魔獸。

最終瑪門讓步說：「既然是阿斯塔特主動求情，今天就暫且放他一馬，反正教會給我的錢還不足以讓我跟其他大惡魔交手。」

語畢，瑪門就四足一躍，撞破禮拜堂的天花板離去。瑪門手下的魁鬼則是慌忙逃跑，結果短短幾秒內，教堂內所有惡魔都離開了。

這時歡呼聲四起。原本在場的聖職人員都以為自己死定了，豈料半途出現一個怪人跳到女神像的頭頂、擊退大惡魔，實在是死裡逃生。他們沒有聽到夏思思與瑪門的談判，只是看見蘇梓我誇張地放出聖火魔法，於是將所有功勞都歸到了蘇梓我身上。

教堂內只有利隆禮感到不是滋味，馬上怒目盯著娜瑪。娜瑪感到危險，跌跌碰碰地跑到巨蟒之下，對剛好站回地面的蘇梓我求救——

「呀！」

蘇梓我給娜瑪來個握「胸」禮問候。「那些教會的人沒對妳做什麼吧？」

「會對我做什麼的都是你啊！」無奈現在蘇梓我是娜瑪唯一的依靠，她只好繼續忍受對方的毛手毛腳，依附在他身邊。

「蘇梓我！」利隆禮跑來質問：「你剛才究竟跑去哪裡了，又對父親做了什麼？為什麼你手上能操控聖火法術？」

利雅言在旁勸道：「先冷靜下來吧，蘇同學可是替我們擊退了惡魔呢。」

「不能相信會跟惡魔做交易的人！見到蘇梓我就把他抓起來審問，這也是父親給我的命令。」

當然利雅言也覺得事有蹊蹺，同樣不太相信蘇梓我這個人。可是他現在手上不只有聖痕，還有聖火了，這要她怎麼辦？

「這、這發生什麼事？」

「父親大人！」利雅言看見利主祭帶著被打腫的臉出現，連忙上前扶著他。「父親大人您沒大礙吧？」

「我沒事……」利主祭緊張地追問：「但這裡狀況如何，剛才肆虐的惡魔呢？瑪門呢？」

「全都被蘇同學以聖火之力擊退了。」

「妳說什麼？」利主祭難以置信。

這時蘇梓我走近利氏一家，得意洋洋地說：「沒錯，我已經繼承聖火之力，把所有惡魔統統打走了！你這老頭也可以安心了吧。」

「小心你的話！」利隆禮怒道：「什麼叫所有惡魔？你自己帶來的兩個女惡魔又怎麼解釋？」

「她們都已經被我馴服了，是從良的惡魔。」

「天底下哪有如此荒謬之事。」利隆禮對父親問道：「剛才這人跟父親在書房談論了什麼，為何這無恥之徒會把聖火搶走？」

「別說得這麼難聽，是你父親見我一表人才，於是才將聖火之力降臨在我身上，好替利家解危的。」蘇梓我露出魔鬼般的笑容，反問利主祭：「我說得沒錯吧？」

利主祭心想：假如被教區知道利家失去聖火，利家必然會被褫奪永久聖品的名譽，到時我在教會將再也沒有容身之所……為了保住利家名聲，看來暫時要依靠這姓蘇的小子。反正他好像看上了雅言，應該很容易利用……

「蘇同學說得沒錯。」利主祭勉強笑道：「我的確委託他幫助利家對抗惡魔。」

利隆禮非常不滿。「怎麼可以讓普通人插手我們聖火堂的事務？」

「那我就以主祭的身分，任命蘇同學為聖火堂的白衣騎士，這樣就沒有問題了。而且蘇同學手上有聖痕，也非常適合。」

蘇梓我滿心歡喜。「聽起來很酷呢！但誰要當你們利家的——」

「以後蘇同學跟我們就是一家人了，雅言妳要好好照顧他。」

「我很樂意跟利學姊當一家人！」但蘇梓我一舉手，手背的獸名印記馬上出賣了他。

利隆禮一見獸印便立即反駁：「白衣騎士即是有聖品之人，怎麼可以把聖品託付給有獸名印記的人？況且擁有獸名印記便是撒旦的僕人，必然不能違反撒旦的命令，換言之，他隨時都會背叛聖教啊！」

「欸？」蘇梓我聞言，馬上擦拭自己手背。「這垃圾印記居然如此可怕，我才不要聽別人的命令。」

「這個嘛……」這下利主祭也想不到其他藉口替蘇梓我解圍。

於是蘇梓我捉住娜瑪的肩膀質問：「喂，趕快拿走我手上的東西，我蘇梓我是個大英雄，不能當撒旦奴僕的！」

「哇哇哇！別搖我啊，我還沒有鬆綁——」

噹！

突然有一把鐮刀從娜瑪的裙底掉下來。蘇梓我見狀馬上拾起，質問她：「妳該不會是偷藏武器，然後趁機砍掉我的寶貝造反吧？」

「哪、哪有這回事！對了，這把神器是要獻給主人你的！」

「哦，這把鐮刀有什麼特別嗎？」

一旁的夏思思見蘇梓我將鐮刀拿上手把玩，便插話：「這是弒君之鐮，是一把能夠以下犯上的聖髑武具，有了這個，蘇哥哥就不用害怕受到撒旦的控制呢。」

「居然是這樣！」蘇梓我嘆道，更大讚娜瑪了不起，果然是一個會為主人著想的好女僕。

利主祭見狀唯有附和：「原來蘇同學也想加入討伐撒旦的行列，這樣甚好。隆禮，我明白你依然對蘇同學有意見，但從今開始大家都是聖火堂的弟兄，請各位好好相處。」

利隆禮一臉不悅地離去，而利雅言也感到事情發展詭譎，但仍對蘇梓我輕輕點頭。

無論如何，利主祭堅持讓蘇梓我加入教會，這個決定誰也無法推翻。

「這頭色狼加入教會的話……連同使魔的我也會變成教會一份子？」娜瑪質問夏思思：「這樣真的好嗎？而且妳又有什麼企圖，突然站到蘇梓我那邊？」

夏思思笑而不語，只是心中暗道：這還不是拜妳的指環所賜？但也是個不錯的經驗就算了，而且蘇梓我確實有用。

果然所有人都在心裡盤算著什麼。

第三章

三千年的譜系

1

「妳為什麼會在這裡？」

「思思已經決定好了，要一生追隨蘇哥哥。」

當日晚上，蘇梓我的家裡多出另一位惡魔寄居。娜瑪二話不說就拿起掃帚打發夏思思：「妳究竟和那頭色狼發生了什麼事，他不是要求妳幫忙驅趕惡魔而已？之後妳和他應該各不相干了吧！」

「呵呵，思思和蘇哥哥的關係不止這樣呢。」夏思思像一隻發情的小貓想從背後抱緊蘇梓我，卻被他冷靜地避開。

「別纏著我，我跟妳已經沒有關係。」

「真過分！明明今早還嚷著要我當你的女朋友。」

「分手！分手！我對妳這種小女孩沒有興趣。」

夏思思掩著自己的平胸說：「我都解釋過很多遍，這是我平凡人類的模樣啊。經常解放魔力很累人的，而且我比較喜歡現在這模樣。蘇哥哥你是只喜歡小娜娜那種巨乳妖怪嗎？」

「不是妖怪，是夢魔！」娜瑪更正。

「倒是接受自己是巨乳呢，小娜娜太令人討厭了。」

「妳們安靜點。」蘇梓我嘆氣說：「這已經不是大小的問題，而是女孩和女人的分別。我又不是戀童的變態，等妳的胸部長回來我才會考慮跟妳復合。」

夏思思沒好氣地跳到沙發上看漫畫，並對娜瑪說：「妳的主人簡直是個人渣呢，真替妳感到不幸，嘻嘻。」

娜瑪答道：「我又不是自願的，還有妳要待在這裡多久？我也不喜歡看見妳的臉啊。」

「哼，雖然不想告訴妳，但妳大概也猜到思思的用意了吧。」夏思思說：「天魔戰爭已經過去了近三千年，我們惡魔族正是由於戰敗給天神族，因而得到壽命的詛咒，活不到數百年就要回歸靈魂的循環，就如下等種的人類一樣。」

所謂靈魂的循環，即是「世界」的一種自我平衡機制，以防有任何生命能夠無限期地壟斷統治。但假如所有生命都不能繼承智慧的話，人類便與走獸無異，無法發展文明。於是「世界」創造出不受靈魂循環束縛的代理神，並讓神祇在數千年的歷史裡傳授人類知識，使人類懂得生火、耕種、建築及曆法。

世界非常遼闊，各地都有自己的火神、豐收神、工匠神、太陽神或月亮神。自五千年前起，世界各處相繼出現不同的文明和宗教，例如美索不達米亞文明有原始的偶像崇拜，古埃及有古埃及眾神，希臘人也有住在奧林帕斯山上的主神教導他們各種智慧。

本來各個文明相安無事，直至三千年前的天魔戰爭。

天魔戰爭是聖教所給的稱呼，因為除了聖教所記錄的歷史，便再無其他論述這場戰爭的史料。根據記載，當時人類文明發展迅速，生活越來越奢華，連同供奉神的儀式也變得越來越淫亂。對於那些墮落的天神，遠古聖教視他們為作惡的魔神——惡魔。這是「惡魔」一詞首次出現在人類歷史之中。

之後，隨著不同文明間頻繁地交流，引領聖教徒的天使與各地的惡魔不時發生衝突，更是埋下日後天魔戰爭的伏線。

傳說天魔戰爭以天神族的勝利告終，可是天神族卻無法一併殲滅所有惡魔。在最後一刻，惡魔族的首領利用人類邪念，開啟了空間的異次元，讓所有惡魔逃遁到一處荒涼的空間，後來被稱為「魔界」。

天神族知道惡魔逃跑後相當氣憤，卻無法進入魔界殺死他們，唯有下詛咒給予惡魔壽命。自此，所有惡魔都逃不過生命的限期，過了三千年後的今天，惡魔的力量已今非昔比。正如娜瑪和夏思思的力量，其實遠不及原來的所羅門七十二柱魔神，她們只不過是剛剛繼承其大惡魔名號的新生代罷了。

「當年所有見證天魔戰爭的惡魔都相繼離開，唯獨那位傳說中最強的惡魔之皇依然擁有永生，能逃過靈魂的循環，那就是撒旦大人。」夏思思說：「撒旦大人在這幾千年來蹤跡全無，魔界曾一度以為撒旦大人已被聖教殺死，直至最近再次傳出行蹤，造成了很大的騷動呢。」

娜瑪說：「這些我當然知道，我們都希望能迎接撒旦大人歸位，向教會天使報仇。可是撒旦大人神龍見首不見尾，所以我才打算收割蘇梓我這個色魔的靈魂，希望可以靠著他靈魂沾有的撒旦之血來找尋大人的下落。」

「一開始還以為撒旦大人只不過想混淆視線，隨機找人類釘下獸印，但現在看見蘇哥哥擁有異於常人的體質，也許並非是隨機選擇目標呢。」

娜瑪聽完反問：「妳該不會是說那頭色狼是什麼關鍵人物吧？我才不相信呢。」

「無論如何，假使蘇哥哥可以憑藉異教女神的聖力混入聖教，這對於我們蒐集已失落了三千年的情報有很大幫助。」夏思思說：「我們畢竟對當年的天魔戰爭所知不多，而且戰爭之後，消失的不只是惡魔，就連天神族都銷聲匿跡了。天神族扶植教會作為代理，自己隱居背後；現時三大教會已成為人類的唯一信仰，要找神族報仇就難上加難了。」

面對教會的追捕，如今惡魔族只能像瑪門伯爵那樣，利用游擊的策略削弱教會勢力；但這種方法沿用了三千年，到底還是隔靴搔癢，無法重創躲在教會背後的天神族。夏思思認為是時候改變惡魔族的策略了。

娜瑪感到意外。「妳比我想像中更深謀遠慮呢。」

「我可是頭腦派的惡魔，跟妳這種胸大無腦的『歐派』惡魔可是兩種類型。」

「可惡，妳有種就再說一遍！」娜瑪撲向夏思思，兩人馬上就在沙發上互相拉扯——

「妳們兩個別吵我睡覺！」蘇梓我大力關上房門離開了。

娜瑪不禁反問夏思思：「妳真的覺得這個人有利用價值？」

「這個嘛，蘇哥哥的所有行為都非常『惡魔』，應該沒問題吧。」

2

當晚蘇梓我做了一個非常古怪的夢。他夢見自己站在沙漠的城鎮裡，周圍卻一片頹垣敗瓦，屍體堆積如山。天使從高空降下，在號角聲中把他身邊的戰友逐一砍殺。

啊，原來屍體的山就是用他們堆積而成的。

他看見一位黑布蒙眼的天使用劍刺穿了自己愛人的心臟，少女臨死時對自己大叫：「蘇萊曼大人——」

蘇梓我忽然有想哭的感覺，這是他活了十六年來第一次感到悲傷，但這是為什麼呢？她究竟是什麼人？

意識漸漸遠去……不知過了多久，在朦朧之中，一團軟綿綿的觸感壓到蘇梓我臉上，把蘇梓我從夢鄉裡拉到現實——

「有奶香！」

見娜瑪撲在自己身上，蘇梓我就把她當成抱枕攬緊。

「啊！你醒了！」娜瑪一臉尷尬地掙扎逃脫爬到床下，這時床頭鬧鐘正顯示為早上六點半。

「嘿嘿，妳在做什麼？是想念主人的味道了嗎？」

「別胡說八道！」娜瑪接著不好意思地低頭問：「……可以把我的指環還給我嗎？」

蘇梓我終於記起他沒收了娜瑪的戒指，於是想也沒有想，很爽快地就拒絕了她。

「為什麼？」娜瑪淚目問道：「那指環可是阿斯摩太的證明，兩天後我就要回到魔界報告，沒有指環我肯定會被責罰的啊！」

「這樣的話，妳明早繼續爬到我身上偷吧，嘿嘿，我會醒著等妳來的。」

「你這個死變態！」娜瑪怒氣沖沖地回到廚房準備早餐。

蘇梓我與娜瑪訂下的惡魔契約，本應該會限制她咒罵主人，不過近日娜瑪就算當著面罵他變態也沒有問題。這代表是因為蘇梓我聽得高興嗎？抑或有其他娜瑪沒有察覺的原因？

「小──娜──娜，早餐還沒做好嗎？」坐在飯桌的夏思思故意拉長聲線，嬌聲問道。

「為什麼我連妳也要服侍啊！」

「因為我要當蘇哥哥的女朋友，這樣蘇哥哥也不用纏著妳，互惠互利嘛。」

「嘖，我煮飯毒死妳就是。」然而娜瑪穿得女僕裝太久，開始接受了自己是家事惡魔的事實，職業尊嚴不容許她這樣做。

此時坐對面的蘇梓我大叫：「今天的早餐很好吃呢！還有我最喜歡的芒果布丁。」

「呵呵……不對！」娜瑪突然驚醒，氣得滿臉通紅。「本小姐可是繼承阿斯摩太名號的大惡魔，別以為可以這樣馴服我！」

◇

吃過早餐後三人一同上學，沿途吵吵鬧鬧，尤其娜瑪和夏思思兩人更不時互相拉扯頭髮，讓外人摸不清她們的關係。

他們來到校園時已經差不多是早會時間，在操場上遇見了班主任孔穎君。

「蘇梓我，你今天總算肯來學校了啊。」孔穎君抱著課本走過來，卻驚覺他身旁有兩位女同學如影隨形。「你們三個……昨天都請假了呢，該不會在做什麼壞勾當吧？」

「君姊妳想多了，像我這樣的人當然會受女同學歡迎，僅此而已。」

「最好是這樣。」孔穎君喃喃道：「真不明白為何現在的學生都這樣隨便，明明以前我讀書的時候都很安分守己……」說到一半孔穎君連忙轉換話題，免得一直懷緬過去，被人以為自己年紀很大。「對了，那位會長千金叫你今天放學後去學生會一趟，就這樣，小心別讓學生會的人『追殺』啊。」

正當她想掉頭離開之際，蘇梓我好奇追問：「昨天學校附近有發生什麼怪事嗎？譬如爆炸之類的。」

「你最近又在沉迷什麼漫畫？昨天沒有你在，學校比起平日安靜許多。」

可見昨天在利家大宅打得天翻地覆，一般人仍然無法察覺到任何異樣。這樣蘇梓我可以安心地繼續搗亂，不用讓孔穎君知道。

◇

到了放學的下午四點，蘇梓我意氣風發地帶著兩個惡魔走進學生會，看見利氏姊弟正在會客室等著自己。

坐在窗旁的利隆禮依舊目露凶光地盯著蘇梓我等人，利雅言則開場寒暄：「蘇同學、酆同學、夏同學，很高興你們三人抽空來到學生會。」

「只要是利學姊的請求，無論上天堂或下地獄我都會馬上前來。」蘇梓我大笑地問：「所以今天利學姊叫我來，有什麼事嗎？」

「其實不是我的安排，而是父親大人……聖火堂主祭的意思。」利雅言恭敬道：「關於昨天父親大人希望你能加入我們的白衣騎士團一事，請問蘇同學考慮清楚了嗎？」

「考慮清楚了，當然沒問題！」蘇梓我笑著回答，這一切都是他的策略。他決定只要利雅言吩咐做什麼，他都會假裝答應，好讓她迷上自己，再找機會奪取聖女的童貞！

利雅言微笑。「太好了，父親大人一定也很高興。」

「話說白衣騎士是要做什麼的？有多少工資？最近家裡多了兩個米蟲開銷變大了啊。」

利雅言回答：「白衣騎士沒有工資，卻有比工資更加珍貴的回報。所有新任命白衣騎士都會被賜予聖品最初階的『看門品』，換言之，蘇同學的名字將會被寫入『聖品名錄』，跟其他聖人並列在聖教的歷史當中。」

「哦！所以我之後的稱呼就是『聖人君子．蘇梓我』之類的？聽起來很酷呢。」

利雅言糾正他：「聖品不是為了裝酷。所有聖品都有責任驅除邪惡，宣揚主的福音。尤其是我們俗稱『黑品』的下三品白衣騎士，更有義務消滅惡魔、防止人類墮落。」

蘇梓我見學姊滿口仁義道德，看樣子她對父親如何虐待自己崇拜的女神全不知情。不過這樣也好，他才能要脅利主祭把女兒送給自己。

「沒錯，」這時利隆禮插話：「我們的職責是要殺死所有惡魔，尤其是七十二柱魔神那些的大惡魔更不能放過。」

「隆禮，父親大人不是說過，暫不追究蘇同學身邊的兩位使魔嗎？」

利雅言連忙代替弟弟道歉，只是蘇梓我對利隆禮口中所講的七十二柱魔神似乎頗感興趣，她便解釋：「七十二柱魔神是大約公元前九百多年，以色列最後一位國王所羅門王的七十二個使役惡魔。」

蘇梓我問：「所羅門不是聖經裡面的王嗎？他怎麼會跟惡魔有關係。」

「所羅門王最有名的事蹟，是請求聖主賜給他智慧。他的智慧確實為以色列王國帶來繁榮，而作為感謝，所羅門在耶路撒冷興建『第一聖殿』來崇拜聖主。」

然而，十分可惜，所羅門晚年選擇背棄了神。根據利雅言所說，所羅門王為擴張領土不惜違反教義，把大量相鄰部落的公主、女王納入後宮。其後，所羅門變得更加貪得無厭，要求周邊鄰國每年進貢六百六十六塔倫特（相當於四萬磅）的黃金。換言之，他不但犯下色慾罪，同樣也犯了貪婪罪。

不過最觸怒神的，莫過於他敬拜異教偶像。依照聖經記載，所羅門共有七百妻、三百妾，多為異邦女子。所羅門為了討好她們，居然容許妻妾在宮殿敬拜她們異邦的神。

「在《列王紀上》就有記載所羅門王崇拜異教女神阿斯她錄。」利雅言臉紅地說著：「崇拜阿斯她錄的儀式非常淫邪……需要男女廟妓集體行淫。《列王紀下》中，所羅門王在國內興建了多座阿斯她錄神廟，當時社會放蕩的程度可想而知……」

此時夏思思插嘴：「順帶一提，阿斯她錄還有一個另稱，叫做阿斯塔特。」

蘇梓我自言自語：「這個名字好像在哪裡聽過……」

「蘇哥哥，思思就是第十代繼承阿斯塔特名號的惡魔嘛。」

利雅言繼續說：「正如夏同學所言，晚年所羅門王所崇拜的異教神，其實早已墮落成魔。除了阿斯塔特，另一本聖典《塔木德》也有記載，所羅門派士兵灌醉阿斯摩太，並活捉阿斯摩太作為僕人，興建了第一神殿。」

「阿斯摩太，就是妳呢，」蘇梓我指著娜瑪的頭。「原來妳的祖先也是那麼笨，同樣被騙作使魔，難怪。」

「嗚……」娜瑪想反駁卻反駁不了。

利雅言總結：「根據中世紀的惡魔學研究所得，所羅門王晚年一共有七十二個使魔，包括阿斯塔特與阿斯摩太。這就是所羅門王七十二柱魔神的由來。」

「這個話題到此為止吧。」利隆禮打斷輕鬆的氣氛，厭惡道：「聽見惡魔的事就想作嘔。」

「真是不懂得思思的好呢，你說對嗎，蘇哥哥？」夏思思像棉花糖般黏在蘇梓我身邊。

利雅言連忙解釋：「雖然夏同學看起來也算友善，但畢竟七十二柱魔神曾誘惑所羅門王，導致以色列王國滅亡，因此聖教將他們視為極危險的惡魔，請別見怪。父親大人也是冒了很大的風險替你們保守祕密，想提攜你成為利家的白衣騎士。待會兒到教區接受任命時，請蘇同學要謹言慎行，千萬不能透露半點關於惡魔的事。」

「咦，但昨天妳父親不是已經任命我了嗎？」

「白衣騎士在形式上需要教區主教任命，只有主教才可以把蘇同學的名字寫在聖品名錄上。」

「這樣我手背的東西會不會有麻煩？」蘇梓我舉起右手，獸印清晰可見。

「這確實會引起教區的懷疑。」利雅言低頭沉思。「話說回來，為什麼蘇同學手上的獸印會忽隱忽現的？」

黏在蘇梓我身旁的夏思思答道：「大概是小娜娜的指環觸動了蘇哥哥的色慾，所以只要把戒指脫下就好。」

「那不如把它還給我好嗎？」娜瑪搶道。

「不行呢，戒指要留給蘇哥哥在晚上用。」

娜瑪見夏思思表現親暱，心道：這兩個變態之間究竟發生了什麼事……

「嗯，娜瑪的東西就是我的東西。」蘇梓我把戒指放進襯衫口袋，手背獸印果然頓時消失。

利雅言覺得不可思議。「雖然不知道原理，但至少能暫時完全清除身上的惡魔氣息。假如蘇同學準備好的話，我們就可以到教區座堂跟父親大人會合。」

「沒問題。」之後蘇梓我吩咐兩個惡魔回家看門，自己就跟利氏姊弟前往座堂，接受香港主教的任命。

3

位於香港島的聖母無染原罪主教座堂擁有超過百年歷史，為全石造的哥德式教堂，外牆共有六十六條花崗柱，高貴祥和；座立鬧市高樓之中別具一格，仿若有著無形的神聖結界。而作為設有主教之座的大教堂，聖殿的主保聖人為聖母瑪利亞——在聖教教義裡地位最崇高的聖女，待遇跟異教神的聖火聖女可謂天差地遠。

儘管如此，如果把聖母放到正教或新教的教堂裡，瑪利亞仍只是單純蒙福的凡人聖女，不能與聖靈相提並論。換言之，「異教神」不過是不同觀點的解釋而已。

「蘇弟兄！」來到座堂門前的園林，一身祭司袍的利主祭上前擁抱蘇梓我，並親切地為他披上白袍。

同行的利雅言微笑說：「這件白衣騎士的外袍很適合蘇同學喔。」

「沒錯，蘇弟兄準備好就跟我來吧，不能讓潘主教久等。」

縱然利主祭親切得教人作嘔，但蘇梓我不懂教會規矩，唯有按照他的吩咐去辦。不過話說回來，穿起這件白袍的感覺其實還不錯。蘇梓我隨利家三人從正門踏入座堂，每當有聖職人員經過，都會對他們點頭致意，看來白衣騎士在教會擁有一定的地位。

「這件白袍是我們等下與主教大人見面的正裝，請蘇弟兄務必記住這一點。」

說著的同時，利主祭領頭走到座堂的內殿，並對守護在聖母像旁的聖職人員打招呼；兩人耳語一番，那位聖職者便替眾人打開藏在聖母像身後的祕道。

蘇梓我對祕道有種似曾相識的感覺。「你們教堂閒著沒事做都在挖地下通道啊？」

「蘇弟兄真愛說笑。」利主祭答：「每個教區座堂必然隱藏著祕密空間，以作為召集白衣騎士團之用。白衣騎士直接隸屬教區主教，哪怕是自由騎士，你們都要接受主教大人的任命。」

見蘇梓我有點緊張，利雅言溫柔地說：「關於白衣騎士團還有其他聖教的事，之後我會解釋給你聽的。蘇同學今天只要恭敬地接受主教大人的任命就可以了。」

「利學姊妳果然是最善良的人！」蘇梓我順勢捉住她的手道謝，雖然還是被禮貌地推開了。

「蘇同學你太過熱情了。」不過碰到蘇梓我的掌心時，利雅言意外地並沒有覺得反感，反而有股莫名的親切。

利主祭看見這一幕，心裡只盤算著如何從蘇梓我手上奪回聖火的控制權。果然需要借助雅言的女神相性，讓維斯塔女神重新降臨到女兒身上嗎？

父親大人在煩惱什麼？利雅言心想著並往前數步，扶利主祭下樓梯。

「我們來到白衣騎士團的總部了。」利雅言說。

只見地下空間非常寬敞華麗，兩邊牆壁均有大理石的聖人雕塑；雕塑人像都身穿盔甲戰衣，又或手持鑲有十字圖案的大盾，如歐洲古堡裡那些盔甲侍衛般，相當有氣勢。

利雅言繼續為蘇梓我講解：「地上教堂所供奉的，是宣揚福音的聖人，至於地下總部則是供奉討伐惡魔的聖殿騎士。」

聖殿騎士又稱紅衣騎士，直屬羅馬教廷，就像專門戍衛皇室的御林軍。以上這些資訊都是利雅言後來告訴蘇梓我的。而這一刻，他們四人已走到白衣騎士團的總壇前，晉見香港教區的主教兼騎士團長——潘牧修主教。

「潘主教，實在很高興還活著見到您呢。」利主祭上前握手並暗諷對方。

潘主教回答：「利主祭太客氣了，昨天被惡魔襲擊沒有大礙吧？」

「託主教大人的福，總算擊退了那些惡魔，可惜最後仍被領頭的瑪門逃脫。」利主祭接著介紹身後的人：「我今天帶來了一位好青年給主教大人認識。」

「這位就是昨天協助擊退瑪門大惡魔的少年嗎？」

頭髮花白的潘主教看上去精神奕奕，打量蘇梓我的眼神亦非常凌厲。單憑外表，蘇梓我實在看不出對方的年紀。

「主教大人說得沒錯。」

「原來就是這位少年。」潘主教盯著蘇梓我的右手，又摸著下巴的鬍子愧疚地說：「實在很抱歉，昨天我們明明應該要接到聖火堂的求助，卻因當值的聖職員失職而延誤了通訊。都是我不好，沒有好好管理下屬。」

利主祭當然知道潘主教根本才是幕後主使，想藉惡魔之力剷除利家。奈何他沒有證據控訴對方，只能旁敲側擊看能否拿到些「賠償」。

「別這麼說，潘主教貴人事忙，卻沒有優秀的下屬輔佐實在可惜。不知大人有沒有考慮要提攜後輩，讓年輕人分擔一下教區的教務？」

「利主祭所言甚是。我審閱了你提交的報告，對於令千金晋升一事我非常贊成。如無意外，教區下星期就會提拔利雅言小姐成為教區助祭。」

「主教大人果然知人善任。」

「至於任命這位青年為白衣騎士一事，我當然也沒有異議。利家向來忠心侍主，我對你們非常有信心，從不過問利主祭如何調配三名自由騎士的名額。」潘主教又補充：「下星期教區就會發公告，一併賜福給這位少年成為看門品。」

「感謝主教大人。」利雅言輕碰蘇梓我的手，示意他一同表示感謝。

「哦，感謝主教大人。」

潘主教笑說：「那麼就先失陪了，希望之後能見到兩位繼續為教會服務，直至惡魔消滅的那一刻。」

蘇梓我首次與主教的會面就這樣結束了。下次再見，不知道蘇梓我又會以什麼身分會見他。

「蘇同學，」臨走前，利雅言對蘇梓我微微一笑。「請問你這個星期日有空嗎？」

4

又經過了幾日的風平浪靜。即使魔界知道蘇梓我與撒旦有關，但礙於他身邊有兩個大惡魔，一般惡魔都不敢輕舉妄動。

夏思思後來親自跟瑪門伯爵等魔界幹部解釋，眾魔得悉她們混入教會當間諜後更是讚許，算是立下戰功。

「正因如此，妳們今天也要跟來教會。」蘇梓我命令家中兩位惡魔。

娜瑪嘆道：「太悲慘了……想不到我堂堂子爵惡魔居然要去主日崇拜，天理何在？」

「別忘記因為有我成功混入教會，妳才沒被魔界追究責任啊，妳還不感激我、以身相許？」

「就是因為我被你騙作使魔，才會被幹部盯上……還有趕快把戒指還給我！」

「小娜娜別那麼生氣嘛，拿走妳的戒指也是為妳著想。」夏思思說：「教會龍蛇混雜，我們不能張揚。像思思這樣能把魔力收起來才好，但小娜娜妳不知分寸，所以沒收指環可以讓妳收斂一點呢。」

「只是再這樣下去，我都快忘記自己是大惡魔……」

蘇梓我聽得心煩。「別再自怨自艾了，妳以為我想參加什麼主日崇拜嗎？」

誰會猜到利雅言問自己有沒有空，實際是邀他去教會崇拜！

「蘇哥哥為了潛入教會不惜犧牲自己，十分偉大喔。」夏思思反倒想體驗敵人的宗教儀式。

「哈哈！誰叫我是個英雄呢。再不出發，讓利學姊久等就不好了。」

娜瑪無奈地說：「真是個單純的笨蛋。」之後仍是被迫穿上女僕裝，跟隨蘇梓我和夏思思出門。

◇

蘇梓我沒想到自己也會有在星期天去學校的一天，但聖火堂區的教堂正是學院內的禮拜堂，如今蘇梓我身為堂區一份子，又兼任了自由白衣騎士，他就再沒有藉口缺席聖教每個星期天的主日崇拜。

「好像有很多人……大家都肯定被教會荼毒了。」身為惡魔的娜瑪見聖火教堂內坐滿數百信徒，自然心有不甘。

蘇梓我則大吃一驚。「想不到這麼多傻子一大清早就來崇拜，幾乎沒有空位了啊！」

他可不想罰站幾個小時，連忙霸佔後排空位，下腹卻突然被不明東西撞了一下——砰。有個小孩見有空位也同時跑了過來，蘇梓我一時氣憤想踢開那孩子，卻被娜瑪制止了。

「對不起，非常抱歉——」一位短髮少女連忙躬身道歉，卻好像有點眼熟……

「杜夕嵐？」

「什麼！」杜夕嵐本能反應馬上退後數步。「我沒眼花吧，為什麼會在這裡見到你？」

「杜姊姊我也在喔。」夏思思笑著對她揮手。

「小夏！」杜夕嵐連忙跑過來拉走夏思思。「前幾天看見妳跟那變態一起上學，現在班上都傳言妳有把柄被那人抓住了！究竟發生了什麼事，我不是警告過妳，別接近那個男人嗎？」

「杜姊姊妳也太誇張了，」夏思思苦笑說：「蘇哥哥沒有對我做過什麼啦……哈哈……真的沒有喔。」

杜夕嵐不相信，望向娜瑪說：「連酆同學也被抓住了把柄嗎？為什麼要在教堂裡穿女僕裝？」

「這、這個……我等等還有兼職，所以先換好衣服而已。」娜瑪面紅耳赤，很後悔這身打扮被自己的同班同學見到，以後都沒臉上課了。

但她同時又想到，為何堂堂子爵惡魔要上人類的課？

「杜姊姊，」夏思思扯開了話題：「剛才那小學生是妳的弟弟嗎？好可愛喔。」

「啊，嗯……可是他太好動了，明明吩咐他安靜坐下都不聽話。」杜夕嵐接著牽住弟弟的手叫他自我介紹。

「我叫杜晞陽，明年就升上聖火書院的中學部，可以跟兩位漂亮姊姊一起上學喔。」

蘇梓我見杜晞陽油嘴滑舌的，彷彿瞧到自己的影子，於是像趕狗一般地揚手說：「死小孩別靠過來，看你不是讀書料子，肯定會一直留級直到死為止。」

杜晞陽立即收起笑臉，冷言冷語地說：「原來中學部還有這樣的人啊，以前招生是不是太過隨便了？」

「沒錯，這個人是人渣，晞陽你別靠他太近。」

這時講台有位祭司念出經文，表示崇拜開始，杜夕嵐只好把弟弟拉到一旁坐下。至於蘇梓我，雖然他恨不得親手教訓這個囂張的小孩，但最終被娜瑪拉住。

「別跟小孩子計較啊。」

「哼，只不過別人稱讚妳漂亮，妳就飄飄然的，還替他講好話，回家看我怎樣調教妳。」

「兩位安靜點，其他人都看過來了啦。」夏思思牽著兩人一同坐下，於是一行人終於開始安靜地參加有生以來第一次的主日崇拜。

「咦，是利學姊？」

一身白色長裙的利雅言步往台上，嫺雅端莊；不愧是利家的大家閨秀，比起平日在學校見到的感覺更加高貴。她望向信徒點頭微笑，接著坐在三角鋼琴前，為主日崇拜伴奏柔和的琴曲。

「利學姊真是多才多藝呢。」

此時台下眾人都閉上眼睛享受音樂，接著台上主持開始唱詩，信徒一同附和合唱。

「完全不知道究竟在唱什麼。」蘇梓我呆坐在位子上，看見其他人越唱越投入，甚至手舞足蹈，還以為自己在看什麼土著跳求雨舞。

娜瑪回答：「投影螢幕還有花崗柱上的液晶螢幕有把歌詞寫出來呢。」她也在旁嘗試哼唱。

「妳還真忘記自己是頭惡魔。」

娜瑪臉紅起來，馬上住口。

唱詩之後是堂區弟兄姊妹的見證分享，然後又唱詩；接著是堂區報告、報告完又唱詩。在最沉悶的證道環節時，蘇梓我已經睡著了，直至最後利主祭上台領禱，一共兩小時的崇拜終於結束，在座信徒開始離開位子互相問好。

「——我沒眼花吧，為什麼會在這裡見到你？」

即使是相同問題，這道女聲卻能把蘇梓我整個人嚇醒過來。

「君、君姊？」蘇梓我連忙坐正，並反問：「君姊才是啊，原來妳也是聖教信徒嗎？」

「當然了，你忘記我們父母是怎麼認識的啦？」孔穎君嘆氣說著，而她身後走來一對中年夫婦，蘇梓我認出了他們兩人。

「啊！孔世伯、孔伯母，好久不見了。」

雖然孔穎君和她父母就住在隔壁，但蘇梓我上下課的時間總是跟孔夫婦搭不上，所以最近已很少見面了。不過蘇梓我也不太討厭這對夫婦，畢竟自己雙親經常不在香港，以往蘇梓我確實受到孔家不少的照顧。

「梓我，你終於來教會啦。」孔先生非常高興，微笑道：「我等這天差不多有十年了。」

「孔世伯，只不過一陣子沒見，原來你已經大腦退化了啊。」

「蘇梓我別這麼沒禮貌！」但孔穎君也不知道自己父親在胡說什麼，便問母親：「你們要等蘇梓我來教會做什麼？」

孔太太恍然大悟，附和道：「啊，我想起來了，的確是這樣。那時梓我還是小學生呢，真令人懷念。」

娜瑪在旁插嘴：「很難想像這個色狼小學的時候是什麼德行。」

「妳閉嘴。」蘇梓我繼續說：「我也沒想過自己會來教堂。你們走運了，所以滿意了嗎？」

「比起我們，你的父母應該會感到相當驕傲吧。」孔先生說：「以前他們雖然周遊各國，卻偶爾還是會回來香港一趟，現在則幾乎沒有見到他們了。」

「我父母？我來教會跟我的混帳父母有何關係？」

「因為很久以前令尊有拜託我兩件事，他說如果梓我有一天來到教會崇拜的話，就送你一件東西……」但孔先生說到一半就停了下來。

「有東西要送我？」蘇梓我立刻上鉤。「說下去別賣關子啊。」

「不是我想賣關子，而是過了十年我真的忘記了呢，呵呵。似乎是你父親有把什麼東西寄放在我這邊……」孔先生怎麼回想都想不起來，而孔太太也是一樣，孔穎君也是頭一次聽見，當然沒有頭緒。

「你們兩個老糊塗，我父母交代的兩件事，都沒有一件記得的啊？」

「不，第二件事我倒是沒有忘記，也不可能忘記。」孔先生說：「還記得當時你母親拜託我，說如果我家穎君還是單身的話，不如就撮合你們兩人吧。」

「我拒絕！」兩個當事人同時驚叫出聲。

蘇梓我一陣毛骨悚然，世上有什麼事，會比跟孔穎君同居更加可怕？孔穎君同樣雞皮疙瘩，天底下有什麼事比跟一個變態生活更加噁心！

「不過果然君姊還是單身呢。」

「跟你沒有關係！」

孔先生笑著打圓場：「好了好了，我想令堂只是開個玩笑而已。」

「好險啊。老媽究竟在想什麼，居然設局陷害自己的親兒子。」蘇梓我依然渾身不自在。

「不過第一件事你雙親倒是認真得很，也許回家後，我再找找是什麼東西寄存在我這裡。」

「隨便啦，肯定不是好東西。」蘇梓我對自己父母沒有任何期望。

此時，利雅言走了過來，對蘇梓我和孔家打招呼。孔穎君看見會長千金，心想她又是來找蘇梓我的，便帶著雙親先行告辭。

送別孔家三人後，利雅言問蘇梓我：「今天的體驗如何？」

「哦，還不錯吧。利學姊彈琴很動聽呢。」

「謝謝。不過今天的行程才剛開始而已。」

「剛開始……？」蘇梓我心中重燃希望。終於來到約會時間了嗎？

「吃過午飯後就開始吧。」

利隆禮披著白袍走來說：「讓我見識一下你的實力。」

「隆禮，蘇同學是第一次執行任務，我們要幫助他才對。」

「幫助他？哼。」利隆禮冷笑一聲轉身就走。「我先去偵察環境，稍後再見。」

蘇梓我不知所措。「利學姊，等等我們要做什麼？」

「執行自由騎士的任務。」利雅言對他悄聲耳語。

5

靈魂是人類最珍貴的東西。從靈魂釋出的善意會成為天神族的力量，但從靈魂滲出的邪念則會供給惡魔族養分繁衍。因此天神族與惡魔族的勢力就好比天秤的兩端，其中的平衡取決於人類信仰的傾向。

「所以教會積極導人向善，又透過主日崇拜聚集信徒的善心，藉以強化教堂主保聖人的力量；相反的，惡魔會在人類軟弱時在旁耳語，引誘人類作惡，企圖改變天秤的平衡。」

利雅言細心地為蘇梓我解釋。當然，對於娜瑪和夏思思而言，這不是什麼新奇的資訊。

蘇梓我做總結：「為了阻止人類受到惡魔的誘惑，白衣騎士的職務就是清除掉所有惡魔。」

娜瑪小聲道：「要是這樣的話，先殺死這個人比較能造福世界？」

「妳有說什麼嗎？」

「沒有。」娜瑪沒好氣地垂下頭。

「狩獵惡魔的話，思思也可以幫上忙喔。」

蘇梓我有點意外。「可以嗎？妳們不是同族？」

「魔界弱肉強食，沒有限制說不能殺死其他惡魔，互相廝殺也很常見。」

「魔界聽起來好像很危險啊。」

「人類也會自相殘殺啊，幹嘛很驚訝的樣子。思思反倒覺得魔界更有秩序喔，平時惡魔之間沒有往來，擁有爵位的惡魔都互不干涉，大家反而相安無事。」

利雅言在旁聽著感到疑惑。她問：「我們從小就被教會教導，說惡魔族會為了吞食其他惡魔的力量而互相殘殺，不是這樣嗎？」

「當然有些笨蛋會這樣做，殺死別的惡魔並搶走他們的神器，畢竟嫉妒是惡魔的本性，也就是教會說的『七樞罪』之一。一個惡魔擁有越多的神器，就會引來越多敵人，結果只會自取滅亡罷了。」

久而久之，魔界內便產生一條不成文的規定：所有惡魔都只能擁有一件神器，而魔界會根據每件神器而賜予該惡魔特別的名號。

「所以快把我的阿斯摩太指環交回來啊。」

蘇梓我沒有理會娜瑪，並追問夏思思：「擁有神器的惡魔不會干涉對方，相反的，如果只是獵殺嘍囉就沒有問題嗎？」

「對。在弱肉強食的世界裡，弱者被殺是理所當然呢。這也是大自然的法則。」

利雅言有感而發。「真是奇怪的秩序，我還是不能理解。」

「不明白也無所謂吧，我們本來就是不能共存的種族。」

可是利雅言感到懊惱。「也許我對惡魔的認識太少了，聽完夏同學的話，我反而更想多了解一點妳和酆同學。」利雅言心想：難道，這就是父親大人叫我照顧蘇同學等人的用意？看來我必須開拓自己的眼界，才能幫助世人。

「這些複雜的東西之後再談吧。」蘇梓我已不耐煩。「現在我們要去哪裡清除惡魔？」

「就在聖火山。」這時利隆禮正好完成偵察任務返回，並回答蘇梓我：「最近在山墳附近聚集了一些餓鬼，得盡快驅除牠們。」

「餓鬼？」蘇梓我問。

夏思思回答：「餓鬼的話，可以更加毫無顧慮地斬殺呢，畢竟嚴格來說牠們並非是惡魔族。連同幾日前襲擊利家的那些蝌蚪鬼，還有之前放學想吃掉蘇哥哥靈魂的那些紅眼鬼，這些怪物全部都是鬼族。叫牠們為下等惡魔，不過是為了方便統一惡魔軍勢而已。」

利雅言心想既然有惡魔在場，便直接問：「根據教會的紀錄，所有鬼族都是潛伏在魔界深淵的『萬鬼之母』所生。『萬鬼之母』會吸收墮落的死者靈魂，再將靈魂重生成為邪惡靈體，那便是所謂的『鬼族』。這個認知正確嗎？」

「誰知道呢。雖然鬼族是魔界的鄰居，但我們惡魔族對於鬼族所知不多，也沒有惡魔親眼見過萬鬼之母。反正鬼族單獨來看的話，跟人類差不多弱小，下等種沒有理會的價值。」

「嘿嘿，原來不過如此。」蘇梓我胸有成竹。「既然是小鬼，等下就看本大爺的表演吧。」

利隆禮冷道：「哼，你這麼有信心，不如我們來比賽一場吧？」

利雅言馬上制止：「隆禮，你又何必要跟蘇同學鬥氣。」

「不是鬥氣，只不過想激勵一下後輩。」利隆禮挑釁說：「蘇梓我，你有信心接受挑戰嗎？」

「好啊，要比什麼？」蘇梓我要利雅言不用擔心，等著看他的精彩演出。

「等等到了現場，我會告訴你餓鬼的位置，然後半小時之內看誰能回收較多的『鬼晶血』。」

「鬼晶血，那又是什麼東西？」

夏思思說：「由於鬼族是從污染的靈魂誕生，當牠們死亡之後，屍體就會腐化成結晶之血，教會稱之為『鬼晶血』。嗯，但對我們來說只不過是垃圾呢。」

「蒐集鬼晶血交由教區淨化，這也是白衣騎士的工作，好讓純潔的靈魂重新回到靈魂循環當中。」利隆禮續道：「當然，蒐集越多鬼晶血，就代表殺死越多小鬼，這比賽規則連猴子都明白吧？」

「好啊，正合我意！」蘇梓我高聲回應。

「免得說我欺負新人，你要帶兩個使魔一起行動我也沒意見。我自己一人狩獵就好。」

「不行，一個人行動太危險了。」利雅言向蘇梓我道歉：「不好意思，我會跟隆禮一起行動，而且蘇同學你還是不要接受挑戰比較好。」

「不用擔心，利學姊就去照顧妳的弟弟，不影響比賽的。」蘇梓我充滿信心地笑道：「而且我要證明自己比利學姊厲害，這樣才有資格保護自己的女人，哈哈哈！」

「那蘇同學你自己小心一點……」於是利雅言把一對湯杓和水盆交到蘇梓我手上。

「這是什麼？」蘇梓我仔細查看，這兩件東西似乎是由白銀製成，外觀相當神聖。

「這是魂水杓和魂水盂，是經過神力淨化的聖具。因為鬼晶血是受污染的髒物，你們絕對不可徒手接觸，否則有可能會受到感染變成惡鬼。」

接下來，利雅言十分細心地解釋蒐集鬼晶血的方法。其實她也非常好奇，想知道蘇梓我有多大能耐，是否有資格成為真正的白衣騎士。

「教會所說的七樞罪，其源頭來自八種誘惑：暴食、色慾、貪婪、傲慢、憂鬱、憤怒、虛榮、怠惰。所有惡鬼都是由這八種邪念，在萬鬼之母的子宮內混合誕生。例如餓鬼就是暴食和貪婪的合成體。」

蘇梓我回想剛剛利雅言解釋產生惡鬼的因素，只聯想到柴米油鹽醬醋茶，總覺得惡鬼誕生就像咖哩的香料調配一樣，想著想著肚子有點餓。

「原來如此。」高材生娜瑪喜歡看書，於是讀著利雅言剛才給的筆記：「鬼族因為弱小害怕露面，平日都喜歡潛伏在地底之下。因此白衣騎士要驅逐惡鬼，首先要鑑定惡鬼種類，接著翻閱惡魔大辭典，找出該惡鬼的屬性，最後用相對的美德迫使惡鬼現形。」

「那該怎麼做？」蘇梓我問娜瑪，此時他和利隆禮之間的較量已經開始，他身邊能依賴的只有娜瑪和夏思思。

「能夠戰勝八種誘惑的美德包括：節制、貞潔、慷慨、虔誠、希望、耐心、謙恭、勤奮。」娜瑪拿著課本說：「換言之，只要抱有節制與慷慨之心，餓鬼就會受不了善意而紛紛現形。」

「蠢材！誰會有這種東西。妳就不能直接抓出那些惡鬼嗎？」

「不行啦，牠們下等惡魔普遍都懼怕大惡魔的魔力，假如我們出手，肯定會嚇跑牠們。」

蘇梓我不太信任娜瑪的話，便望向夏思思，但夏思思也同樣點頭說：「對呢，就好像一頭獅子走到馴鹿群中，馴鹿理所當然便會逃跑。更何況餓鬼活在泥土下，思思也不想弄髒自己去捉牠們呢。」

「可惡，這怎麼辦？輸給那利什麼的話，妳們回家都沒飯吃！」

◇

另一邊廂，利雅言雙手合十，握著女神像的護身符低頭禱告：「敬愛的主、敬愛的女神，請賜予我節制與慷慨之心，照亮這片土地。」

說畢，利雅言手中的護身符泛起淡藍，如漣漪般擴散，使人感到溫暖。果然，立刻就有七隻裸身瘦削的侏儒餓鬼從土裡爬出來亂跑，表情十分痛苦。

「喝！」利隆禮雙手大力揮舞束棒，迅雷不及掩耳就把三頭餓鬼橫劈成六截，再踏步砍出第二刀將另外四頭轟到不成原形。

「隆禮依舊勇猛呢，可是我的神力好像有點力不從心。」

利隆禮答道：「雖然父親沒有解釋，但無可否認利家聖火的力量確實比之前弱了些……難道聖火的部分力量被蘇梓我偷走了嗎？」

「隆禮還是不太信任蘇同學。」

「雅言難道妳又相信他嗎？江山易改本性難移，而且從那個人的行為來看，他並不適合成為主的僕人。」

「不過父親招攬他加入應該有其原因，不如就看他能否通過今次的試驗吧？假如他真的心術不正，要把地底餓鬼趕出來應該會非常困難。」利雅言說的時候半是憂慮半是期待，接著姊弟二人又繼續清理墓地附近的野鬼。

◇

同一時間，蘇梓我盤膝坐在山頭草地上。「妳說餓鬼是暴食和貪婪的化身？」

娜瑪回答：「沒錯，利雅言的筆記裡有寫到，這是源於人類的貪婪、浪費食物，因此餓鬼都骨瘦如柴，被懲罰要永遠過著痛苦饑餓的生活。」

「是這樣嗎……」蘇梓我若有所思。「究竟所謂貪婪和暴食的欲求又是什麼？餓鬼有想要的東西和愛吃的食物嗎？」

「想要的東西林林總總，但只要是值錢的都喜歡吧。」娜瑪說：「至於愛吃的東西，肯定就是靈魂了。惡鬼本身靈魂殘缺，是次貨，所以一定喜歡吃靈魂才對。」

「就是這個！」蘇梓我指著娜瑪說：「這不就行得通了嗎？」

「啊？」

「妳有沒有聽過太陽和北風的故事？有一天太陽和北風在爭論誰比較有本事，於是就找一個路人作為賭注，比賽誰可以讓那個人脫掉身上斗篷。結果北風無論怎麼起勁地吹都無法成功，反而太陽送給路人溫暖，路人一下子就脫下斗篷了。」

娜瑪戰戰兢兢地問：「所以你有什麼打算……」

「用什麼美德使餓鬼受苦、逼牠們現形是北風的作為，太過無情了。我們應該像太陽一樣，給餓鬼溫暖，給餓鬼食物。」蘇梓我說：「其實也可以給牠們值錢的東西，但我身上沒有錢，只好給牠們食物。」

「你說的食物該不會是我吧？」

「沒錯，妳終於跟得上我的智慧了。」蘇梓我哈哈大笑。

「又、又要拿我作餌嗎？我才不要啊！」娜瑪想逃也逃不了，因為蘇梓我有契約在手。

「蘇哥哥真是天才呢。」夏思思說：「小娜娜她現在魔力漸弱，卻保有完美的惡魔靈魂；只要將小娜娜封印起來，一定會引來餓鬼搶食呢。」

「夏思思妳這個妖女——嗚嗚哇啦！」說到一半，娜瑪就被蘇梓我掩著口鼻制伏了。

◇

非常熟練的綑綁手法，繩子經過蘇梓我右手聖痕加護後，更具淨化魔力的效果；被束縛放置地上的娜瑪，她的魔力條因此直接清空。

「把小娜娜綁得緊緊的，果然是個巨乳惡魔。」

至於夏思思還有蘇梓我，他們則一同躲在十數尺外的草叢堆中，暗中監視娜瑪周圍的動靜。

過了數分鐘，什麼動靜都沒發生，娜瑪無奈地喃喃自語：「這個方法真的能夠把餓鬼引出……來了！」

側臥在地的娜瑪察覺周園泥土有異動，果然一隻又一隻的餓鬼翻開草地，從地洞裡鑽了出來。有的是手掌先行，有的倒轉身子用屁股撞開泥土。雖然同是侏儒人形，但牠們出土後，雙手雙腳爬在地上就像禽獸一般，濕漉漉的泥濘皮膚相當噁心。

「哇哇，餓鬼出來了，快來救我！」

見娜瑪在地上踢腿掙扎，草叢堆中的夏思思卻按住蘇梓我說：「再等一下，假如現在出去救小娜娜，就會把其他餓鬼嚇走。蘇哥哥不是想贏利家的男生嗎？」

「當然要贏！娜瑪妳就再忍耐一下吧。」蘇梓我交叉手臂說：「身為我的使魔，就不該畏懼那些嘍囉鬼。」

「蘇梓我你這個笨蛋！」眼見餓鬼越來越多，增加到了好幾十隻，而且還引來其他不知名的觸手異胎慢慢包圍自己，於是娜瑪使勁躺在草地上彈來彈去，一心只想逃命……逃不掉了，眼見一頭餓鬼滿口唾液地撲向了她——

「思思，上吧！」

「魔空間侵蝕！烏洛波羅斯！」

千鈞一髮間，夏思思揚手召出巨蟒，巨蟒龐大的軀體馬上就把所有小鬼捲到半空。緊接著，烏洛波羅斯張開血盆大口噴出毒液，眨眼間掉落遍地餓鬼，抽搐不停，直至死亡。

「蘇哥哥，思思把全數小鬼都收服——」夏思思正興高采烈地回頭一看，卻找不到蘇梓我的身影。

「嗚……剛才嚇死我了。」

「妳怎麼這麼沒用啊，小小的任務都承受不了。」蘇梓我一邊罵著娜瑪，一邊替她鬆開束縛，又敲她的頭教訓著。

夏思思在旁看著，暗自道：「那對笨蛋完全沒有自覺嗎……」

「好了。」蘇梓我故意沒有解開娜瑪腕上繩結，把她拖到夏思思身旁說：「剩下來就是蒐集鬼晶血了吧。」

「沒錯呢，蘇哥哥。」

夏思思一手抱著魂水盂，並把魂水杓交給蘇梓我，讓他撈起死鬼的血水。結果撈了十分鐘，魂水盂已被盛得滿滿。

「咦，不繼續嗎？還剩一些血水沒有蒐集呢。」夏思思問。

「累了，就這樣吧。這個份量足夠贏那個叫利什麼的人了吧。」

「這個嘛……能贏的話還好。」娜瑪在旁嘆道：「如果輸了，不知道那個變態又會發什麼脾氣。」

於是在解除魔空間侵蝕之後，蘇梓我一行人便跟利雅言會合。而此時，在遠處出現了一位小學生走過來。

「唉，姊姊實在太煩人了，還是晚一點再回家吧……嗯？」

杜晞陽在教會後山自己一人亂跑時，撞見蘇梓我一行人奇怪的行為，便躲在後方偷看。「夏姊姊抱著那盆子是在做什麼？」

待對方都離開了，杜晞陽出於好奇，便走到原本夏思思等人站的位置，卻被草地上不知名的東西絆倒——

「好痛！」

杜晞陽望向腳邊，看見自己小腿被石頭刮傷流血。他坐了起來，想用手抹去小腿的血，卻發現根本沒有傷口。

「不是我的血嗎？」語音未落，黑色的血水居然變成結晶，被吸收進杜晞陽的手掌裡。小學生頓時雙目無神，靈魂飄茫遠去。

7

蘇梓我和利雅言等人回到聖火教堂內殿集合。蘇梓我得意洋洋地把一個盛滿鬼晶血的魂水盂放到桌上，笑道：「你看！英雄蘇梓我一出手隨便就把惡鬼收服了。」

「蘇同學蒐集了很多鬼晶血呢。」利雅言感到意外，也有些內疚。「抱歉，其實之前我懷疑過你的能力，看來父親推薦你加入聖教的決定十分正確。謝謝你。」

「哈哈哈，沒什麼大不了，都是小菜一碟而已。」蘇梓我扠腰高聲大笑。「至於你那個小弟表現得怎麼樣啊？別不好意思啦，輸給本大爺是很正常的事。」

於是利隆禮嘆了口氣，把一個只盛了三分之二的魂水盂拿出來……

「果然是平凡人呢，已經做得不錯了。」蘇梓我笑著拍一拍利隆禮的肩膀。

但利隆禮沒有停下動作，繼續從身後搬出一個盛得滿滿的，又搬出另一個盛得滿滿的，總共三個魂水盂被放到了桌上。

利隆禮輕拍蘇梓我肩膀說：「像你這樣的菜鳥已經做得不錯了。」

「這不公平啊！為什麼他有多幾個水盆！」

「不好意思，」見蘇梓我暴跳如雷，利雅言連忙道歉：「因為是初次任務，沒想過蘇同學你能盛滿魂水盂……」

「可惡，這場比賽不算數！」蘇梓我氣得步出教堂，回頭大叫：「給我記住，下次我一定會贏你的！」

「蘇哥哥等一下嘛。」夏思思急步追了出去。

「慘了，那頭色狼今晚一定會找我發洩……」娜瑪也憂心忡忡地跟著離開教堂。

◇

翌日上午，剛好第二節下課。夏思思原本想趁休息時間黏著蘇梓我度過，卻見他鐘聲一響就跑出教室。

夏思思問旁邊的娜瑪：「妳知道蘇哥哥這麼急著去哪裡嗎？」

「聽說最近堂區教務繁忙，連利家弟弟都沒有來上學，剩下利家女祭司一個人，那頭色狼當然去找她『學習』什麼的吧。」娜瑪一邊嘆氣一邊回答。

「喔。話說小娜娜很累嗎？昨晚我在隔壁房間聽見你們很刺激呢。」

「那個變態就只會欺負我！」

夏思思卻有點嫉妒，問她：「沒有得到快感喔？」

「妳也是屬於變態的類別啊！」

「不過滿意外的，蘇哥哥一直沒有強奪妳的初夜，這是正常男生能夠忍受的嗎？」

娜瑪氣得站了起來。「要是蘇梓我敢污辱我，我肯定把他碎屍萬段！」

「酆同學……」結果引來了旁邊男生的注意。

「果然蘇梓我那混蛋對妳做過什麼嗎！」

「不要怕，如果他欺負妳的話就來找我們吧！」

娜瑪尷尬地連忙揮手解釋：「不是啦，你們誤會了……而且蘇梓我沒有你們想像中那麼差勁啦……哈哈……」

夏思思冷道：「看不下去了。」她返回自己座位，看見鄰坐的杜夕嵐同樣在唉聲嘆氣，平日爽朗有朝氣的形象都不見了。

夏思思上前慰問：「杜姊姊，妳看起來好像也很累呢？昨晚睡不好嗎？」

「啊，小夏。」杜夕嵐勉強擠出笑容。「沒什麼啦，只是最近兼職比較忙碌，睡得不太好。」

「是嘛。杜姊姊要小心身體呢。」

不過夏思思始終是個惡魔，她並非特別想關心杜夕嵐，而是因為她在杜夕嵐身上嗅出一些不是人類的氣味。

◇

當日放學，杜夕嵐在校門碰到蘇梓我和利雅言二人，匆匆地跟學生會長告別後就跑下山去。杜夕嵐一邊跑，又拿出手機向速食店的經理請假，直接跑了回家。

「媽媽！弟弟好點了沒？」

「夕嵐這麼早就回來了啊，今天不用打工嗎？」一位坐輪椅的婦人問道。

杜夕嵐搖搖頭。「嗯，因為弟弟他……」

「抱歉啊，媽媽行動不方便要妳照顧，現在妳又要替弟弟操心。」

杜母差不多四十多歲，身體不太好。由於杜家現在只能依靠政府社會救濟，以及杜夕嵐出外打工貼補家計，因此養成了杜夕嵐自小就非常獨立的個性，什麼問題都自己一人解決。

可是這次遇到的問題，怎麼看都已超越了她個人的能力。

「我買了弟弟喜歡吃的蘋果餡餅，他現在可以吃東西了嗎？」

杜母面色一沉，推著輪椅走到房間前，打開門。「妳進去看看吧……小心別靠他太近。」

杜夕嵐深吸一口氣，拿著紙袋走入房，只見一個小孩被鐵鏈圈縛在椅上——正是她的親弟弟杜晞陽。可是眼前的杜晞陽跟之前模樣判若兩人，他雙眼充血、獠牙尖齒，披頭散髮的頭上還有角狀的突起物。杜夕嵐見弟弟不斷掙扎，鐵鏈聲啷啷作響，實在不忍心繼續看下去。

「晞陽，姊姊買了你最喜歡的東西喔……要吃嗎？」

杜晞陽已不會說人話，只是猛張開口噴出白煙，咆哮一聲——杜夕嵐嚇得把紙袋丟到地上。

「對、對不起！姊姊不是害怕你……」內疚的杜夕嵐回頭問杜母：「晞陽的狀況比昨晚變得更加惡化了，真的不能帶他到醫院嗎？」

杜母搖頭道：「這不是普通的病，妳應該很明白。我昨天說的都沒有騙妳，我們家族傳承著被詛咒的血脈……」

「怎麼會？詛咒什麼的太不科學了，那只是媽媽妳想太多吧？」

「我也希望是這樣……但妳的外祖父其實正是由於變成羅剎惡鬼，才會喪了命。」杜母翻找鐵盒內的舊照片，遞給杜夕嵐看。「照片中全身赤紅、頭頂長角的東西，就是妳外祖父臨終前的模樣。那時妳大概才五歲，我們不希望妳受驚才沒告訴妳。」

「這……」杜夕嵐一時語塞。

「我們血族遺傳了羅剎惡鬼的隱性基因，假如接觸到邪靈就會異變成鬼，因此我才希望你們姊弟倆信奉聖教努力侍主……想不到還是無法避開此劫。」杜母垂頭掩臉，十分懊惱。

杜夕嵐難以接受，反問：「不如去找教會幫忙驅鬼吧，聖女一定可以救回晞陽！」

「教會的職責確實是驅鬼，驅除被邪靈附身的信徒。但現在晞陽已化成羅剎惡鬼，教會知道的話，肯定會像殺死妳外祖父那樣殺死晞陽……雖然這也是早晚的事，但趁現在晞陽還有一點人性，我們就好好珍惜這幾天相處的時光吧。」最後杜母低頭喃喃道：「也許我們家族本來就沒資格有後代。」

「怎麼會這樣……」一向堅強的杜夕嵐終於跪在地上，哭了起來。

第二天，班上沒有看見杜夕嵐，她選擇留在家中陪伴自己弟弟度過最後數天，並向聖主祈禱奇蹟的出現。

8

星期三的傍晚，蘇梓我躺在娜瑪的大腿上看電視，所有功課都推給了夏思思一個人做。

「吶，蘇哥哥，不考慮讓思思跟小娜娜交換角色嗎？小娜娜明顯比較喜歡做功課嘛。」

蘇梓我答：「不可以，視覺效果不一樣。」

娜瑪臉紅地說：「你究竟在看電視還是看那裡！而且我的腳快麻了……這不是現實中能做的事啊！」

——叩叩叩叩。

「咦？」蘇梓我大嚇一跳，立即起身低聲說：「不要開門，這敲門節奏肯定是君姊——」

咔嚓。

「君姊妳為什麼有我家的鑰匙！」

「唉，都是你父母之前交代給我……慢著，你家怎麼這麼多女生？」

孔穎君推開大門，看見娜瑪穿著女僕裝正準備跪在蘇梓我旁邊，然後客廳又有衣衫不整的夏思思伏在餐桌上嘆氣，於是她悄悄地從包包取出電話打算報警——

「住手！君姊別誤會！我沒有拐騙囚禁她們啊！」

但娜瑪申冤：「不對，我是被拐騙的——嗚哇哇。」

蘇梓我用椅墊壓住娜瑪的臉，連忙解釋：「總之我沒有犯罪啦，應該……妳先冷靜下來我們再談。」

「你要我怎麼跟自己解釋眼前的景象？」孔穎君還是選擇打電話報警。

「那個……孔老師，蘇哥哥沒有強迫我們來他家啦，是思思自己要求跟大家一起做功課。」

夏思思便把餐桌上三人份的作業展示給孔穎君看。

「蘇梓我真的沒有對妳們做過什麼嗎？」

「沒有！」「有！」夏思思和娜瑪兩個答案，蘇梓我聽見後立即揑娜瑪的屁股——

「嗚……我剛才說笑而已，蘇梓我沒有對我做什麼……真的沒有……」

「唉。」孔穎君又嘆了一口大氣。「蘇梓我雖然你平日多行不義，但至少不要犯法啊……我也不想去探你的監。」說完，她收回了電話。

「總之我有分寸啦。」蘇梓我反問：「但君姊這麼晚來找我做什麼？」

「我爸不是說過，有替你們家族保管什麼東西嗎？我來把那件東西還給你。」孔穎君把一個陳舊小木盒交到蘇梓我手上。「這樣就算物歸原主，今天我就當撞鬼，什麼都沒看到……」

孔穎君臨走前又叮囑夏思思和娜瑪：「要是妳們需要協助的話，隨時都可以找我。」然後便關門離開。

「原來只是把這爛盒子送來啊，差點被她嚇死。」蘇梓我隨手就把木盒扔到垃圾桶裡。

娜瑪卻對木盒非常好奇。「怎麼不打開來看看，說不定是什麼家傳之寶呢。」

「怎麼可能有那種鬼東西，妳要看就隨便看吧。」

說實在的，夏思思同樣對木盒感到好奇，於是跟娜瑪一起撿回木盒，打了開來——裡面是一枚閃閃發光的戒指。但發光不是因為它鑲有寶石，戒指上並沒有任何寶石，只有一個類似印章的東西；戒指本身閃爍著五彩光澤，非常漂亮。

娜瑪說：「這戒指的金屬好像在哪見過呢……對了，跟鐮刀的刀刃材質一樣嘛。」

「跟克洛諾斯的鐮刀相同？」夏思思說：「換言之，這戒指同樣是用魔法礦製成，不是普通人類能夠擁有的喔。蘇哥哥的父母究竟是什麼人？」

「嗯，生得出這種變態又不管教的父母都不是普通人吧。」

「咦？」蘇梓我探頭過來問：「莫非我那對不負責任的父母真的有留傳家之寶給我？」接著立即搶過戒指查看。

「蘇哥哥對這戒指沒有印象？」

「完全沒有，不知道他們從哪裡偷回來的。」

於是娜瑪建議：「不如試把它戴到手上看看吧？用魔法礦造的戒指也許會有什麼特別魔法呢。」

蘇梓我沒有懷疑就照做——但套上半吋，戒指便閃起了電光火花。蘇梓我的手指被灼得麻痺，馬上就把戒指往娜瑪丟去。

「妳這黑心惡魔想陷害我嗎！」

「我又不知道會這樣！」娜瑪無奈地拾起戒指細看，卻見戒指正面的印章浮起一串紅字封印。

夏思思說：「這大概是『印戒』，即是作為印章的戒指，在古代中東文明經常被當成宗教儀式的道具……不過戒指上印章的圖案看不清楚，被紅字封印遮住了。」

娜瑪恍然大悟。「就是這紅字封印封住了戒指的魔法，蘇梓我試圖套上才產生了排斥。」她仔細查看印上紅字，喃喃道：「好像是梵文呢……這裡應該沒有人看得懂吧。」

「有喔。」夏思思伸手喚醒繫腕毒蛇，問道：「烏洛波羅斯，你去讀一下小娜娜手上戒指刻的梵文。」

蘇梓我大吃一驚。「這條蛇是古文系的？」

「蘇哥哥，烏洛波羅斯侍奉了歷代阿斯塔特超過上千年，牠的知識遠超一般魔獸，因此才成為阿斯塔特的神器。」

這時烏洛波羅斯開口念念有詞，可是牠的聲音非常沙啞，就像電腦合成聲一般：「राक्षस……羅剎天。」

蘇梓我問：「羅剎天是什麼？是美女？」

娜瑪聞言神色凝重，拿出手機翻查魔界內的資料，向蘇梓我解釋：

「雖然現在聖教、正教、新教的聖主是世上唯一的真神，但在三千年前、比天魔戰爭更早的時期，世界上不同的民族都有自己的地方神。至於羅剎，就是古印度文明的吠陀宗教裡，八方天的西南方神，名曰羅剎天。

「根據記載，羅剎天在天魔戰爭期間屬於惡魔軍勢，在第一波就帶頭與天神族廝殺，卻戰死在聖教天使手上。可是羅剎天相當不甘心。失去肉身的他，死後靈魂依然徘徊在魔界，尋找對天使復仇的機會。據說萬鬼之母看見他異常執著的靈魂，便提議羅剎天把靈魂獻給自己，而萬鬼之母代為誕下他的子女，好讓羅剎天的世世代代都能對天使報仇。」

「而萬鬼之母誕下的，就是羅剎惡鬼了。」娜瑪續道：「不過羅剎惡鬼只是利用羅剎天其中一小部分的靈魂生成，所以力量非常微弱，只能寄宿人類生存。」

「這下事情變得異常複雜了。」夏思思罕見地認真起來。「如果蘇哥哥的家傳指環真被羅剎天封了的話，這就代表兩件事：第一，蘇哥哥的指環搞不好超過三千年歷史呢，這絕對是最高級的神器！」

「哦！」蘇梓我鄭重地把戒指搶回手中，問：「那另一件事是什麼？」

「那個嘛，如果蘇哥哥要解除戒指封印，就只能找到封印者，便是羅剎天本人。」

「他不是死了嗎？那要怎麼找他？」

娜瑪答道：「剛才也有說嘛，傳說羅剎天跟萬鬼之母做了交易獻出靈魂，所以羅剎天的靈魂大概是陪伴在萬鬼之母身邊。」

「原來如此。為了解封英雄蘇梓我的力量，我們一起去找萬鬼之母對質吧！」

「笨蛋！你知道萬鬼之母有多危險嗎？就連我們惡魔族都不敢碰她啊！根本沒有惡魔見過萬鬼之母，傳說中只說她住在魔界深淵。光是魔界充滿瘴氣，你這下等種就已無法踏入半步，更何況是魔界的最深處？」娜瑪心想：這頭色狼自己去送死就好，我可不想一起陪葬！

但蘇梓我興致勃勃，一心只是想解開戒指封印，好成為英雄。只要成為英雄，天下美女肯定唾手可得！

9

翌日早上，杜夕嵐比平日提早了一個多小時到學校，靜坐在禮拜堂裡向聖女像祈禱。當然，除了祈禱，她今早還有另一個目的。

「會長！」

眼見利雅言終於現身，杜夕嵐立即跑上前跟對方自我介紹：「會長早，我是五年級的杜夕嵐，有一些事想請教會長。」

「哦，是文科班的杜同學呢，早安。」

事實上，利雅言約略記得全校學生的名字，尤其跟蘇梓我同班的就更加印象深刻，畢竟一個星期前她才調查了蘇梓我的人際關係。

「那個……」杜夕嵐有點緊張。「這件事不太方便公開說，我們可以先找地方坐下談嗎？」

「沒有問題，我們到告解室吧，那裡其他人不會聽見。」

杜夕嵐很高興看見利雅言和傳聞中一樣和善。她心想，假如弟弟最終要被教會的人處死，也許心地善良的利雅言會同情她的遭遇，而試圖拯救弟弟？

兩人來到告解室坐下，首先開口的是利雅言。

「杜同學妳好像沒精打采的，有什麼需要協助的嗎？」

「嗯……」杜夕嵐不敢正視對方。「我想問……人類是否會變成魔鬼，或者鬼怪……」

「為什麼會這樣問呢？只要虔誠奉主，我們就無須害怕魔鬼的誘惑。我記得杜同學每個星期都有帶家人前來崇拜，這樣就不用擔心了。」

「不是，我想問的……不是精神上受到魔鬼的誘惑，而是連內裡都變成了鬼怪……歷史上有這樣的例子嗎？」

利雅言觀察了下杜夕嵐的表情，謹慎回答：「我們所有人都帶著原罪誕生世上，原罪可以視為邪惡的種子；萬一種子在心中結成果實，那個人也許就會變得與魔鬼無異。」

杜夕嵐追問：「萬一真的變成魔鬼，那個人還可以得到救贖嗎？」

「假如種子結成邪惡的果實，農夫唯一能做的，就是斬草除根以免影響其他作物……」

杜夕嵐聽完後激動起來。「難道沒有其他方法了嗎！」

——沒有。

利隆禮突然推門進來，警告說：「我們不可以一直姑息惡魔。這位同學，假如妳有什麼惡魔的消息，就盡快報告給教會知道，包庇惡魔也是一種罪。」

「隆禮你怎麼會在這裡？而且沒必要對杜同學這麼凶吧。」利雅言向杜夕嵐道歉：「請原諒我家弟弟說話比較直接……」

「只是雅言妳不明白而已。」但利隆禮欲言又止，又匆匆回頭說：「無論如何，千萬別想做什麼傻事，我今天依舊要幫父親辦事，我來只是跟妳道別。」

說畢，利隆禮又消失在兩人眼前，讓利雅言摸不著頭緒。弟弟與父親大人究竟在忙什麼？

而聽見「弟弟」二字的杜夕嵐頓然洩了氣，整個人沒有靈魂似地呆坐在椅上。利雅言於心不忍，便輕聲對她說：「不如妳將所有事情原原本本地告訴我吧？就算無法幫助到妳，至少也可以替妳分憂。」

於是杜夕嵐從口袋裡拿出一張紙，那是她昨晚拍下弟弟杜晞陽的照片，杜晞陽的身體已明顯變成鬼怪般可怕。

「羅剎惡鬼，原來如此。」

「會長妳也知道惡鬼的真身嗎？」

利雅言點頭。「聽說早些年父親大人親自收拾過惡鬼，想不到原來羅剎惡鬼還有後人……」

「會長，求求妳救回我的弟弟吧！」杜夕嵐捉住利雅言的雙手說：「除了殺死他之外一定有其他方法，對吧？否則剛才妳弟弟也不會警告妳別做傻事。」

「嗯……妳很機靈呢。」利雅言嘆息地望向天花板說：「只有一個方法能夠不用殺死妳弟弟，又能使他變回常人，就是要收服羅剎惡鬼的真身。」

「會長妳一定辦得到吧？假如有什麼可以幫得上忙的，儘管吩咐我。」

「不……要殺死羅剎真身，就必須潛入其棲息的魔界，這只有惡魔或主教位階的聖職員才辦得到。再者，教會嚴格規定，我們聖職員不能試圖接觸魔界……」

尤其利雅言剛升任白品，要在教會立榜樣，因此利隆禮才會警告她別亂來。

——砰！

又一人猛然打開房門，不過這次門後的卻是蘇梓我。

「利學姊！告訴我怎麼做才能到魔界找到羅剎天！」蘇梓我大叫著，緊隨其後的娜瑪怎樣都拉不住他。

「咦，蘇同學？」利雅言嚇了一跳。「你的意思是，要幫忙拯救杜同學的家人嗎？」

「什麼？」蘇梓我聽不明白，只先模糊帶過：「我只是想去魔界教訓一下羅剎天，誰要幫助杜夕嵐了？」

「原來蘇同學也會感到不好意思呢。」利雅言誤會了他的話，心想：他本質似乎是個心地善良的人，既然如此……

於是利雅言告訴杜夕嵐：「雖然我的身分不方便潛入魔界討伐羅剎，但如果是蘇同學的話，也許會比較適任。蘇同學其實是我們教會的祕密聖職要員，由利主祭直接任命，妳可以安心把事情交託給他。」

而且蘇梓我身邊更有使魔隨行，至少她們都熟悉魔界內的環境。

雙眼紅腫的杜夕嵐聽見後，不禁對蘇梓我刮目相看，低頭道歉：「對不起……原來你是教會的人啊。之前我還一直誤會你，那是你隱藏身分的障眼法吧？」

「啊？」蘇梓我聽得莫名其妙，他只不過想問利雅言如何以肉身進入魔界，因為聽娜瑪說，普通人類闖入魔界會被魔瘴毒氣侵蝕至死。

利雅言解釋：「其實蘇同學的名字已被載入聖品名錄當中，是受到聖主祝福的聖品人，理應能夠抵禦魔界的瘴氣。如果不放心，我可以用白品之名加護蘇同學，這樣就算長時間停留在魔界也不成問題。」

聖教的聖魔法有分階級，職位每升一階就能使用更高級的聖魔法。

杜夕嵐也打氣說：「蘇梓我，我的弟弟就靠你了！」

「妳好煩啊。」蘇梓我催促利雅言：「利學姊，麻煩妳了。」

於是利雅言舉起女神像護身符，向蘇梓我澆水祈禱，一陣神聖力量頓時包圍著蘇梓我全身。

「利學姊的魔法很舒服呢。」

利雅言微笑叮囑：「雖然我不熟悉魔界的事，無法提點你些什麼，但請記得，這裡有我和杜同學一起等待你回來的好消息。」

10

教會只有主教級的聖品人才能打開地獄之門進入魔界。不過惡魔的話，只要是有知能的，大都懂得利用「魔空間回歸」轉移到魔界。

「所謂『魔空間回歸』，其實就是『魔空間侵蝕』的相反。」娜瑪老師解釋。

魔空間侵蝕之所以能斷絕因果、製造虛景，正是因為施法者把魔界的能量帶到現世，並干涉因果；而魔空間回歸則是將靈魂送還魔界，也是惡魔歸家之法。這兩者都是惡魔之皇撒旦所創的祕術。

娜瑪說畢，把魔力凝聚雙掌之間，四周空間突然變異變暗，變得伸手不見五指。待蘇梓我回過神，他發現自己和娜瑪與夏思思已身處在一片暗紅色的荒漠之中——地上岩漿把天空的魔瘴毒氣映得通紅，卻沒有半點星光，異常空虛。

「這裡與其說是魔界，其實更像地獄吧？好像還有點悶熱呢。」蘇梓我抬頭問：「話說現在魔界是夜晚喔？」

「魔界是永夜，沒有白晝。」娜瑪說：「在惡魔移居之前，這片土地更是寸草不生，現在至少有惡魔的部落聚居，也有城鎮，靠著惡魔之火為魔界帶來了生氣。」

這時蘇梓我確實見到遠方有零星燈火圍在城牆之外，那裡大概就是娜瑪所講的魔界都市吧。

「撒馬利亞，魔界的第二大城市，城內外住了超過六萬個惡魔。」娜瑪簡單介紹了下魔界的地理，不過蘇梓我興趣缺缺。

娜瑪只好換另一個話題：「你有沒有感到什麼地方不舒服？」

「原來小娜娜也會關心蘇哥哥嘛。」夏思思在旁偷笑。

「不是這樣！我恨不得這變態被魔瘴侵蝕而死。」娜瑪跑到蘇梓我面前再說一遍：「我是真的不在乎你這混蛋的死活啊！」

「嘿，可是要令妳失望了。」蘇梓我說：「我現在感到非常有精神，說不定比起平日還要健康呢。」

「其實你比起人類，更適合當惡魔吧……」

此時夏思思若有所思。「話說回來，利家的女祭司不是叫我們拯救杜姊姊的家人嗎？不知道她說的是什麼意思呢？」

「誰管那個？」蘇梓我催促道：「現在我們要去找那個羅剎天算帳！居然在我還沒戴過的戒指上施下封印，感覺就像未婚妻在初夜前被人睡了一樣，非常不爽！」

娜瑪聽見蘇梓我嚷著要找萬鬼之母和羅剎天，便無奈地回答：「在你想去找萬鬼之母之前，我有義務告訴你魔界的知識。由於撒旦大人依然下落不明，魔界如今交由三位公爵接管，分別是彼列大公、亞巴頓大公，以及巴力西卜大公。他們是全魔界僅有的三位公爵惡魔，無論地位或魔力都只僅次於撒旦大人。」

根據娜瑪的說法，三位公爵惡魔分治了魔界土地，至於魔界的地心，即使是魔界三公都不敢隨意碰觸，久而久之就成為了鬼族的領土。

「相傳在魔界的深淵盡頭住有萬鬼之母，她終日吸食邪惡靈魂並誕出無數惡鬼，其軍力足夠與惡魔一方旗鼓相當。」娜瑪對蘇梓我說：「所以你明白了嗎？萬鬼之母我們招惹不起啊。」

「哼，我才不管。還是妳有其他方法替我解除這枚戒指的封印？」

「別這樣啦……」娜瑪向夏思思求救：「妳也明白我們惡魔不能隨便招惹萬鬼之母吧？思思妳幫忙勸一下這個笨蛋啦。」

豈料夏思思未有阻止蘇梓我的打算。她說：「在來魔界之前，我曾預視未來，未來說無論蘇哥哥怎樣胡來大概都沒有問題呢。所以就交由蘇哥哥決定吧。」

「嘿嘿，還是思思明白事理。」蘇梓我問夏思思：「別理會娜瑪，妳告訴我，要跟萬鬼之母見面該怎麼走吧。」

「沒問題。蘇哥哥你看見四周天空那些直達天際的黑色柱子嗎？那其實都是從地心釋放出來的惡鬼群，源源不絕地從深淵飛向現世，密密麻麻地形成了黑影巨柱。」夏思思說：「因此我們只要從惡鬼飛出來的地洞往反方向走，理論上就能直達深淵、見到萬鬼之母。」

「就這麼簡單？那就起程吧，要在晚飯之前回家。」

「你這笨蛋別說得去鬼界好像是遠足野餐一樣啊……」娜瑪緊隨其後卻膽戰心驚。

◇

接著蘇梓我一行人走了一個小時，不對，嚴格來說蘇梓我只走了二十分鐘就放棄了，剩下的大半個小時都是娜瑪揹著他走的。不過無論如何，他們三人總算來到其中一個地洞前，只見有數十個士兵駐紮圍火，活生生烹煮著幾隻從地洞釋放出來的惡鬼。

「停下！」一名額頭長角、身穿鋼板盔甲的士兵長攔下他們三人。「你們要到哪裡？現在此地已經被封鎖，請速速離開。」

夏思思上前斥喝：「你難道沒見我等爵位嗎？你們這些沒有爵位的惡魔，還不讓路給我們通過！」

「不行。封鎖地底洞是彼列公爵的命令，任何惡魔都不得違抗。」

「公爵的命令？」夏思思一聽束手無策，只好退後跟蘇梓我等人商量：「之前通往鬼界的地洞都沒有士兵駐守，不知道為何現在會這樣。」

娜瑪捉住蘇梓我的手臂勸說：「還是放棄吧？」

蘇梓我卻反問：「不能強行突破嗎？妳們應該比起那些嘍囉高階一點吧？」

「思思當然能夠這樣做，但是得罪彼列公爵的後果不堪設想呢。」

——沒錯，雖然本王不喜歡用暴力解決問題。

一道美男子的聲音傳來，在場所有士兵都放下武器，連同娜瑪與夏思思也連忙跪下敬拜，唯獨蘇梓我依舊不可一世地原地站著。

「笨蛋，你也要跪啊！這位閣下可是彼列大公！」娜瑪手忙腳亂地想拉下蘇梓我，卻被彼列公爵制止。

「不必了，你們都起來吧。」

「感、感謝大人。」娜瑪站了起來卻心有餘悸，腳步虛浮著。這是她第一次親眼見到魔界三公之一的彼列公爵，緊張地冷汗直冒。

關於彼列公爵的傳聞有很多，例如他雖看似和善，但若發怒，隨便就可以摧毀整座城市，又或者一夜之間滅族整個部落。

「你就是蘇梓我先生嗎？」彼列公爵上下打量著蘇梓我，同時蘇梓我也瞄眼彼列公爵，覺得對方花俏的外表似乎好像沒什麼大不了的。

彼列公爵笑道：「在本王面前卻絲毫沒有動搖，該說是『君王之器』嗎？」

夏思思想幫忙辯解：「因為蘇哥哥他不懂魔界規矩——」

「不要緊，本王對你們三人的事瞭如指掌，更知道你們今天的來意，因此才預先把前往鬼界的地洞封鎖了。」

蘇梓我不爽地指斥對方：「所以這是你的惡作劇？」

「那是無可奈何。最近萬鬼之母的脾氣不太好，你們亂闖可能會觸怒我們最重要的盟友，到時魔界就會掀起腥風血雨。」彼列公爵續道：「不過只是想找羅剎天的話，本王還是有方法讓你們見面，畢竟羅剎天現在已沒留在鬼界裡。」

「咦？」夏思思問：「可是羅剎天不是跟萬鬼之母做了交易，要待在她身旁嗎？」

「羅剎天的靈魂這二千年來陸續化成九百九十九隻惡鬼，最後一隻惡鬼也在數日前降臨現世；換言之，他的靈魂已經油盡燈枯，再也沒有利用價值，萬鬼之母便放他離開了吧。」

蘇梓我聽見後便說：「這代表那羅剎天隨時都會魂飛魄散？那就趕快告訴我他的藏身之處，

不能讓他還沒解除封印就消失！」

「別心急，本王可以告訴你，但必須附帶一個條件。」

「還談什麼條件這麼麻煩——」蘇梓我說到一半，突感一隻無形的手緊捏自己內臟。胃酸頓時倒灌全身，他忍不住跪在地上痛苦掙扎，青筋暴現。

娜瑪連忙扶起蘇梓我，並低頭跟彼列公爵道歉：「我家的笨蛋只是說笑而已，大公閣下有什麼吩咐請儘管告訴我們。」

彼列公爵笑道：「非常抱歉呢，蘇梓我先生。本王一時無法控制自己的力量讓你難受了。為表歉意，不如我們先回城內休息一下，接著再告訴你本王的請求吧。」

蘇梓我百萬個不甘心，但他心裡明白，眼前的惡魔不是同一次元的存在。他只好緊咬著唇，跟隨彼列公爵進入了撒馬利亞城。

11

魔界三千年來沿用著獨有的封建制度，以權力順序排列，最高位的當然是皇帝，接下來是公爵、侯爵、伯爵、子爵、男爵，而最下等則是平民。

當中公爵和侯爵皆有領地，數目永遠不變。三位公爵分封魔界三大城市，依序為耶路撒冷、撒馬利亞和希伯侖。這三座城市都是依照現實中迦南地的古城來命名，亦是聖主應許賜給亞伯拉罕後裔的土地；不過在魔界裡，則變成了撒旦為安頓落難惡魔而開拓的瘴氣荒地，有點諷刺的意味。

縱然惡魔族亦有反攻現世的打算，奈何天魔戰爭之後惡魔之皇失蹤、魔界群龍無首，魔界三公的意見亦有分歧，結果惡魔族在魔界一住就住了三千年。

除了三大都市，魔界其他領地皆由二十一位侯爵惡魔管理，因此公爵和侯爵都喜歡以王自居，是貴族裡面地位及實力最高的惡魔們。

至於伯爵（如瑪門）、子爵（如阿斯摩太和阿斯塔特）、男爵（如比夫龍），這三個階位都沒有領地，因此他們較常離開魔界到現世與教會為敵，又或者引誘人類墮落，藉以獲得戰功晉升。這也是蘇梓我遇上娜瑪的原因。

一行人在昏暗中跟隨彼列公爵，踏上護城河的木橋、穿過城門，視野豁然開朗。撒馬利亞城內燈火通明，人聲鼎沸，到處都是岩石房屋和神廟；一路上沒有任何汽車路燈，只有馬車、火炬。蘇梓我置身其中，以為自己穿越到古代的夜市或紅燈區，非常熱鬧但心裡卻有點不踏實。

「喝！哈！喝！」

在路旁空地有數十個穿著盔甲的惡魔正在練習用劍和盾戰鬥，大概是惡魔族的軍隊。蘇梓我想起眼前的彼列公爵是魔界三位最高的領導人之一，於是問他：「為什麼你身邊沒有任何侍衛？看起來一點都不像是什麼大人物——」

「啊！你這笨蛋別亂說話！」娜瑪慌張地掩住蘇梓我的嘴巴。

「不要緊，正如阿斯塔特閣下所言，蘇梓我先生只是不太認識魔界的規矩而已。」彼列公爵彬彬有禮地說著。「雖然本王位列大公，但擁有爵位的惡魔從來都不是互相從屬的關係，所以本王與其他惡魔一樣，都是孤家寡人。同理，阿斯摩太閣下和阿斯塔特閣下也無須拘謹。」

這是上位惡魔之間互不侵犯的默契，也是以前夏思思對利雅言解釋過的魔界秩序。

走了十分鐘，蘇梓我一行人終於來到彼列公爵的大宅。要比喻的話，他住的地方肯定不是主題樂園的夢幻城堡，而是住有吸血鬼的陰森古堡，空中還有像蝙蝠的惡魔盤旋著。

不過古堡裡倒是比想像中更加華美，即使是在荒涼的魔界，古堡的客廳內還是鋪設了橘色地毯及各種雕像作為裝飾，而且坐椅的作工看起來也十分精緻。蘇梓我毫不客氣地坐了下來，繼續問彼列公爵：「你究竟要我做什麼事，才願意讓我跟羅剎天見面？」

娜瑪也隨即加入一句：「果然是為了撒旦大人的下落嗎？」畢竟她最初也是這個原因才盯上了蘇梓我。

不過彼列公爵搖頭否認。「關於撒旦大人的下落，本王會從另一途徑調查，無須蘇梓我先生費神。」彼列公爵也明白蘇梓我只是糊里糊塗地遇上撒旦，根本不清楚撒旦的下落。

「如果公爵閣下不是為了撒旦大人的事，那還有什麼事需要我們幫忙？」

「天魔戰爭。」彼列公爵優雅地拿起茶杯，喝了一口紅茶，再說：「隨著早前撒旦大人的現身，如今魔界上下都正準備著發動第二次天魔戰爭，要與天神族決一死戰……雖然我並不同意這個做法。」

娜瑪不解。「公爵閣下的意思是，不願意見到第二次天魔戰爭？」

「當然本王也痛恨天神族和那些天使，但我希望能用戰爭以外的方式來對教會的聖主報復。」彼列公爵告訴蘇梓我：「本王知道你現在已是聖教的看門員，何不繼續留在聖教裡，晉升成為更高位的白品員？本王想得到的，是聖教內部的情報，所以簡單來說，我想要你成為本王在聖教裡的間諜。」

娜瑪代為答道：「這對我家的笨蛋蘇梓我來說未免太過困難——哎呀，別敲我的頭！」

「不用擔心，本王會暗中助你們一臂之力。」彼列公爵繼續對蘇梓我說：「本王知道中國的正教會打算在這幾天正式向香港教區的聖教勢力宣戰，我希望你能代表聖教擊退正教的入侵。」

娜瑪問：「這樣幫助聖教的話，會不會因為違反惡魔的律法而受到懲罰？」

「教會保持分裂，對惡魔族來說也有好處。正因為這麼多年來教會一而再、再而三地分裂，他們才沒有足夠的力量入侵魔界。」

聽見彼列公爵的說法，蘇梓我感到疑惑。「為什麼三大教會不但互相分裂，更要侵略對方呢？他們都是信奉同一個神啊。」

於是娜瑪又化身老師，解釋著：「教會分裂的原因除了政治因素，還有便是彼此教義互相衝突。以三位一體的教義為例，聖教主張三者平等，聖父、聖子、聖靈都是真神的三個位格，而聖靈是源自聖父與聖子的愛。

「可是正教會不認同聖靈源自聖父與聖子的說法。正教教義相信聖靈僅源於聖父，這就是兩大教會爭論超過一千年的『和子說問題』。」

娜瑪繼續說：「至於新教，他們雖未講明反對三位一體，但教義裡卻主張聖父聖子聖靈皆為獨立的神，實際上是三位三體的支持者。這在聖教和正教的眼中都是異瑞邪說，要不是新教分布的地理位置較遠，它與其他兩教之間的衝突一定更加嚴重。」

蘇梓我嘆道：「只不過口舌之爭，有必要打得你死我活嗎？」

彼列公爵說：「你的想法不錯。其實三大教會似乎還另外在爭奪某件重要的東西，可以讓『彌賽亞再臨』。搞不好那是他們用來一舉肅清異教的計畫。不過這個核心部分只有極少數高層知情，正因如此，本王需要你潛入教會調查清楚。」

「但我有什麼義務要幫助你們？」

「事成之後，本王保證你必定得到相應的報酬。權力、黃金、處女，想要什麼都可以，甚至讓你接管一整個部落也沒問題。」

蘇梓我交叉手臂沉思，雖然他明顯很想得到惡魔的報酬。不過娜瑪始終對蘇梓我沒信心，便對彼列公爵說：「無論怎麼說，我家的笨蛋也沒有本事可以靠一人之力跟正教對抗啊……公爵閣下您這次會不會所託非人呢？」

「不，蘇梓我先生有這個本事才對。」彼列公爵指著蘇梓我的口袋。「裡面就是那枚被羅剎天封印的指環吧？它比你想像中擁有更大的力量，大到連本王也想借助此力量與天神族對抗……不對，正確來說，在三千年前的天魔戰爭中，這枚指環就已代表著惡魔軍勢的主力部隊了。蘇梓我先生，你本來就應該是惡魔軍勢的人。」

「哦？我父母留給我的爛戒指有這麼厲害？」蘇梓我大感意外。

「你的父母？」彼列公爵掩嘴冷笑數聲。「雖然我不認識他們，但你的父母應該不是你所見的那樣吧，應該是更靈性的存在才對。」

蘇梓我若無其事地附和道：「也是，如果他們不是我的親生父母好像比較說得通，反正他們也沒怎麼照顧過我。」

「聽起來，你的雙親也是值得調查的對象。」彼列公爵停頓一會兒，說：「撇開你的家事不談，關於你口袋裡面的指環，本王倒是略知一二。只不過關於指環的祕密，最好還是由你自己親自解開。」

「那你至少告訴我如何找到羅剎天，好解開封印啊！」

「呵呵，這是自然，只要蘇梓我先生答應成為本王的間諜就行。」

「嗯，如果之後知道什麼事情的話，我就看心情告訴你吧。」蘇梓我隨便敷衍彼列公爵，但彼列公爵似乎不介意。

「很好。那你現在就前往基利心山吧，在山頂自然會見到你想找的人。」

「什麼基利心山？」蘇梓我來不及追問，彼列公爵就已閉上雙眼，在座位上睡著了。

「蘇哥哥，我們知道魔界基利心山的位置，就在撒馬利亞城外約半小時路程而已。我們還是別打擾公爵閣下小睡吧。」

就這樣，蘇梓我一行人便離開了撒馬利亞，並依照彼列公爵的指引朝基利心山出發。當時蘇梓我不知道，在基利心山山頂等待著他的，只有死亡。

12

基利心山以人類單位量度的話，大約有二、三百公尺高。本來登上山頂不會太過辛苦，但魔界之內海拔越高，瘴氣就越濃密，就算蘇梓我有聖魔法保護也無法立即適應，於是一半的路程都是娜瑪揹著他上山的。

最後到達山頂時，娜瑪滿臉通紅地喘著氣。

「幹得不錯，辛苦妳了。」蘇梓我輕拍娜瑪的頭，但娜瑪已經沒有力氣還擊。

「蘇哥哥看看前面。」夏思思指著一堆倒塌得非常不自然的樹幹。

「是誰這麼閒，要砍樹也不用特意爬上山吧。」

「這不像是伐木工做的，感覺是山頂有頭怪物在暴走。」

「羅剎天嗎？」蘇梓我把口袋裡的家傳戒指拿了出來，發現戒印上的紅字封印竟在閃爍著。

夏思思望著戒指說：「戒上的封印與此地共鳴了，羅剎天果然就埋伏在附近……」

——吼！

眾人正面猛地轟來一陣音波！蘇梓我一行人連忙用手遮臉抵擋狂風，並瞄到樹林內有一黑影正對他們虎視眈眈。蘇梓我放下雙臂查看，一個超過兩尺高的紅色惡鬼殺氣騰騰，躍身出現在眾人面前。

這便是眾人尋找許久的羅剎天。他赤目獠牙、身穿尖刺戰盔；一手執著巨刃，另一手結著惡魔手印，連同纏身的黑色魔霧，比起初次遇見娜瑪時的魔霧有過之而無不及。

蘇梓我大叫：「喂喂喂，不是說羅剎天已經油盡燈枯了嗎？我看他根本精力旺盛，可以再戰十年啊！」

「思思也不清楚，羅剎天本來就已失蹤超過二千年，沒人知道他的實力到底如何嘛。」娜瑪亂抓頭髮不知所措。「肯定是彼列大公自己也不想冒險，才叫我們幫忙收拾啊！這回遭殃啦！」

羅剎天一雙銅鈴大眼盯著蘇梓我，口噴白霧，用沙啞的聲音喃喃說：「蘇萊曼……你是蘇萊曼嗎？」

「啊？你找錯人啦，罰你解除我的戒指封印。」

蘇梓我說著的同時，把戒指舉前。羅剎天一見到戒指，馬上伸頭厲聲大喝——戒上的紅字封印竟頓時被吹走消散！

蘇梓我感到意外。「想不到這麼合作呢，那你可以安心地魂飛魄散了。」

「不……」羅剎天纏身的魔霧忽然急速倍增，就連娜瑪和夏思思兩個爵位惡魔都被嚇得不敢輕舉妄動。

夏思思嘆道：「這就是原生種的力量嗎……」

原生種，是指從天魔戰爭年代一直生存至今的生命。雖然羅剎天理論上在天魔戰爭時已經陣亡，可是他的靈魂卻逃過了輪迴，並在鬼界活了超過二千年，與原生種無異。

夏思思補充道：「惡魔族之所以變得弱勢，就是因為受到壽命的詛咒，現在僅存的原生種應該只有撒旦大人才對……」

蘇梓我沒雖聽明白，但仍直覺感到危險。「這個嘛，既然封印已經解開，我們就別管他了。」

「別想跑……」

羅剎天突然召出七十三大羅剎女飛舞天上，羅剎女們圍在半空施下結界，霎時就把整座山頭封印起來，誰都無法逃掉！

蘇梓我抬頭說：「哇，一群花痴嗎……」

羅剎女們全部一絲不掛且身材婀娜多姿，但蘇梓我沒空欣賞她們的胴體，感覺到事情越來越不妙，氣氛越發緊張。

「蘇萊曼……蘇萊曼！」羅剎天發了瘋似地抱著頭掙扎，表情十分痛苦。

蘇梓見狀感到相當困惑。「那瘋子口中的蘇萊曼究竟是誰？」

娜瑪說：「『蘇萊曼』這個名字，我只在異教經書上讀過。根據《禁經》記載，以色列王國第三位君王的名字不叫所羅門，而是蘇萊曼。當然這也涉及不同語言的音譯問題，但所羅門和蘇萊曼最大的不同之處——」

娜瑪語音未落，天羅剎的大刀猛地就砍在二人中間！蘇梓我和娜瑪跳開後，蘇梓我便大聲罵：「一定是妳講的課不動聽，觸怒了羅剎天啦！別再說了，先把他制伏啊！」

「烏洛波羅斯！」旁邊的夏思思立即喚起手上巨蟒，衝向羅剎天。

羅剎天高舉左手一抓——他速度快得無影，一手抓住烏洛波羅斯的三角蛇頭，大力把牠重摔地上，轟出一個洞。

「這……」夏思思感到絕望，但沒有放棄，反而激發起她的求生意志。她解放出自己百分之百的魔力，毫不留情地向羅剎天連環發射。可惜羅剎天的魔力比夏思思強大太多，她的攻擊還沒碰到羅剎天半根汗毛就被化解了。

「我也來幫忙！」雖然阿斯摩太指環被搶，娜瑪又跟蘇梓我等人經常吵架，但如今同坐一條船也要拚死一戰了！

娜瑪念念有詞，純熟地召喚出自己最擅長的十二魔箭，並同時瞄準羅剎天的十二個死穴齊齊射出——

十二魔箭同時命中，一陣沙塵滾起。然而羅剎天仍是完好無傷地站著，他根本看不起娜瑪的攻勢，連半點閃避的意圖也沒有。

「妳是蘇萊曼的……」此刻羅剎天左手結成劍印，半空的魔霧中居然飛來五百把蛇形利劍，列隊瞄準娜瑪。

「喂，你想對我奴隸做什麼！」蘇梓我頓時全身亮藍，雙眼燃起蒼焰——是維斯塔女神附體的力量。

緊接著，他躍往半空，左手召出跟自己一樣大的維斯塔聖火，接著右手從火中抽出一把蒼焰大刀，與羅剎天的五百蛇劍空中對砍——

「太亂來了！蘇哥哥體內女神的力量還達不到對抗子爵惡魔的等級，羅剎天的魔力可是比伯爵級還要強得多啊！」

空中劍光亂舞，不僅五百劍劍身被維斯塔聖火映成青藍，連天空魔瘴也被染上一片藍光，彷如風雲雷電。只見蘇梓我每擋下一劍，體內的蒼焰亦越燒越旺，但在夏思思眼中其實只是迴光返照，是燭光熄滅的前一刻——

夏思思還來不及阻止，只聞半空中一聲慘叫，火光不再復見。接著五百劍影在漆黑的天空中飛梭來去，在眾人頭頂落下一場血雨，待結束時，蘇梓我整個人血跡斑斑地墜落在地。

娜瑪連忙跑到蘇梓我身邊。「你……你這混蛋該不會死了吧？」

蘇梓我的眼睛已失去神采，身體毫無反應，只能夠用屍體來形容——

「哇啊！」

羅剎天踹開了娜瑪，接著揮動大刀，直穿蘇梓我的肚腹！大刀一扭，蘇梓我的身體便穿了一個洞，血如泉湧。

娜瑪當場嚇得目瞪口呆，就連夏思思也愣住，自嘲說道：「蘇哥哥啊……原來我預視的未來在你身上，一次都沒靈驗過……」

霎時，基利心山寂靜無聲，而羅剎天只是靜靜盯著蘇梓我的屍身，就像要親自送別他的靈魂一樣。

13

羽毛般的靈魂在混沌中載浮載沉，好像身處黑暗汪洋之中，漫無目的地漂流。直到一柱光從遠方射來，蘇梓我的意識突然恢復，眼前卻是完全陌生的世界。

這裡有藍天白雲，清風送爽，鳥語花香，彷如世外桃源。蘇梓我站在高台之上，眺望腳下空曠的平原上築起了整齊的石造房屋，還有很多身穿樸素麻衣的工人在搬運石材，似乎是某個正在築城的古城市。

——蘇萊曼陛下。

一位黑皮膚、穿著無袖外袍的長老恭敬地對自己說：「陛下怎麼了？臉色有點不好呢。」

「不……剛才做了一個白日夢，夢見自己被惡鬼殺死……」蘇萊曼深吸一口氣後打起精神，說：「也許是邪靈知道本王要興建神殿敬拜主，便千方百計製造幻覺來阻止吧。」

「的確有可能。」長老說：「我們在施工方面確實遇上了難題。不知大人有沒有考慮過，用其他材料代替耶路撒冷石？」

「不行，耶路撒冷石不但是以色列王國的代表，它們在陽光下更如寶石般閃閃發亮，只有用此建造的神殿才能鎮懾其他邪靈，展現出聖主的大能。」

長老皺眉。「但耶路撒冷石的材質太過堅硬，不用鐵具切割，恐怕不好加工……」

「鐵具會生鏽，那是被邪靈腐蝕的象徵，怎能用它們來切割神殿的石材？」

所有提案都被蘇萊曼否決，長老顯得束手無策，非常無奈。於是長老身邊另一位蘇萊曼的心腹便提議：「陛下，臣聽聞最近耶路撒冷城外有魔神搗亂，此事也許能幫助陛下解決興建神殿的問題。」

「此話何解？」蘇萊曼問。

「聖主不是在日前顯現，並把聖戒交託給陛下嗎？」

蘇萊曼看著手上指環，那是一半黃銅一半魔法礦製成的魔法印戒。根據聖主的旨意，黃銅能控制邪惡魔神，魔法礦則能命令善良魔神替自己辦事。

蘇萊曼回答：「你的意思是，借助魔神的力量去興建神殿嗎？」

「沒錯。而且印戒是聖主的賜物，利用印戒的力量興建神殿再正確不過了。」

「嗯，就照你這個提議去做。」蘇萊曼問：「那位正在搗亂的魔神叫什麼名字？」

「回陛下，她就是喜愛惡作劇的阿斯摩太。」

◇

稍後正午，烈日當空。耶路撒冷的夏天非常炎熱，但這正是蘇萊曼收服阿斯摩太的最佳時機。因此他藏起印戒，爬到附近山頭阿斯摩太的家，並在門前等待她從山下村落回來。

等了半小時，終於見到一位美麗少女走近木屋。蘇萊曼見她身材誘人卻衣著暴露，難怪會被認為是能夠誘惑人心的魔神。

少女一見到他，便不爽地問道：「你是什麼人？本小姐可沒邀請過你來我家。」

「我是這個國家的王，這裡所有土地都是本王的家。」蘇萊曼反問少女：「請問妳就是傳聞中的阿斯摩太嗎？」

「啊？是又怎樣。」

「聽說妳平日喜歡在村內搗亂作惡，身為國王的我想了解一下。」

「本小姐做什麼都跟你無關吧……」但阿斯摩太突然改變想法。「不過嘛，反正無聊，就聽你說一下我做過了什麼壞事。」

蘇萊曼說：「就說今早我看見的事情，剛才村內有對新人結婚，妳去破壞了他們的婚禮，又砸爛了所有儀式道具；村中市集有人擺賣新鮮水果，妳居然搶走他人的農作物全部自己吃光。這些不都是妳犯的罪嗎？」

「哼，我判斷一個人是看他的內心，跟你們這些只看外表的人類不一樣。」阿斯摩太解釋：「結婚的那對新人，我知道新郎是一位喜歡虐待妻子的壞男人，之前新郎離婚就是因為他打死了自己的妻子，我當然要阻止新娘嫁給這種壞人。還有那個賣水果的，其實水果都是他偷回來，並非自己栽種的。我把水果統統吃掉，只不過是不願見那個小偷得逞，順便教訓一下他罷了。」

蘇萊曼感到有點意外。「換言之，妳的出發點並非純粹為了惡作劇？真了不起。」

阿斯摩太聞言感到不爽。「怎麼聽起來好像在嘲笑本小姐……」

「沒有這回事。」於是蘇萊曼倒了一杯水，遞給阿斯摩太。「看來是我誤會了妳，請容許我以這杯水向妳賠罪，好嗎？」

阿斯摩太覺得事有蹊蹺，拒絕蘇萊曼的好意，反問：「誰能保證你不會在這杯水裡面下毒害我呢？」

「阿斯摩太閣下的眼睛不是能看見真實嗎，不像我們凡人只看外表。難道妳反而害怕區區的一杯水？」

雖然阿斯摩太仍是半信半疑，但因為天氣炎熱，她的疑心敵不過想解渴的欲望，便氣沖沖地接過水杯一乾而盡。

「哼，本小姐當然不怕……不怕……不……」說到一半，阿斯摩太便醉倒在地了。

蘇萊曼暗笑道：「這種酒的酒性果然很強，就連魔神只喝一口也會醉呢。」

而看見衣衫不整的阿斯摩太躺臥在地上，蘇萊曼差點起了色心——

「不能這樣，我只是想借她的力量幫忙興建神殿而已。」

蘇萊曼只好平復心情，接著用刻有聖名的鐵鏈把她綁回到了王宮。

◇

「可惡啊，你這卑鄙的人，快點放開本小姐！」

牢房中，阿斯摩太大力掙扎，卻怎麼都無法衝破那些刻有聖名的鎖鏈。

蘇萊曼見狀便試圖安撫，對她說：「只要妳願意效忠本王，本王就可以還妳自由；但如果妳不肯服從，本王就只好將妳這誘惑人心的魔神處死。」

「嗚……好啦……我聽你的話就是……」

「這樣才是乖孩子。」

接著蘇萊曼便用魔法印戒，輕輕在阿斯摩太的頸後印上紋章，代表阿斯摩太從此以後成為效忠蘇萊曼的使魔，也是蘇萊曼的第一個使役魔神。

◇

得到阿斯摩太的協助後，興建神殿的進度比預期還要理想；不到一年的時間，蘇萊曼就建成了耶路撒冷的第一座神殿。

建成當日，耶路撒冷普天同慶，全國人民都前往神殿敬拜聖主，以色列王國也得以蒙受聖主的保佑。

不過這一切的背後有一位大功臣，就是魔神阿斯摩太。蘇萊曼其實心中很感激她，於是到了晚上，他便來到阿斯摩太的寢室親自道謝。

「哼，本小姐才不是想幫你呢！只是無法違反命令，迫不得已罷了。」

「呵呵，妳好可愛。」蘇萊曼輕拍她的頭。「如果沒有魔法指環命令妳的話，妳還會不會陪在我的身邊幫忙？」

「嗯？你可以拿掉戒指試看看啊。」

於是蘇萊曼拿下戒指，豈料阿斯摩太一把搶了過去，並張開大口把它吞掉！接著，她整副身軀變得異常巨大，頭頂撞破天花板；只見她展開翅膀，一翼貼在地上，另一翼更直達天際。

「大笨蛋你上當了吧！」

阿斯摩太得意洋洋地大笑，接著一手就抓起蘇萊曼，奮力一扔——蘇萊曼被擲到了四百帕拉桑（約二千公里）之外。

正是這一扔，蘇萊曼後來花了整整三年，才步行回到耶路撒冷，但那又是後話了。

「咳咳！好難吃！」阿斯摩太連忙從口中吐出戒指，身體回復原形。而這時寢室門外有侍衛敲門問道：

「國王陛下、阿斯摩太閣下，請問發生了什麼事嗎？」

「糟糕！那是蘇萊曼的心腹，不可以被他發現我把那混蛋扔到不知哪裡去了。」

於是阿斯摩太拾起魔法指環，想借助它的力量把自己偽裝成為蘇萊曼王，卻發現指環剛才被自己咬成兩塊了！

原本的魔法指環現在卻變成了一雙，阿斯摩太不喜歡魔法礦的顏色，只戴上黃銅的部分，而另一部分為求湮滅證據，她便把魔法礦的印戒丟到了大海……

不過這些畫面片斷零零碎碎的，蘇梓我的靈魂飛快地從耶路撒冷穿梭了二千公里，接著失去知覺，最後醒來時四周再次一片漆黑。

14

「飄泊的孤魂，你能聽見妾身的聲音嗎？」

蘇梓我所見之處盡是黑暗，甚至連自己的身體都看不到，但確實聽見一道成熟的女性聲音在跟自己對話。

「妳是誰？是妳給我看見剛才夢境的嗎？」

「不，那不是妾身所為。」

蘇梓我相當好奇，因為這不是他第一次夢見夢中的人物。

「那妳知道那個夢境跟我有什麼關係嗎？為什麼我每次夢見時，都會有一種懷念的感覺，難道那個人就是我的前世嗎？」

「那個人不是你，而你跟夢中主角的關係妾身無可奉告。妾身只是潛伏在世界的最深處，偷看各式各樣的靈魂而已。」

「所以妳是萬鬼之母？」

「是的，在某些地方的確有這樣的稱呼。」漆黑中不見其貌，只聞其聲。「蘇梓我，你本應在彈指之前逝去，不過妾身對你的靈魂非常感興趣，不忍心看著你就這樣回歸『世界』。」

「所以我已經死掉了？」蘇梓我不太記得自己發生了什麼事。

「抱歉，妾身沒有死亡的概念。」萬鬼之母沒有感情地說道：「只是妾身有一個問題想請教，希望你能夠誠實回答。」

蘇梓我靜默，等待萬鬼之母的話。

「你在現世還有什麼牽掛嗎？有沒有令你感到後悔的事？」

「後悔？我的字典裡面沒有後悔二字──」忽然，蘇梓我又改變心意答道：「不過要說的話，確實有一件令人遺憾的……」

◇

場景回到魔界的基利心山，羅剎天依舊站在蘇梓我冰冷的身軀前，動也不動，卻沒有打算對娜瑪和夏思思二人出手。

娜瑪的心情相當複雜，只能對沒有反應的蘇梓我發洩罵道：「你這個混蛋居然為我擋招而死，是存心讓我不好受嗎！」

「小娜娜，也許蘇哥哥還沒有死。」夏思思一邊思考一邊解釋：「魔界裡，肉身只不過是靈魂的載體，只要靈魂不滅，就好像羅剎天一樣，也能夠活上千年。」

「但羅剎天充其量只能算靈體吧？他只不過受到萬鬼之母的庇護，暫時逃過靈魂的循環罷了。而且蘇梓我又有什麼特別之處，可以跟羅剎天相提並論？」

「可是如果有方法把蘇哥哥的靈魂引導回肉身，我們就有機會救活蘇哥哥。」

「引導？」娜瑪問：「要怎麼做？」

「小娜娜妳想救蘇哥哥嗎？」

「欸？我、我只是不想白白欠他人情而已，他就這樣死掉也太卑鄙了吧！」

「這樣就好，也只有小娜娜能夠救回蘇哥哥。」夏思思說：「因為你們兩人之間有血契的牽絆嘛。」

「血契牽絆……」娜瑪連忙變出莎草紙的契約書，發現契約內容竟是完好無缺！蘇梓我的簽名沒有消失，代表他的靈魂果然還未消散嗎？

於是娜瑪把契約書遞到蘇梓我面前，喝令：「哼，你這個變態，還沒有得到我的身體就死了？真沒出息！難道你就沒有半點不甘心、不後悔嗎？」

——呃。

蘇梓我突然恢復了氣息，嚇得娜瑪整個人彈起來。

「你、你還真的醒來了……」

但蘇梓我面色蒼白，腹部又再滲出血水，說會隨時死去也不意外。

「蘇哥哥你撐住啊！」夏思思連忙跪到身旁施法療傷，卻因傷口太深，怎樣都無法止血。

「戒指……」蘇梓我意識朦朧地從口袋取出父母留給自己的印戒，以及歷代阿斯摩太所保管的指環，然後將兩者合而為一——

「咦，兩枚戒指合體了！」娜瑪大感意外。

但令人吃驚的不止於此。當蘇梓我耗盡最後一口氣把印戒套在右手之際，基利心山霎時風雲變色，天空居然穿出了一個大洞！

純白的聖力不斷從天洞流竄到蘇梓我印戒的一側，同時另一側，又把魔界深淵的黑色魔瘴吸到戒指內；頃刻間，蘇梓我身軀四周形成一團黑白相間的龍捲風，把天上地下的魔力盡收到自己體內。

龍捲風不但颳起滾滾沙塵，就連整座山頭的樹木都被連根拔起；只見蘇梓我放鬆身體在龍捲風中懸浮，絲絲魔力不斷在他身周交織，並把他腹部的傷口瞬間療好癒合。

接著龍捲風同時消失無蹤，蘇梓我再次踏回大地之上，感覺全身脫胎換骨，眼神跟以前判若兩人。

娜瑪驚訝問道：「你……你是蘇梓我嗎？」

蘇梓我反常認真地回答：「謝謝妳替我保管了戒指。」又望向羅剎天，笑說：「也承蒙你的關照了。」

羅剎天喃喃道：「是蘇萊曼嗎……讓我見識一下蘇萊曼王的力量吧……！」

語畢，羅剎天重新架起頭頂的五百蛇劍瞄準蘇梓我。但見蘇梓我不慌不忙，只是用姆指擦著蘇萊曼印戒的印章，整個天空頓時又被染成一片靛藍——

完美的維斯塔女神從指環中被解放出來，好比美人魚般，在空中旋轉一圈後來到蘇梓我身後，並伸手放出能夠燃點整座山頭的蒼藍聖火。

聖火不消一秒就覆蓋了羅剎天的四周，羅剎天趕緊用五百蛇劍交互織成盾牌，但在聖火面前根本徒勞無功。

夏思思在旁見狀不禁嘆道：「維斯塔的聖火簡直可以媲美A級魔魔法了，那才是羅馬二等神的真正實力啊！」

熊熊聖火輕易就把羅剎天的劍盾熔掉。但結束後，維斯塔女神感到疲累，隨著劍陣消失，同時遁回蘇梓我的印戒裡休息。

羅剎天見狀並不感到意外。「噢……蘇萊曼……這樣的話如何？」

接著羅剎天的左手停止結印，轉為雙手持刀，向蘇梓我大開大闔地砍去。羅剎天每一劈便把魔瘴毒氣劈出電光火花，威力足以震懾一切下等生物。

「這可不妙。」

蘇梓我搖頭嘆道，只好再次召喚魔神的力量——忽然夏思思和娜瑪的腳邊升起磷光，磷光緩緩地與蘇梓我連成一線，彷彿三人的魔力同化為一。

「哇！」一陣涼風吹起娜瑪的女僕短裙，裙底裡克洛諾斯的鐮刀自動飛往了蘇梓我的手中。

同一時間，夏思思的守護獸烏洛波羅斯亦爬到蘇梓我腳下低頭，示意讓他踏上自己背上。於是蘇梓我得意一笑，把克洛諾斯的鐮刀變成兩尺長的大鐮，又把烏洛波羅斯變成七尺長的大蛇；他腳踏巨蟒，手執鐮刀，就這樣衝往羅剎天與他近戰對砍！

蘇梓我一劈，雷電交加；羅剎天一砍，地動山搖——

「蘇哥哥不知怎地完全解放了古神的力量，至於羅剎天又具有原生種的魔力……三千年前的天神族和惡魔族的戰鬥，就是這種規模嗎……」

「他真的是那頭色狼嗎，該不會死了之後就換成別人了？」

娜瑪和夏思思抬頭看著，一起驚嘆這親歷天魔戰爭一般的場景。

突然，蘇梓我大叫：「這下要結束了！」他揮舞鐮刀，鐮刀居然出現了希臘一等神克洛諾斯的影子，擒住了羅剎天；接著他毫不留情地大力一揮——羅剎天的靈魂被鐮刀斬成上下兩截，被吸收進魔法礦的刀刃之中。

在靈魂被收割的一瞬間，羅剎天三千年前的記憶如同湧泉般，衝進了蘇梓我腦中……

15

——公元前九三一年，迦南地。

「羅剎天，本座交代給你辦的事，結果如何？」

「我已奉拉結爾大人之令，暗中把蘇萊曼的印戒封印起來了。翌日的戰爭，惡魔軍勢將會全軍覆沒吧。」

在基利心山之上，羅剎天恭敬地向一位名叫拉結爾的男性天使匯報任務。不過話說回來，其實羅剎天也不太清楚這位天使的來歷，只知道他是座天使首領，也是天神軍勢的一名大將。

「很好，聖主一定會相當滿意。」

拉結爾外表雖然看起來非常年輕，卻用一副高高在上的表情跟羅剎天說話。羅剎天心想，大概所有天使都是這德行吧？雖然他沒接觸過很多天使就是了，畢竟自己仍是惡魔軍勢的一員。

「拉結爾大人，按照我們之前約定……不知什麼時候方便讓我加入天界呢？」

「哦，加入天界嗎？本座可不記得有過這樣的約定。」拉結爾搖頭嘲笑起來。

「等等，」羅剎天驚慌道：「難道你想反悔？之前不是說好，如果替你們封印蘇萊曼印戒，你就會替我在天國留座的嗎？」

「天國之座豈能隨便賜給異教神？還是一個東方蠻族的吠陀二等神。」拉結爾續道：「不過嘛，聖主也很欣賞你痛改前非，用自己的意志封印了以色列王的神器。所以天界會讓你帶著名字死去，比起歷史上其他無名魔神的下場好得多了。」

「拉結爾！你身為堂堂座天使首長，居然講過的話不算數？你不感到羞恥嗎！」

「非常抱歉，天界守則的第一條，就是不能與魔鬼作交易。」

「混帳，看我怎樣宰了你！」

暴走的羅剎天隨手召來大刀，打算朝拉結爾砍下去，卻見拉結爾的身影如霧消失，取而代之的是山林之中埋伏的天使軍團，他們瞬間重重包圍住羅剎天。

羅剎天罵道：「打從一開始你就想把我殺人滅口嗎？看來是我太愚蠢了，居然以為天使就不會耍詐。」

「本座無論如何都是保持公正中立。」拉結爾從樹影中出現。「為了確保天神一方的優勢，我們必須封印住以色列王的能力，因此不得不殺死唯一能為印戒解封的魔神，就是你。」

「少廢話！就算你們把我軟禁起來，明天就是蘇萊曼王的死期，根本沒有這必要殺死我。」

接著羅剎天說完恍然大悟。「我知道你們還有與其他魔神暗中交易，想必都沒兌現承諾的打算吧？所以你們天神族的目的，就是要殺死所有的地方神，將聖教以外的神祇全部滅掉？」

拉結爾的聲音變得冰冷。「哦……臨死關頭你的腦筋特別靈光呢。可惜這樣就更沒有放過你的理由了。」

「哈哈哈，你們都瘋了！你知道把所有地方神都殺死的話，『世界』會變成怎麼樣？還是說你們是知其而為嗎，哈哈哈。」羅剎天自暴自棄地笑著。「難怪蘇萊曼王當日會背叛天使投身惡魔，他比我更早認清了你們的真面目。」

拉結爾難掩憎恨地說道：「那個叛徒確實有一點智慧……應該說，聖主把太多的智慧賜給他了，以致他野心太大走向墮落。」

此時另一位座天使向拉結爾稟報：「時間差不多了。」

「嗯，本座說得太多了。」拉結爾從懷裡取出魔法書說道：「永別了，羅剎天。」然後用蘆葦筆在魔法書記錄上羅剎天的死。

◇

……

漆黑中傳來了羅剎天的聲音。

——蘇萊曼王，本人所犯下的過錯怎樣都無法彌補，但能夠在輪迴之前替你的神器解封，實在令人欣慰。

——印戒依舊保有使役正邪魔神的能力，這樣羅剎一族永遠都會聽從蘇萊曼王，以及其受膏者的吩咐。

——所以，此刻你該醒來。

……

「啊！」蘇梓我突然恢復意識，從夢境中醒來，猛地爬起來望向四周。

「這裡是……什麼地方？」

「魔界啊笨蛋。」娜瑪生氣地說：「你剛才打敗羅剎天之後就突然暈倒，昏了整整一個小時，你都忘記了嗎？」

「妳才是蠢材啊！我既然都暈倒了又怎會有記憶？」

「蘇哥哥沒事就好了。」夏思思抱著蘇梓我說。

此時蘇梓我感到莫名其妙的。到底發生了什麼事？自己又是為了什麼原因來到魔界？

夏思思擔心地問：「蘇哥哥真的完全沒記憶嗎？連剛才跟羅剎天的戰鬥也沒有半點印象？」

「我……有跟羅剎天打起來嗎？」蘇梓我突然記起。「這麼說來，我確實是為了要找羅剎天解除戒指封印才來魔界的！」

於是他連忙伸手到口袋裡翻找，卻沒找到什麼戒指。

「印戒已經套在蘇哥哥的手上了喔。」夏思思捉住他的手說：「而且是蘇哥哥把家傳的戒指與小娜娜的戒指合在一起的。」

蘇梓我望見自己右手上的印戒，喃喃道：「咦？這是什麼蘇萊曼的印戒啊？」他按著額頭說：「我記起來了……原來那個夢境是真的？」

「夢境？」夏思思對蘇梓我突然能夠解放古神的力量非常好奇。「蘇哥哥究竟在夢中看見了什麼？」

蘇梓我不耐煩地回答：「沒什麼啦，不過倒是看見一個跟娜瑪長得非常相似的魔神，尤其是胸部。可惜在夢裡都不能對她出手，還要被她扔到荒山野嶺，現在想起來實在非常不爽！」

蘇梓我二話不說又敲打娜瑪的頭洩忿，而娜瑪一邊閃避一邊反駁：「你做的夢跟我又有什麼關係，別隨便動手打人啊！」

「莫非蘇哥哥做的夢，是蘇萊曼王與小娜娜祖先的回憶？」

「嗯？可能是吧。」蘇梓我突然停下了手。「話說回來……為什麼周圍有一堆沒穿衣服的少女跪拜在草地上？」

「你現在才發現啊？」娜瑪回答：「她們是之前羅剎天召喚出來的七十三大羅剎女，自從你暈倒以後，她們就一直把當你神仙一樣地跪拜了，你就去跟她們說說吧。」

「說說？」蘇梓我高聲大笑：「我和美女之間說一句話都是多餘的，交流只須用身體語言！」

「呃……那個噁心的色狼又回來啦，我還是先撤退好了。」娜瑪只好靜悄悄地離開。

至於夏思思則百思不得其解。蘇梓我究竟是什麼人？但看他如聖經記載的所羅門王同樣荒淫，夏思思反倒感到安心。

「果然蘇哥哥想怎麼做都行，看來思思的預視術還是很靈呢。」

第四章

黑色星期五

1

「會長！我家弟弟已經恢復過來，身體也沒有異樣了！」

黃昏時，杜夕嵐匆忙跑到聖火教堂向利雅言報平安。

「太好了，一定是羅剎惡鬼的真身已被討伐。」利雅言放下心頭大石，對杜夕嵐微笑地說：「這樣妳們就不用再害怕變成惡鬼，羅剎惡鬼從此再也不會出現作惡。」

「幸好有找會長妳幫忙，妳完成了連利主祭他們都無法解決的問題呢！我以後一定會更用心地敬拜神、讚美主。」

「除了聖主的力量，這次也是蘇同學的功勞。」

「是啊，是蘇梓我救了我和晞陽……」杜夕嵐心想：羅剎惡鬼看起來如此可怕，那個人更與其真身決鬥……說不定我以前錯怪了他，其實他人還不錯？

但杜夕嵐一想起他平日的所作所為，又不禁心生抗拒。

「不知道蘇同學現在怎麼樣了？」利雅言出於擔心，便決定打電話給蘇梓我，可是手機訊號卻連不上。

杜夕嵐問：「找不到蘇梓我嗎？」

「嗯，也許蘇同學還沒有回來吧，等會兒我再聯絡他一次。」

但等到當天晚上，利雅言始終聯繫不上蘇梓我，唯有運用會長權力撥打他家中電話——接聽的卻是一位少女。

「教會的祭司小姐有何貴幹？」

「請問是酆同學？不好意思打擾妳，因為杜同學的弟弟已經康復，我想一定是你們收服了羅剎惡鬼的真身，可是我一直找不到蘇同學，擔心他有沒有受傷。」

娜瑪不爽地答道：「受傷？羅剎天提刀『啪嚓』地刺穿了蘇梓我的肚皮，但他居然沒有死，真是可惡！所以妳別浪費心力了，那個人怎樣都死不了，連冥界也不歡迎他。」

「真的沒有大礙嗎？」利雅言聽見娜瑪的描述反而更加不安。「蘇同學現在人在哪裡，為什麼都聯繫不到他？」

「蘇梓我還在魔界善後，總之妳不會想知道的。」娜瑪心想，臨行前蘇梓我高聲淫笑，並對七十三大羅剎女毛手毛腳，之後的事她沒興趣再看下去，更不想複述一次。

「這樣啊……那麼麻煩妳轉達給蘇同學，明早上課前我們會在教堂等他。」

「隨妳高興吧。」娜瑪沒什麼耐性地掛斷了，身為惡魔的她，始終還是對利雅言相當抗拒。同屋的夏思思見她掛斷電話，好奇地問：「是祭司姊姊打來的嗎？」

「我說妳啊，為什麼連教會的人都稱呼得如此親暱？」

「唉，早晚也會是真正的姊姊啦。」

夏思思偶爾會說一些娜瑪不明白的話，畢竟她經常利用銜尾蛇占卜問卦，娜瑪早已習慣了，便不再理她。

反倒是夏思思對到雅言的事感興趣，續問娜瑪：「明天我們就去見祭司姊姊嘛，難道小娜娜對蘇哥哥的身分不感到好奇嗎？也許教會的人會知道什麼喔。」

「誰會對那個人感好奇？我恨不得他死掉算了！如今那頭色狼肯定跟羅剎女們快活得不見天日吧。」

「嘻嘻，小娜娜雖然這樣說，但還不是幫忙引導蘇哥哥的靈魂返回肉身？」

「我只是不想白白欠他恩情！而且誰會想到他竟然真的會復活啊？說到底，他究竟是什麼怪物，又跟蘇萊曼有什麼關係……」

「對呢，也是時候接蘇哥哥回來，免得他縱慾過度變成廢人。」

「嗯……沒辦法。」娜瑪雖然不太情願，但最後還是跟夏思思一起把蘇梓我從魔界接回家。

不出二人所料，當她們在基利心山發現蘇梓我時，差點以為是見到一具裸屍，想著他已油盡燈枯。但這樣也好，至少娜瑪不用擔心這個星期會被蘇梓我襲擊。

◇

翌日早上，近乎虛脫的蘇梓我在自己房間呼呼大睡，根本沒有上學的打算，卻被某人鑽到被子裡叫醒了。

「蘇哥哥起床嘛。」夏思思用自己的胸部貼在蘇梓我背上喚他起床。

「好睏啊……」蘇梓我半睡半醒地說：「這胸部的觸感，是思思嗎？」

「好過分！怎麼可以用胸部大小來分類女孩子。」夏思思生氣地把蘇梓我拖下床。「總之趕快起床吧，思思有很多事情想請教。」

「我才不想被妳請教，我要睡覺。」

蘇梓我拉住床單，卻被夏思思直接拖到客廳。

「別這樣啦，我剛剛用魔法窺探蘇哥哥的夢，知道你昨天看到了蘇萊曼和羅剎天的記憶。可惜思思看的只是零零碎碎的片段，不如蘇哥哥你直接告訴我嘛。」

夏思思邊請求，邊替蘇梓我按摩肩膀，蘇梓我全身鬆軟，態度也軟化起來。

「好吧，我只說一遍而已，之後別再煩我。」

於是蘇梓我吃著早餐，順便講述蘇萊曼誘騙阿斯摩太興建神殿的故事，還有羅剎天在天魔戰爭前夕封印印戒的回憶。說完後，蘇梓我尚有個不明白的地方。

「話說蘇萊曼跟所羅門不是同一個人嗎？」

娜瑪答：「所羅門是聖經裡記載的以色列王，至於蘇萊曼則是異教禁經裡的以色列王。縱使兩部經書記錄的事蹟不盡相同，但當中確實有很多相似之處，當作同一個人也沒問題。」

娜瑪繼續解說著，兩部經書同樣形容以色列王是一位擁有智慧的國王，從所羅門的審判便能略知一二。

她問蘇梓我：「所羅門的審判是個很有名的聖經故事吧？就連我這個惡魔都知道。」

蘇梓我答：「好像是有兩個婦人抱著剛出世的嬰孩，各自嚷著說自己才是孩子的母親？」

「嗯，對此所羅門王便提議將孩子劈開一半分給二人。雖然聽起來十分可怕，但其實所羅門王早就猜到，兩名婦人當中一定有人失去親兒，出於嫉妒才企圖奪走他人孩子。如此嫉妒心重的婦人聽見裁決後，肯定會表示贊同，這樣所羅門就知道誰才是真正的母親。」

「這跟我聽過的一樣啊，為什麼妳要告訴我這老掉牙的故事？」

「因為在禁經裡，同樣記載了另一個蘇萊曼的審判。」

根據娜瑪所說，禁經裡蘇萊曼曾與他的父親達烏德一同處理一樁財產糾紛，故事是這樣的──

話說在收穫的季節，有位牧羊人因為嫉妒鄰家田地豐收，於是在晚上偷偷到田地放羊，好讓羊群把鄰居的農作物吃得一乾二淨。

結果第二天，農夫就找來當時的達烏德王來評理。達烏德聽了兩邊的話，便判罰牧羊人以羊賠償農夫的損失。可是年輕的蘇萊曼卻不同意父王的裁決。

蘇萊曼認為這樣做只能夠懲罰牧羊人，並非最好的做法，而且以羊作賠償也不算最公平。蘇萊曼提議，應該讓牧羊人把羊群交給農夫飼養，好讓他獲得羊奶和羊毛作為補償；同時農夫應該把農地交給牧羊人耕種，並要求他把農田恢復原來樣貌。

這樣的話，一年後牧羊人就能把相同的農作物交還農夫，而羊群也可以物歸原主，牧羊人也有改過自新的機會。

娜瑪說：「這種做法不只是懲罰，更能讓牧羊人理解耕種的辛苦，農夫也可以體諒牧羊人的艱困。達烏德王讚賞這才是最公平、最善良的裁決，日後便安心地將王位傳給蘇萊曼。」

娜瑪也補充說明，達烏德王就等於聖經所寫的大衛王，就像所羅門王等同蘇萊曼王。

蘇梓我問：「既然是同一人就該統一稱呼啊，真麻煩。」

「不，雖然兩者是相同人物，但各自的記述裡還是有個非常重大的區別。」娜瑪說：「聖經的所羅門王最後背棄了聖主，改崇拜異教神，導致以色列王國滅亡；但禁經則記載，蘇萊曼是神遣的先知，自始至終都未背叛過聖主才對。這麼一說，也許是蘇萊曼在天魔戰爭時背叛了聖主，因此教會才要把他醜化呢。」

但蘇梓我不明白。「那為什麼羅剎天會稱呼我為蘇萊曼？」

夏思思搶話：「只要揭開天魔戰爭的歷史真相，自然也會知道蘇哥哥和蘇萊曼王的關係。我有一個想法，是關於座天使長拉結爾的事……」

從羅剎天最後的記憶中得知，天魔戰爭真正的目的，是殺死全部的地方神，至少拉結爾沒有否認羅剎天的如此指責。

可是就戰後結果而言，就算不把墮落的魔神計算在內，至少羅馬二等神的維斯塔依然留有活口，只是被幽禁起來，教會並沒有把她處死。

再者，地方神不但沒有滅絕，消失的反而是勝利方的天神軍勢。縱使現今三大教廷能夠呼風喚雨，可是他們背後的聖主、天使卻不見蹤影。這也是惡魔族多年不能理解的地方，才不敢貿然反攻地上。

話雖如此，即使天使失蹤，他們留下的足跡卻沒有因此消失。尤其是羅剎天臨終一刻看見拉結爾手上的魔法書，娜瑪立刻想起是《天使長拉結爾之書》。

該書在中世紀曾落入神聖羅馬帝國手中，如今則與大命運書等一同被收藏在「世界圖書館」內，所以瞞不過把圖書目錄背誦如流的娜瑪。可是《天使長拉結爾之書》屬於第三類禁書，只有教會的白品才有資格閱讀，娜瑪自己也沒有看過。

因此在吃過早餐後，夏思思就提議等等去見利雅言時，順便找機會打聽一下《天使長拉結爾之書》的事。

2

早上的聖火教堂不見人影，只有利雅言和杜家姊弟在等候著蘇梓我。

「三位早安。」利雅言微笑道：「能夠確認蘇同學平安回來我也安心了。」

「這個嘛，本大爺出手的話，基本上都沒有問題的。」蘇梓我又望向旁邊的杜夕嵐。「妳為什麼會在教堂？而且還穿著運動服。」

「我才剛練跑完，」杜夕嵐說：「我來只是想跟你道謝而已。」

「道謝？」蘇梓我對她的話毫無頭緒。

此時她弟弟杜晞陽撲出來大叫：「蘇老大！我昨天見到你騎著大蛇在天空與惡鬼對砍，非常酷耶！那是什麼招數可以教我嗎？」

「啊？」蘇梓我沒有記憶的事，反而杜晞陽能娓娓道來，大概是藉由羅剎天的眼睛看見的。

「抱歉，我家弟弟自從恢復意識後，就一直說著此事，誇張到我也有點受不了。」

「我才沒有誇張！蘇老大手執鐮刀一劈，就把惡鬼一分為二呢！」杜晞陽興高采烈地捉住蘇梓我叫嚷，完全看不出之前差點要變成怪物。

當然，蘇梓我依舊很討厭眼前的死小孩，便一腳把他踹走。

「好痛！不愧是蘇老大的出腳，快又精準！」杜晞陽連忙爬起來，卻又被蘇梓我大力踢飛數尺外——

「蘇老大……」杜晞陽拍拍身上灰塵，站起身說：「你這樣是在鍛鍊我嗎？我一定會堅持下去，請蘇老大收我為徒吧！」

「喂，你腦袋有問題啊？」之後無論蘇梓我如何對他拳打腳踢，仍是無法擺脫杜晞陽的糾纏。

「晞陽，不要再打擾人家，你該要上學了吧？」杜夕嵐接著向蘇梓我道歉：「本來應該是我們報答你的，卻給你添了麻煩，真不好意思。」

蘇梓我不知為何，只是覺得眼前的杜夕嵐跟以往有點不同。見她一身白色運動服在面前低頭別扭的樣子，認真看的話，原來她身材也挺不錯的。

「慢著！」蘇梓我驚覺道：「妳剛才是說要報答我嗎？」

杜夕嵐本能感應到一陣淫邪視線在身上掃過，不禁一陣惡寒。可是她不喜歡欠人恩情，加上杜晞陽又視蘇梓我為英雄，她不知該如何是好。

蘇梓我也同樣十分苦惱。他目不轉睛地盯著杜夕嵐的胸口，無奈他昨晚跟七十三大羅剎女交手已經精疲力盡，唯有婉拒對方好意：「現在不需要妳的報答，妳叫妳弟弟不要來煩我就好。」

「欸？這樣就好嗎？」

「還是妳在期待什麼？」

「不……沒什麼。」杜夕嵐大感意外，原來蘇梓我也不是一個胡來的人，果然不愧是教會的聖職員嗎？

「那個……」夏思思忽然打岔：「利姊姊，今天妳的弟弟不在嗎？」

「隆禮嗎，他剛好出門到鄰近堂區幫忙，早上大概不會回來。」

「原來如此。」夏思思心道：真幸運，那個討厭的人不在的話，就可以拜託利家祭司念寫天使書呢。

豈料利雅言話題一轉，憂心忡忡地叮囑蘇梓我：「最近我們教會有不少聖職者遇襲，懷疑是無神論者的恐怖襲擊，隆禮正是在調查此事。因此蘇同學你們也要小心一點。」

難怪利雅言昨天這麼擔心蘇梓我，看來教會內部確實出現了點問題。蘇梓我又記起魔界的什麼公爵說過，正教將會對聖教宣戰，也許就是這麼一回事吧。

「我是英雄所以不用擔心，反而利學姊要加倍小心才對。」

「謝謝你。」利雅言續問：「不過你們找隆禮有什麼事嗎？」

夏思思輕碰蘇梓我的手，蘇梓我便按照之前計畫說：「其實我有教會的事情想請教，既然那傢伙不在，就只好麻煩利學姊了。」

「怎麼會麻煩呢，同伴本就應該互相幫助。」

於是蘇梓我先跟利雅言打聽天使的事，接著是座天使拉結爾，最後才是《天使長拉結爾之書》的內容。

「蘇同學你想看《天使長拉結爾之書》嗎？」

「對啊，利學姊真懂我。」

「目前《天使長拉結爾之書》被收藏在世界圖書館內……」利雅言問娜瑪：「妳們有跟蘇同學解釋過世界圖書館的事嗎？」

「沒有，就算我講了他也不會聽，妳跟那笨蛋說明吧。」

利雅言於是告訴蘇梓我：「所謂『世界圖書館』並非是一座實體的圖書館，而是存在於『世界』裡面，只能用靈魂閱覽。」

據利雅言所說，世界圖書館的藏書包羅萬象，既有記述人類過去現在未來的史書，亦有能夠毀天滅地的魔法書。不過所有內容都用「神的語言」記載，而解讀的唯一方法就是念寫魔法。

蘇梓我皺眉。「好像是很虛無縹緲的東西。」

「蘇同學還沒學過念寫魔法吧？惡魔有念寫術，教會也有教會的念寫術。」利雅言說：「如果你們要看《天使長拉結爾之書》，那就只有白品階級的念寫術才有辦法解讀。」

「這樣的話，只能靠利學姊幫忙了。」雖然蘇梓我本來就是這麼打算。

「我是沒有問題……但蘇同學為何想看《天使長拉結爾之書》？」

「想理解天使的教誨！」蘇梓我光明正大地撒謊。

利雅言微笑道：「那我更不能拒絕了呢，不過有兩個條件。首先，《天使長拉結爾之書》是教會禁書，不能給蘇同學的使魔閱讀；第二點是，要有我本人在場監督才可以查閱。這都是教會的規則，還望諒解。」

「沒有問題！放學後我和利學姊兩人在寧靜的角落一同看書……嘿嘿嘿。」

「你很不衛生啊！」娜瑪看見蘇梓我笑得流口水，馬上用紙巾替他抹掉。

3

放學後，蘇梓我與利雅言在聖火教堂的小聖堂裡單獨約會。

九月底的天氣依舊炎熱，趕來教堂時，蘇梓我已經大汗淋漓；反倒利雅言剛好淋浴更衣完，秀髮還停留著洗髮精的芳香。

「蘇同學，麻煩你把屏風放到門後。」利雅言披上祭司袍拜託道。

接著兩人安坐在祭壇前，利雅言開始解釋念寫的流程：「正如之前所說，閱覽世界圖書館的書籍需要念寫術輔助，所以我首先會教授你最基本的概念，好讓你隨時隨地閉上眼睛也能夠翻閱聖經。」

「是、是嗎？那真是太好了……」

「現在閉目靜思，將腦袋放空；沒有雜念，才有空間讓靈魂把書本文字呈現在腦海裡。」

話雖如此，要蘇梓我清空雜念實在太困難了，尤其利雅言毫無防備地闔上雙眼冥想、靜坐在他眼前的模樣，彷如仙女一般。

蘇梓我忍不住伸手碰捉虛幻的仙氣，忽然有蒼焰走遍全身，是維斯塔的聖火淨化了他的欲望——沒有欲望，蘇梓我確實沒有什麼東西剩下來，整個人都放空了。

利雅言淺笑。「做得很好。接下來我會帶你窺探世界圖書館的真貌。」

說畢，她輕碰蘇梓我手背，為他的靈魂引路。

忽然一陣離心力將蘇梓我的靈魂拋到遠方、一飛沖天，他俯瞰腳下的聖火書院變得越來越小。好在蘇梓我之前有靈魂出竅的經驗，很快就習慣了，一直緊隨前方利雅言的靈魂在半空飛行。話說變成靈體時，好像連衣服都變成半透明的？蘇梓我不斷想著這些無聊的事，很快就穿越雲頂來到另一個世界。

在這個陌生的世界裡，同樣藍天白雲、綠草如茵，有一座宏偉的純白穹頂宮殿建在草原之上。兩人著陸，穿越宮殿正門，首先映入眼簾的，是一座高聳入雲的螺旋樓梯。從外觀看來，圖書館內明明應該沒有如此空間，但內部確實一望無際，讓蘇梓我的空間感出現了矛盾。

利雅言溫柔地牽著蘇梓我的手，與他一起踏上樓梯。圖書館內非常寂靜，踏上樓梯的腳步聲在館內迴響；走了幾步，蘇梓我才發現樓梯四周都被弧形書架包圍；書架與螺旋樓梯距離超過十尺，別說要伸手拿書，蘇梓我根本連書背上的書名都看不清。

只見利雅言輕輕揚手，隔空召來一本書，她說：「讀不懂也沒關係，那是神的文字，我們只需要感受就好。」

「感受？」

「沒錯，現在你可以張開雙眼了。」

蘇梓我睜開眼簾，原本圖書館的景色彷彿成了海市蜃樓，瞬間消失。兩人的靈魂又回到了小聖堂內，而蘇梓我眼前有奇怪的符號浮現。

「這就是念寫術。把靈魂碰到的文字刻在腦中，就算睜開雙眼，仍然能夠看見書中文字浮現眼前。」

蘇梓我嘆道：「好像高科技眼鏡呢，凌空飄浮著文字什麼的，這叫做ＡＲ嗎？」

「是叫做念寫術。」每次關於教會的事，利雅言都會嚴肅糾正。

「不過我還是看不懂這些符號啊。」

利雅言回答：「這本是舊約聖經的《創世紀》，只要蘇同學每晚都練習，很快就能理解這些符號。」

「但那個……我是想讀那部叫天使什麼的書呢。」

「別心急，等我一下。」於是利雅言又閉起眼睛，先用念寫術召來《天使長拉結爾之書》，再用轉寫術把書中內容轉放到蘇梓我眼前。

「哦，看見了！而且雖然讀不懂文字，卻好像能理解那些符號的意思？」

「因為我用了轉寫術翻譯，但經過雙重轉寫可能會讀得慢一點，請蘇同學耐心等候。」

話雖如此，利雅言的魔法適性非常高，念寫轉寫更是駕輕就熟。而且她剛升任白品，對《天使長拉結爾之書》亦感好奇，在轉寫的同時也不忘細閱書中內容。

利雅言喃喃自語：「有很多異教神被寫在書上，而且還有分類……好像是一份名單。」

蘇梓我回應說：「異教神名字旁邊還附有奇怪的符號，那些利學姊無法解明嗎？」

「你看見的符號已經是解明之後的內容了，換言之，書中部分內容用了暗號加密寫成。」

真是一本奇怪的書。利雅言心想，蘇梓我大概也是因為什麼目的而要求翻閱此書吧，但閱讀一本異教神的名錄是要做什麼？

「完全看不懂在寫什麼。」蘇梓我感到失望，聽娜瑪說這本書也許跟天魔戰爭有關，甚至會有蘇萊曼的記載，豈料只不過是異教神的點名簿。

「這部書不止是名冊這麼簡單，要說的話，感覺更像是譜系之類？書中好像列出了不同神祇之間的關係。」

「不過那些神祇我全都不認識，根本看不懂在寫什麼嘛。」蘇梓我突發奇想，問：「不如看一下羅剎天的名字有沒有被寫在裡面？」

「好的，請等等。」利雅言在腦海中快速翻頁，找到了羅剎天的名字。

吠陀文明（二等神）——西南護法　羅剎天●

蘇梓我問：「那個黑色圓點代表什麼意思？」

「我也不清楚呢。」

「那就看看其他認識的異教神吧，例如維斯塔。」

利雅言點點頭，又把關於維斯塔的條目呈現眼前。

羅馬文明（二等神）——爐灶女神　維斯塔〇

蘇梓我說：「這次是白色圓圈，難道是代表女性神的意思？」

但利雅言不同意。「其他一些羅馬女神的名字旁也有黑色圓圈，所以應該別有用意。不如再找找看其他認識的異教神？」

「還有什麼嗎？」

「就是蘇同學的使魔囉。」

接著，利雅言放映出另一條目。

西頓文明（一等神）——豐饒女神　阿斯她錄／恐怖王后　阿斯塔特（29）◎

「這是思思嗎？雙重身分呢。」蘇梓我說到一半又瞄到另一個熟悉的名字。

西頓文明（一等神）——大地之母　阿示瑪／第七大罪惡魔　阿斯摩太（32）◎

蘇梓我指著空中飄浮的文字。「這不就是娜瑪？她跟異教神之名並列一起，代表她的先代也是神祇？」

「你的推論應該沒錯。」利雅言說：「而且括號內的數字也令人在意，應該是所羅門七十二柱魔神的編號吧。看來當時天使長拉結爾同樣非常在意所羅門和他的使魔神。」

「原來如此。」蘇梓我心想：也許能用這本天使書來找出蘇萊曼七十二柱使魔的下落呢，假如能用蘇萊曼的印戒收復所有魔神，我豈不是天下無敵？哇哈哈哈哈！

「蘇同學你好像很高興呢？」

「有嗎？只是——哇啊！」

門外忽然傳來一陣巨響，震耳欲聾，就連門前的屏風都被震倒，嚇得蘇梓我整個人彈起。二人互相對望，不約而同浮現不好的預感。

「是爆炸聲？」蘇梓我說。

「好像是內殿那邊傳來，這個時間應該是聖詩班正在練習……！」

利雅言二話不說就衝了出去，蘇梓我亦立即追上。當兩人抵達現場時，內殿已是一片混亂。有學生拚命往教堂外跑，又有學生躲到柱後拿著手機拍攝。不過最顯眼的，還是擠滿祭壇前議論紛紛的眾人，利雅言看出他們有不少是聖詩班的同學。

「發生什麼事……主啊！」只見利雅言雙目通紅，像失去支撐的木偶般跪倒在眾人之間；蘇梓我萬萬沒想到，那些人中間包圍的，居然是個血肉模糊的女孩屍身。

小女孩被炸得慘不忍睹，就連前方聖子的掛畫也沾上了一些血肉。雖然利雅言目睹過無數死者，她見此景象仍是無法冷靜下來。

蘇梓我說：「那個孩子穿的是小學部的校服。」

他回頭查看，看見彩繪玻璃下坐著十多位受傷學生，當中不乏聖詩班的女學生，全部都被炸彈碎片所傷。

這時，一位修女走來跟利雅言報告：「聖女閣下，剛才詩歌班在內殿練習……忽然有位女生跑到她們面前引爆了身上的炸彈……那女生當場死亡，詩歌班也有很多人受了重傷……」

「報警了嗎？」利雅言問。

「剛剛已經報警……也通知了校方。」

「立即聯絡利主祭，並疏散現場學生。誰都無法保證危機已過。」

平日溫文儒雅的利雅言大聲下令，在場不論修女或老師都立即照她吩咐行動。

至於蘇梓我，他忍受不了現場的愁雲慘霧、哭喪似的氣氛，一語不發地離開了教堂。

4

當天晚上，蘇梓我躺在沙發一言不發，一邊吃芒果布丁，一邊看著低俗的電視節目。夏思思見他心情不好，便爬到沙發上抱著他撒嬌。

「蘇哥哥，別再想著今天的事了嘛，有什麼不開心的，可以發洩在思思身上喔。」夏思思的小手在蘇梓我的褲襠游走幾秒，卻失望地嘆道：「沒有小娜娜的指環魔法加持，蘇哥哥就沒有生氣呢。真懷念第一次那時候的蘇哥哥。」

「什麼！」書桌旁的娜瑪放下原子筆大叫：「原來你們用我的指環幹了那麼噁心的勾當！難怪蘇梓我你這個變態才能夠馴服夏思思，快把戒指還給我！」

「妳還敢說？本來就是妳的祖先偷走了戒指。」蘇梓我不爽地推開夏思思。「妳也別亂說話，我只是對妳不感興趣才沒反應而已。」

不知怎的，蘇梓我回家之後就非常煩躁。此時電視的特別新聞響起，三人一同望向電視。

「以下是今天在聖火書院發生的恐怖攻擊後續報導。」女主播心情沉重地說：「警方已經初步確認，是為自殺式炸彈攻擊，並鎖定嫌犯為年約十二歲的女死者……

「死者為聖火書院的小學六年級生。據校方說法，死者生前沒有自殺或殺人傾向，事件還在了解當中，並決定全校暫時停課。校方又承諾會為受傷學生提供援助，以及心理輔導……

「按照警方的專家調查，嫌犯的炸彈非常簡陋，但添加了大量鐵釘，在室內狹窄的空間裡極具殺傷力。暫時未知炸彈的來源，而嫌犯家屬對女兒的行動皆表示不知情，但願意向其他傷者致上歉意……

「連同本月初的連環殺人案，聖火教區近日接二連三發生駭人命案，引起多個團體對教會表達不滿……」

聽完一輪新聞報告後，夏思思滑著手機說：「網上的傳言很多呢，有人說見過死者生前在教會被人欺淩，又有人說，因為她不願信教所以被排擠。」

蘇梓我連忙否認：「有利學姊打理的教會，怎麼可能會有人做出如此過分的事？一定是其他人亂說的吧。」

「不過網上有一個叫做『革命者』的組織，主動承認策劃了這次的襲擊喔。他們自稱是無神論者的組織，看不過教會藉由宗教之名打壓異見，企圖統一思想；同時指責教會根本無法證明有神存在，與欺世盜名的神棍沒有分別。」

蘇梓我說：「這個嘛，雖然我也曾經不信神的存在，但現在家中卻有兩個惡魔生活著呢。」

「其實『革命者』不但是無神論，更是反神論者喔。」夏思思說：「最近他們不斷在網上發表攻擊教會的言論，又說教會學校才是罪惡的根源，從小就對孩子洗腦讓他們信教。」

「這點我也感同身受，靈修課什麼的很麻煩。當然我是不會被輕易洗腦的。」

娜瑪在旁嘆道：「假如能夠把這個色狼的腦袋洗白有多好……」

「啊！」夏思思說：「革命者剛剛又發出另一則聲明呢。他們警告教會，如果在一個月內不能顯現令人信服的神蹟，便代表教會只不過是欺騙世人，並會採取更激進的行動；就像中世紀科學家因不能證明『天動說』而被教會判罰那樣，革命者將會親手毀滅香港聖教。」

「神蹟啊……」蘇梓我喃喃道：「其實利學姊召喚女神出來跳一支舞就能解決了吧？」

「能接受這種做法的大概只有蘇哥哥吧。」夏思思答道：「而且教會一向的政策，是不想讓普通人知道魔法或魔神的存在。」

「為什麼？妳不是說，古代人類的文明都是由眾神授予的嗎？不同的地方神引領人類走進文明，當時他們應該相處得挺不錯才對，為什麼現在反而藏頭露尾、鬼鬼祟祟的？」

「就思思的理解，教會不想在社會造成混亂，因此選擇刻意隱瞞聖魔法的存在。當然詳細你還是問祭司姊姊比較清楚。」

「那惡魔族呢？」蘇梓我問夏思思：「像妳同伴那些巨大的怪物如果走出來，肯定會嚇得不少人馬上視你們如神一般地供奉吧？根本不用暗中誘惑人類墮魔，來搾取信仰心。」

「不……我們惡魔族在魔界幾乎是不死之身，這個蘇哥哥你也親自體會過吧？可是惡魔族來到現世只會被狩獵，我們目前還招惹不起教會。蘇哥哥你說的事，要留待將來第二次天魔戰爭，惡魔族才可以肆無忌憚地在人類面前現身。在此之前，我們只能韜光養晦。」

「你們天神和惡魔之間還真麻煩，可憐了中間的人類要成為受害者。」

夏思思見蘇梓我感觸良多，對他耳語：「話說今天放學時，思思經過蘇哥哥平日常去買芒果布丁的小店，但看見店鋪關門，聽說他們剛剛失去了至親……」夏思思瞄看茶几上芒果布丁的包裝盒。「不如蘇哥哥親自去解決此事看看？」

「嗯？什麼爆炸死人之類的事都跟我無關，為什麼我要去管？」

「難道蘇哥哥忘記了祭司姊姊一早說過，最近有無神論者的恐怖襲擊嗎？她那討人厭的弟弟也是忙著處理此事呢。要是你比她弟弟更早解決的話，祭司姊姊一定會非常高興喔。也當作是思思的請求嘛。」

「原來如此……真拿妳沒辦法。」蘇梓我莫名其妙地大笑起來。「反正只要蘇梓我大爺出馬，要解決此事根本易如反掌。」

「莫非蘇哥哥已經知道誰是襲擊教會的凶手？」

「不，但要解決死小孩的問題，還是得靠死小孩來幫忙吧。」蘇梓我胸有成竹地回答。

5

「喂，杜夕嵐嗎？」

「欸？這聲音難道是那變……」杜夕嵐連忙改口道：「蘇梓我？你怎麼會有我的手機號碼。」

「那不重要啦。」蘇梓我敷衍回答。

「呃……是小夏告訴你的，對吧？你們兩人關係好像不錯。」杜夕嵐戰戰兢兢問：「這麼晚找我有什麼事？先講清楚，我可不是隨便的女生，要約會的話還是白天比較好……」

「不，我──」

「而且第一次約會不能做太過分的事，至少要等彼此深入了解後……」

「喂喂？」蘇梓我打斷她的話。「我沒有事情要找妳，妳自己一個人在說什麼鬼話。」

「啊？那你打我的手機做什麼，惡作劇嗎？」杜夕嵐突然一個激靈，心想：聽說男生喜歡一個女孩子時，都會惡作劇吸引她注意，難道蘇梓我這傢伙果真盯上我了？

「──喂？妳究竟有沒有在聽我說話？」蘇梓我滿是不耐。「總之把手機換給妳弟弟聽吧。」

「晞陽嗎？我知道了。」杜夕嵐成功脫身，大聲叫著杜晞陽出來聽電話。

「蘇老大！」杜晞陽精力充沛地說：「請問蘇老大有什麼吩咐？」

「你認識今天爆炸死掉的女生嗎？」沒有前情提要，蘇梓我單刀直入地問。

「嗯……小芳是我的同班同學，下午有很多記者來到學校採訪。」杜晞陽說：「雖然學校禁止我們跟記者私下接觸，不過要是蘇老大想知道，我一定如實相告。」

於是杜晞陽告訴蘇梓我，最近有陌生人用金錢利誘他們參加講座。而這時，一雙惡魔在蘇梓我背後交談著。

娜瑪問夏思思：「為什麼妳要騙蘇梓我去管那些無關惡魔正職的事？」

「我才不想被一個幫人類做功課的惡魔指責不務正業啊。」夏思思答：「不過思思這樣做當然有原因。彼列公爵不是說過，中國的正教將會向香港聖教宣戰嗎？這時偏偏出現恐怖份子襲擊，大概是正教宣戰前的部署吧。」

娜瑪不解。「宣戰就宣戰，有必要弄這些小動作嗎？」

「在人類的世界裡，好像不能隨便宣戰呢，他們有自己的規矩。這就是群居的下等種與我們惡魔的區別。」

娜瑪想了一想，又問：「所以，妳認為那個自稱『革命者』的組織，其實只是正教為了宣戰的棋子？」

「那個嘛，即使是思思也並非什麼事都曉得啦。」夏思思在空中畫了一個大圈召出銜尾蛇，接著在銜尾蛇包圍的空間內投影出數日後的香港街道。

影像中，城市一片混亂，店鋪著火，暴徒四處搶掠，甚至有怪物走上街頭。娜瑪簡直不敢相信眼前所見，但她知道夏思思的預視術不會憑空瞎扯，換言之，這幾天一定會有什麼大事發生。

娜瑪嘆道：「看來那個革命者來頭不小……可是妳這樣幫蘇梓我處理教會的事，真的沒有其他陰謀？」

「怎麼了小娜娜，這麼快就想保護主人了嗎？」夏思思笑道：「放心吧，思思暫時還跟大家同坐一條船，沒有傷害蘇哥哥的理由喔。」

「暫時啊。」

「別這樣啦，就算思思不哄蘇哥哥去調查，他也會自己去找杜家的小弟弟問話啊。妳應該比我更清楚蘇哥哥的性格吧？」

娜瑪望著蘇梓我的側臉，看見他非常認真地講著電話，確實十分罕見。他大概是因為那女孩被利用當人肉炸彈而生氣了？蘇梓我始終對女孩子有著奇怪的執著。

這時蘇梓我聽取完情報後，對杜晞陽說：「那些神祕人很可能就是革命者。而且他們說在離島上有開講座，你們就白痴地上鉤了。」

杜晞陽辯道：「一開始我們也沒打算去到那麼遠嘛，因為他們在附近的商店街也有辦公室。只是後來那些神祕人提供專車和快艇將我們送到了島上，雖然沿途他們不肯說是什麼地方，但還好我機靈，懂得用手機GPS定位才知道離島的位置。」

「哪裡機靈？我聽完只覺得你們好像一群無知老人，在選舉日被那些政黨載去投票一樣。」

「這麼說起來，聽完講座的話，每個人都會拿到二百元喔！就當賺半天外快也不錯啦。」杜晞陽說：「不過講座的內容很無聊，大部分的同學聽了一次後就再也沒去了，只有小芳好像還有繼續跟那些人接觸。」

蘇梓我問：「講座的內容是什麼？」

「蘇老大饒了我吧，都說了我沒有在聽……」杜晞陽努力回想。「印象中，他們一直在說聖經和教會的壞話，還有什麼飛天義大利麵怪物。可是我本來就不喜歡讀聖經嘛，當然聽不進太多內容。」

蘇梓我沉思一會兒，便說：「這樣推論，小芳因為本身討厭聖教，所以跟那些人一拍即合，於是被利用了嗎……會傷害女生的人都是畜生……不可原諒。」

「蘇老大？怎麼語氣突然變得很可怕。」

蘇梓我冷道：「現在學校停課了吧？明天你就帶我去那個聽講座的地方，我要親手收拾那群畜生。」

「哦！請務必把我帶上，我想學蘇老大那些神祕酷炫的魔法！」

「嗯？好吧，畢竟英雄也需要有些小嘍囉在身邊陪襯。」蘇梓我突發奇想。「對了，不如你也叫你姊姊一起跟來吧，以備不時之需。」

「咦？蘇老大身邊不是已經有兩位漂亮的女朋友了嗎？」

「她們只是我的手下。」蘇梓我說：「還有，你剛才說那些神祕人在商店街有辦公室吧？把地址傳給我，明天我就派手下去調查。」

一旁的娜瑪懊惱道：「呃，那個混蛋口中的手下不會是我吧。」

不過這顯然是明知故問。待蘇梓我掛斷後，他就命令娜瑪和夏思思兩人到商店街調查一趟。

◇

另一邊廂，杜夕嵐接過手機後問杜晞陽：「你剛才跟蘇梓我在聊什麼？」

「沒什麼，只是感到很意外，原來蘇老大身邊兩個女生不是他的女朋友啊。」

「是這樣嗎……」

「還有明天蘇老大約我們一起出門喔，姊姊妳有空嗎？」

「欸？學校都停課了，應該有空吧。」杜夕嵐心想：難道是那些老梗的橋段，想藉由弟弟約我逛街，然後找機會甩掉晞陽跟我單獨相處……

「姊姊？」

杜夕嵐連忙翻開星座運勢書。「書上說這個星期我會遇上真命天子，該不會是真的吧？」

杜晞陽不耐煩地說：「那就當姊姊妳明天會一起來了喔。」

「慢著，我還沒有心理準備——」

但是杜晞陽很快就溜回房間，留下杜夕嵐在客廳裡，臉紅紅地胡思亂想。

6

翌日早上，屯門海邊的一間小吃店來了兩名男顧客。他們年約三十，聚在店外餐桌旁閒聊。其中身穿白色短袖上衣、舉止粗魯的男人對同伴說：「想不到真的成功了啊，這下變大新聞了。」

「小聲點吧，被別人聽到就不好了。」戴眼鏡的同伴淡然回應：「而且這不是早就知道的結果嗎？從那個時候開始，我就沒有懷疑過『女王』的能力。」

「你還真他媽的冷靜呢，」粗魯男人說：「不過『女王』的超能力實在太可怕了，能夠隨意控制別人的思想。搞不好我們也被『女王』洗腦了？」

「這問題就等於在問一個醉漢有沒有醉，沒有意義。」

「哈哈，你說得對。反正我們繼續享受就好。」

「也要適可而止，現在我們必須低調一點。」戴眼鏡的男人望向遠方碼頭。「你看見那邊站的一大一小嗎？他們在路邊待了快半小時，你猜那兩人來這偏遠地方是在等什麼？」

「你這麼一說，之前確實沒見過他們，也不像是附近居民。」粗魯男續道：「尤其是那小妞打扮得挺不錯嘛，最近只能找小學生下手，不如試試催眠那女生吧？應該會很爽。」

「剛剛不是說過要低調行事？我看再監視一下好了。」

眼鏡男所說的那一大一小，實際上就是杜夕嵐和杜晞陽。杜夕嵐對淫邪的視線最為敏感，突然感到一陣惡寒。

「可惡的蘇梓我，遲到了還對我起淫念嗎，究竟要我們等多久？」杜夕嵐牽著弟弟站在馬路旁暗罵。過了數分鐘，終於看見一輛計程車駛來，身穿教會白袍的蘇梓我慢條斯理地下了車。

蘇梓我一見杜夕嵐，劈頭就問：「我印象中好像只約了妳家弟弟吧？這裡很危險，妳跟來做什麼？」

「你失憶了嗎？明明是你昨晚指名要我跟來的。」杜夕嵐還特意化了一個淡妝，穿上平時很少穿的半長裙，卻換來蘇梓我的驅趕。

「啊，我想起來了！」蘇梓我交叉手臂盯著杜夕嵐，笑道：「原來如此，昨天的本大爺果然深謀遠慮，今天就讓妳隨行吧！」

「慢著……剛才你說什麼東西危險？」

蘇梓我質問杜晞陽：「你沒有告訴你姊今天要做什麼？」

「哦，我忘了說。」杜晞陽模仿著蘇梓我，一樣交叉手臂笑道：「我們今天的任務，就是要跟隨蘇老大調查學校爆炸的事。」

「什麼！今天不是單純的普通約會嗎？」杜夕嵐生氣起來，馬上恢復平日在學校的潑辣，罵道：「你們到底在想什麼啊！新聞不是說過爆炸案跟恐怖份子有關嗎，什麼革命者之類的。那些事交給警察去辦就好了。」

豈料蘇梓我誇張地揚起白袍斗篷，斗篷在陽光下熠熠生輝，他整理了下白袍並宣告：「身為教會的自由白色騎士，英雄蘇梓我當然有責任除暴安良！」

「什麼？」雖然很白痴，但不知怎的好像也有點酷。杜夕嵐冷靜下來，心想：既然蘇梓我都能穿越魔界討伐惡鬼，說不定他確實是位大人物？而且當初全靠他無視教會反對才能救回晞陽，自己確實沒什麼資格責備他。

杜夕嵐想到一半便感慨起來，反正事到如今，以往的認知好像不再堪用。

「夕嵐妳沒有疑問了吧？沒有就出發囉，杜小弟給我們帶路。」

「……什麼時候你叫我叫得這樣親暱？」

「其實我一直都想這樣叫妳，」蘇梓我搖頭說：「畢竟妳的全名不好念。」

「哪裡不好念了……唉，隨你喜歡吧。」杜夕嵐放棄爭論，便拍一下弟弟的肩說：「晞陽你幫那位大英雄帶路吧。」

「包在我身上！」於是杜晞陽指往海上另一邊的孤島，說：「蘇老大，我們之前就是在那座小島上聽講座的。」

「哦？但要在哪裡乘船？在碼頭停泊的似乎都是私人快艇。」

「那些快艇有人在打理的。」杜晞陽又指往碼頭旁一間小吃店。「你看店外那張圓桌不是坐了兩個人嗎？那個穿白衣的男人，我認得他就是船長。」

「做得不錯，不愧是我的小弟。」

蘇梓我大讚杜晞陽，即使至今他依然沒有記住杜晞陽的名字，但誰管他？

蘇梓我直接走向那白衣男人，開門見山地問：「你就是船長嗎？」

那位白衣船長剛才就一直在監視蘇梓我等人，馬上起了疑心想驅趕他們。「跟你有什麼關係？這裡是私人土地，再不走我就報警了。」

杜晞陽見狀便走過來說：「我是之前去島上聽過講座的學生，我記得今天好像也有講座，因此才特地帶了些朋友一同前來。」

白衣船長瞄看杜晞陽身後的女生，如此近距離一看，果然長得標緻，無奈得照同伴所說的，必須要趕走他們。

「別多事！今天沒有什麼講座，你們回去做功課啦！」

「等等，」船長旁邊那位戴眼鏡的男子插話：「你們其他兩個都是學生嗎？什麼學校的？」

杜晞陽代答：「聖火書院。」

「原來如此。」眼鏡男對船長用三隻手指打暗號，接著對杜晞陽說：「既然你們專程過來，今天就破例一次為你們開船吧。」

「噢，就這麼決定，嘿嘿。」白衣船長頓時心花怒放。

於是兩位疑似是革命者的相關人士就帶蘇梓我一行人登上快艇，準備登島。

◇

這是一艘能載十多人的中型快艇，不過現在艇上只有五人。杜夕嵐坐在一角吹著海風，非常擔心接下來蘇梓我究竟會做什麼。

「想不到今天的約會竟然變成這樣……星座運勢說錯了嗎？」

茫然無緒地坐了十分鐘，快艇便駛到島上碼頭。泊船後，船長和眼鏡男先走上碼頭，準備領著蘇梓我等人來到島上，但蘇梓我卻突然出聲問：「你們是革命者？」

「什——」

「去死吧！」

蘇梓我突然變出大鐮刀，二話不說就用刀柄往兩人腦袋砸下去，毫不留情。

「蘇、蘇梓我！你幹了什麼好事？」杜夕嵐立刻上前確認兩人氣息。「幸好沒有打死人……」

「好厲害！不愧是蘇老大。」

「晞陽你別學他！」杜夕嵐捉住蘇梓我衣襟問：「你為什麼要攻擊他們，打人是犯法會被抓的啊。」

蘇梓我不屑地回答：「那些雜魚本就沒有價值，只會做壞事。要是繼續放任他們，可能會有更多女生受傷啊。」

杜夕嵐不禁有些意外。「話雖如此，但這樣亂打人也不好啊……」

「放心吧，我早就想到解決方法。」蘇梓我輕快地跳下船，並扶著杜夕嵐和她弟弟走到附近的大岩石躲起來，續道：「只要找到他們的犯罪證據，我們就是英雄。」

「你真是個超級單純的蠢材……」杜夕嵐沒好氣道：「就算這裡真的是恐怖份子的藏身地，你打算一個人把他們全部收拾嗎？」

杜夕嵐探頭看一下，除了島上幾間小石屋，遠處還有一個兩層樓的大型島民中心，那裡大概就是革命者的基地。

「沒錯，」蘇梓我爽快道：「杜小弟，把『那個』拿過來。」

「是！」杜晞陽把一張手繪的平面圖交給蘇梓我。

蘇梓我得意笑說：「杜小弟昨晚說過，他們去講座都有出席紀錄，加上又會送錢給聽眾，說不定帳簿也有支帳項目呢。等會兒我就一口氣闖入那個基地，跑去檔案室把資料搶到手，這樣就能證明昨天的死者跟這裡的人有關係！」

「你還真的有用腦想過啊……」杜夕嵐拿起弟弟畫的平面圖。「但你看得懂晞陽的小學生塗鴉嗎？」

「有落差的部分，只要靠本大爺天才般的頭腦就能彌補。」

「好啦好啦，只怪我上了賊船，而且也當作是報答你救回晞陽一命……」杜夕嵐站起來想跟著他走之際，卻被蘇梓我阻止了。

「不用跟來，妳跟來只會礙事，跟杜小弟留守就好。」

「啊？那你叫我來做什麼？」

「以備不時之需。」蘇梓我拋下一句奇怪的話，轉身就跑向那個革命者的基地。

7

「英雄蘇梓我大駕光臨！」蘇梓我收起鐮刀，打算一口氣跑到島中央那棟奇怪的建築物。

後方不遠處的杜夕嵐見狀，連忙壓著弟弟的頭躲到大石後，慌道：「那笨蛋這樣做不就引來一群敵人嗎？」

果然蘇梓我一喊，島上從不同方向冒出群眾，紛紛追趕著蘇梓我。只見蘇梓我越跑越遠，背影越來越小，卻竟沒人追得上他，就這樣讓他一路跑到島中央。

杜夕嵐喃喃道：「拜他所賜，所有人的注意力都被吸引走，反倒沒人理會碼頭這邊……」

「這就是蘇老大的策略！」杜晞陽大聲附和。

「噓！小聲點。」杜夕嵐又慨嘆道：「但可能真的如你所說，這樣我們就不用害怕被發現了。我們就安分地等他把資料搶回來……慢著！」

「姊姊怎麼了？」

杜夕嵐望向身後一片大海，驚道：「我們要怎麼回家？蘇梓我把開船的打量了啊！」

「這的確是個問題。」

「你這個傻瓜，語氣還越來越像蘇梓我了。」杜夕嵐非常懊惱。

杜晞陽提議：「要開動這船應該不會太困難，我有玩過類似的遊戲。」

「應該是不容易才對……」杜夕嵐垂頭喪氣地說：「唉，但這可能是唯一方法了。雖然不懂停船，至少找個無人的海岸把船駛過去吧……」

「不用擔心，船到橋頭自然直！」杜晞陽說：「我們先上船拍照作為證據，再用手機上網找方法看看吧。」

「姊姊開始擔心你變得跟蘇梓我一樣白痴了……」

◇

「哈啾！是誰在說我的壞話？」蘇梓我一邊跑，一邊想著：難道被杜夕嵐發現我把她帶來的目的，就是在必要時為我提供慾念？不會吧，我明明將自己的視線隱藏得這麼完美。

在泥地上跑了數分鐘，蘇梓我已跑到了疑似是恐怖份子基地的門口，一座兩層樓的長方形建築。從外面看，那裡的玻璃窗十分陰暗，牆身有裂縫和青苔，非常破舊；建築外守備森嚴，一道黑色兩尺高的鐵柵把蘇梓我擋在外面，同時十數名衣衫襤褸的流氓一擁而上，把他包圍起來。

「小子別反抗！你究竟是什麼人，來這裡有什麼目的！」其中一個流氓高聲大喝，其餘的人一同拿出棍棒等武器指向蘇梓我叫囂。

「你以為只有你帶武器嗎？」

蘇梓我馬上變出鐮刀應對，鐮刀比起那些人的棍棒還要誇張許多，只見他拿著鐮刀亂揮，包圍他的流氓馬上退後數步，沒人敢走上前。

「來抓我啊！」蘇梓我猛地一躍，居然跳起數尺直接跨過了鐵柵！

「可惡，追！」流氓老大氣急敗壞，馬上回頭喝令基地的同伴打開柵欄，但蘇梓我已全身燃起蒼焰跑了進去。

大概經歷過之前在魔界與羅剎天大戰的緣故，縱使那一戰蘇梓我本人沒有意識，但身體倒是記住了如何操控蘇萊曼印戒的力量，因此普通人根本不是他的對手。

不過，基地裡等待蘇梓我的，也不是普通人。

◇

「忒爾女王，大事不妙了！」

在革命者基地內的一間豪華房間，有位穿得像酒店侍應的男生慌忙走來報告。少女模樣的忒爾女王見狀，不悅地說：「發生什麼事，竟敢打擾我的早餐時間。」

「回女王，屋外來了一個怪人，看穿著好像是教會的聖職者！他一路闖來這裡，沒人能阻止得了他。」男侍慌道：「而且他似乎全身著火，一邊揮舞大鐮一邊怪笑，看起來不是普通人。」

「喔……但終歸也是下等的人類吧？就讓我去會一會他。」

忒爾女王，全名是忒爾克西厄珀亞，顯然因為名字太長，才自稱為忒爾女王。但其實她只是一個連爵位都沒有的海妖族惡魔，俗名叫做賽蓮。

自古以來，不同地方都有著關於海妖的傳說。最常見的說法，皆是她們外貌是妖艷的美人魚，喜歡在大海上唱歌或奏樂去誘惑船員，令他們迷失本性，船毀人亡。

尤其是中世紀到大航海時代，白骨島的恐怖傳說更是家喻戶曉。那是海妖族最榮光的時候，命喪她們之手的水手們，多到白骨甚至能堆成一座小島。

可是到了今時今日，大多數的船都已是電子化作業，海妖族無法用歌聲擾亂電磁波；如今很多海妖都退回魔界隱居，只有忒爾女王是少數的例外。

一次機緣巧合之下，忒爾女王經友人介紹，來到香港一座偏僻小島，用她的聲音去迷惑那些無神論者。她畢竟身為惡魔，為了獲得爵位，就只能攻擊教會立下戰功。

她的全名「忒爾克西厄珀亞」，在希臘語即是「魅惑」之意；她的聲音能夠操縱他人意識，尤其是思想不成熟或智商低的人，都會被她輕易玩弄於股掌之中。

◇

蘇梓我還沒有察覺任何異樣，只一味地衝到基地裡隨便找人逼供。

「你們革命者肯定認識昨天自殺的女孩吧？」蘇梓我把其中一人的頭壓到牆上，喝道：「快告訴我！不然就把你的頭顱砍下來！」

「不、不關我事的啊！我是說真的，別亂來——嗚哇！」

感到不耐的蘇梓我用鐮刀柄把眼前的人立刻打暈，隨即卻非常後悔。他舉起杜晞陽手繪的地圖，在室內燈光下左右翻看，抱怨道：「早知就直接問那個人檔案室在哪裡了！這地圖根本不是人看的，就連我這樣的天才都看不懂。」

與其煩惱，不如用腳去找吧。蘇梓我只好到處亂跑，跑到大廳時卻有一道女聲喊住了他。

「呵呵呵，你就是來搗亂的人嗎？」

「女人？」蘇梓我立刻回頭看，一位水藍色長髮的輕紗少女，竟突然從二樓走廊跳到他眼前。

「看來不是普通人呢。」蘇梓我和忒爾女王異口同聲地說。

此時忒爾女王看見蘇梓我身上燃燒著類似神族的聖力，心裡便知對方跟教會有關係。不過看這男的呆頭呆腦，應該很容易就能迷惑他，說不定還能在魔界賣個好價錢，用來復興海妖一族。

「小姐叫什麼名字？」蘇梓我毫無戒心，放下鐮刀問。

「叫我忒爾女王就好。你又是什麼人，來這裡有什麼指教嗎？」

蘇梓我大笑地回答：「本英雄是來鏟除革命者的！但如果妳主動投降，我就不會傷害妳，嘿嘿。」

忒爾女王暗道：果然是個蠢材，是時候要把他催眠了。

說畢，忒爾女王輕撥流瀑般的長髮，微微彎腰在薄紗中露出乳溝，並用妖艷的聲音對蘇梓我說：「我只是一介小女子，沒聽過什麼革命者。反倒大哥你好像是教會的聖職員？那實在太浪費了，明明長得俊俏，卻過著教會那種沉悶的生活。」

忒爾女王的迷惑術能將魔力混入聲音當中，一邊試探對方心靈的弱點，一邊把邪念傳送到對方腦袋中。因此，只要她的話送到蘇梓我腦內，蘇梓我自然就會被忒爾女王控制思想。

雖說聰明又或者小心的人無法輕易被騙，可惜蘇梓我兩者都不是。他看見忒爾女王對自己柔聲說話，魄魂早就飛到九宵雲外，現在只懂得雙目呆呆地盯著對方。

「真簡單就上鉤了。」忒爾女王暗笑，並繼續催眠蘇梓我的心靈。

◇

——好痛！

另一邊廂，杜夕嵐在試圖操控快艇時，卻被舵盤刮傷了手指。她自言自語：「難道這是不祥之兆？之前思思幫我做的塔羅占卜，好像說這週會遇上不幸……不知道蘇梓我現在怎樣了。」

「姊姊！」杜晞陽跑進駕駛艙大叫：「姊姊，妳看看後面大海！」

「都叫你別那麼大聲，又怎麼了？」杜夕嵐回頭望向海面，果然占卜靈驗了。

「那些是海警船嗎……？」杜夕嵐最擔心的事情終於發生，島上那些人果然報警了。

她連忙拿出手機打電話通知蘇梓我，但她不知道蘇梓我現在已經鬼迷心竅，任由手機鈴聲響起也沒有接聽。

◇

「呵呵，連手機響都聽不見嗎？」忒爾女王用鄙夷目光看著蘇梓我，暗笑道：「還從沒有過如此簡單就把一個人催眠，難不成他是個弱智？」

回到蘇梓我與忒爾女王對峙的現場，可是戰鬥結果似乎毫無懸念，甚至快要分出勝負了。忒爾女王心中盤算：要把他囚禁起來嗎？還是為免夜長夢多，把他殺掉好了？

不過無論哪個選項，都得先制伏蘇梓我。於是忒爾女王對蘇梓我命令道：「乖乖站著給我打吧！」隨即她手執三叉戟，衝往蘇梓我刺了過去！

「哇！妳想幹什麼！」蘇梓我連忙閃身避開、破口大罵，嚇了忒爾女王一跳。

「怎麼會這樣？你明明應該被我的話催眠了才對。」

「妳的話？抱歉，剛才分了神沒有留意妳在說什麼。」蘇梓我繼續盯著忒爾女王的酥胸，淫笑道：「而且男女之間任何言語都是多餘的，讓本大爺教妳怎麼用身體語言交流吧，嘿嘿。」

忒爾女王本能反應地退後數步，心想：那個人在聽我說話時，明明雙眼黯淡無光，一副被思想控制的樣子……忒爾女王恍然大悟。「莫非你那副呆頭呆腦的臉是與生俱來的！」

「啊？妳敢再說一遍，看我怎麼教訓妳！」蘇梓我非常氣憤，可是對方是個可愛女孩又不忍心用鐮刀劈她，只能在原地暴跳如雷。

至於忒爾女王，她也沒時間再跟蘇梓我糾纏，高聲喝道：「既然話聽不進耳，那就用音色強行把你催眠！」接著，她變出一副里拉琴抱在胸前彈撥，試圖以琴音擾亂蘇梓我的心神。

「這聲音……難道是迷惑術？」蘇梓我驚道。

「呵呵，你發現得太遲了，看我怎麼收拾你這呆頭呆腦的蠢材吧！」忒爾女王確信自己將會勝利，因為眼前的蘇梓我太容易受誘惑，對迷惑術根本沒有抵抗力——

「說起來，我好像也懂得迷惑術呢。」蘇梓我若無其事地舉起右手食指，並觸碰印戒黃銅的部分——

「這、這是阿斯摩太指環？」忒爾女王頓時害怕起來。「還有阿斯摩太的魔力從裡面釋出……你跟阿斯摩太閣下有什麼關係，竟可以操控A級的迷惑魔法！」

「娜瑪有這麼厲害嗎？她只是我的使魔而已。」蘇梓我說著的同時，雙眼突然變得混沌深邃，像能吸走靈魂似的，嚇得忒爾女王不敢直視。

「我投降，大哥你不要殺我啊！你要我做什麼都可以。」自稱忒爾女王的弱小海妖馬上抱頭求饒。

蘇梓我便收手笑說：「嘿嘿，那就——」

——所有人別動！

突然有數十個全副武裝的警察衝進大堂。他們見到蘇梓我站著扠腰大笑，忒爾女王卻跪在他腳下求饒，面對這情景，警察二話不說就把蘇梓我戴上手銬逮捕了。

8

當天晚上，利主祭運用了一點教會權力，總算把蘇梓我保釋出獄、帶回聖火教堂。

畢竟利主祭還不能失去蘇梓我這個「活聖火」，但他回到教堂後，看起來似乎明顯感到不高興，只是吩咐利雅言好好管教蘇梓我後便離開了。於是，利雅言索性把蘇梓我、娜瑪、夏思思三人叫到聖女的小聖堂裡訓話。

「杜姊姊和她弟弟也平安回家了。」夏思思放下手機說。

「真是的，蘇同學你為什麼要私自行動呢？」利雅言責備著：「我們可是同一個堂區的同伴，你事前應該先跟我商量才對。」

蘇梓我一臉不悅，不做辯解。

利雅言續道：「因為你們闖了禍，外面的人紛紛說聖火書院的學生都是暴力份子，不但自製炸彈去破壞公共安全，又闖到私人場所搗亂。連新聞媒體都大肆報導，街上越來越多反對聖教的聲音，聖火書院由受害者一下子變成了亂源。」

「抱歉啦。」蘇梓我別過臉，向利雅言道歉。

「別像小孩一樣鬧彆扭嘛。」娜瑪代為向利雅言求情：「蘇梓我那笨蛋只是看不過昨天的事，才會一時衝動做出傻事。」

但利雅言同樣對娜瑪說教：「妳們身為使魔，也有責任輔助主人啊。」

「不……還有其他原因。」此時夏思思插話：「利姊姊，你們教會不覺得奇怪嗎？關於革命者的事。」

利雅言想了一想，答道：「雖然爆炸案一事是較為偏激，連我自己也很氣憤，但一直以來都有少數聲音反對著聖教，你們實在沒有必要過分緊張。」

「自殺炸彈真的只是『較為偏激』而已？再者，根據蘇哥哥親身調查所得，革命者背後只不過是一個微不足道的海妖在興風作浪，根本不可能動搖到聖教在香港的地位。可是今天上午警察去到島上後只是拘捕了蘇哥哥，對革命者這組織視若無睹，這不是有點說不過去嗎？」

「妳的意思是說，警方有高層下指令，暗中偏袒恐怖份子？」利雅言搖頭否認。「這不可能，硬要說的話，警方向來都是站在教會一方的。」

「思思當然也知道警察裡有很多是聖教的人，但也不能排除有來自宗教以外的壓力啊。」夏思思想到魔界彼列公爵的情報，便直接告訴利雅言：「在接下來的日子裡，中國的正教會肯定會有所動作，你們好自為之吧。」

「為什麼這麼說，妳們知道些什麼嗎？」利雅言不禁緊張地追問。

「事實上，今天上午思思和小娜娜就偷偷去了革命者在商店街的一間辦公室，並用魔魔法入侵了他們的電腦，發現他們背後的金主全都來自中國內地呢。」

「所以，夏同學妳認為這場鬧劇，是中國正教會在背後一手策劃的？」

「嘻嘻，思思才不告訴妳呢。我只是聽命於蘇哥哥，沒有義務要幫教會喔。」

話雖如此，但夏思思也把結論說得差不多了。只是利雅言始終不太相信，因為她甚至不知道自己父親曾為中國正教辦事。

「好吧……我姑且把妳們調查的結果和推測報備給父親大人……」

於是，當日漫長的一天就這樣結束了。而之後的數天，正如夏思思所說，正教會終於有所行動，更偏偏選擇在這最惡劣的時刻展開。

9

在蘇梓我闖禍後的數日，即使香港聖教會向媒體施壓、企圖淡化輿論，可是一些支持無神論、支持宗教自由，甚至打正旗號反對教會操縱政府的團體，卻如雨後春筍般一個接一個出現。在一片混亂聲中，雖然香港民眾依然普遍信奉聖教，但綜觀教區近百年的歷史，如今教會的聲望可算是跌至谷底。

有鑑於此，聖教會或許無法展示神蹟服眾，但香港教區主教潘牧修決定在星期五的中午，於維多利亞公園公開演講，希望可以平息信徒和其他市民對聖教的憂慮。

九月二十九日的下午五點，有接近上萬人齊聚在公園內等待潘主教的演說，豈料，卻發生了香港近年來最可怕的恐怖襲擊。

現場突然一陣驚呼尖叫，只見五輛廂型車高速衝進公園撞飛人群，甚至把好幾個傷者拖行數尺才停下來——然而這才是慘劇的開始。

廂型車突然走出十數名持刀的男子，個個像發了瘋似地對現場信眾隨機亂砍。直到警察在混亂中制伏那些恐怖份子時，現場已是鮮血滿地、哀鴻遍野，慘不忍睹。

事後各界團體都出來譴責暴力事件，而警方也馬上拘捕了被懷疑是幕後策劃恐怖襲擊的無神論團體「革命者」。正當大家以為事件暫告一段落之際，沒料到又只是暴風雨的前夕罷了。

◇

「娜瑪——還沒有煮好晚飯嗎？」蘇梓我躺在客廳沙發上叫嚷著。

「小娜娜！怎麼昨天的衣服還沒有洗呢？」夏思思對著洗衣機發牢騷。

「你們等等啦，我剛剛才擦完地板！」只聽見廚房內一陣手忙腳亂的聲音，娜瑪大概已是忙得頭頂冒煙。

這時，蘇梓我放在茶几的行動電話忽然響起。

「娜瑪，替我接電話啦。」

「笨蛋！接電話這種事你自己去做！」

「嘖，真沒趣。」蘇梓我走近茶几，一見是利雅言打來的，於是馬上接聽。

「蘇同學，立即放下手上工作回來教堂，這是聖火堂區的緊急召集！」

蘇梓我從沒遇過如此緊張的利雅言，便問：「發生了什麼事？」

「現在沒時間解釋，總之盡快趕來，越快越好，也帶著你的使魔一起過來！」

「喔，我明白——」

沒待蘇梓我說完，利雅言已掛斷了電話。蘇梓我只好走到廚房，對娜瑪說：「剛才利學姊打電話說教會有緊急集合，我們所有人都要出門，可以關火了。」

「什麼，我才煮到一半啊！人家利家女祭司叫你出去你就立刻出去，有沒有考慮過這條被煮到半熟的鱸魚的感受？」

「小娜娜乖啦。」夏思思輕拍娜瑪的頭安撫。

「妳別亂碰我的頭！」娜瑪拿起鍋鏟鍋蓋，向夏思思亂舞攻擊。

「小娜娜這很危險啦，要是思思可愛的臉被油灼傷怎麼辦？」

「哼，反正妳是到處勾引男人的狐狸精，我才不管呢。」

「妳們兩個下僕給我安靜！」蘇梓我得意地說：「妳們以為我真是聽見利學姊的召集，才立即趕去的嗎？只不過是教會好像有大事發生，這是英雄登場的最佳時機！」

「我知道啦……」娜瑪低聲說：「我也只是發洩一下。你們教會緊急集合，肯定與幾個小時前維多利亞公園的事件有關嘛。」

夏思思附和道：「對呢，我們可以跟去？」

「沒錯，我准許妳二人同行。」

「那我們先換衣服。」夏思思就拉了娜瑪一起回房更衣，準備出門。

數分鐘後，蘇梓我三人一同走到電梯大堂，碰巧遇見了鄰居孔穎君。

「呃，君姊。」

「怎麼一副見鬼的表情，你是有多討厭見到自己的班主任？」

「不，哈哈。」蘇梓我摸著後腦杓說：「只不過很久沒有見面的感覺呢，有點不太習慣……但話說回來，學校不是已經停課了嗎，怎麼君姊看起來很累似的？」

「雖然你們不用上課，但老師的善後工作可多了……」孔穎君望向蘇梓我等人說：「反倒你們這麼晚要去哪裡？」

「那個……只是出去吃晚飯。」

「最近治安越來越差，你們還是多留在家中吧。」孔穎君說完便離開，走了幾步，又回望向蘇梓我的右手。

「君姊怎麼了？」

「不，沒什麼。」孔穎君搖頭，喃喃道：「今天太累了，下次見到面再跟你說吧。晚安。」

「君姊晚安。」

◇

在月黑風高的晚上，三人穿過聖火書院的正門，來到教堂門口，看見利雅言獨自站在教堂前等著。

「蘇同學，來這邊！」

利雅言馬上把蘇梓我拉到教堂側殿的其中一個聖堂。聖堂內除了利主祭和利隆禮安靜地坐在祭壇兩旁，室內還坐了約五十名聖職員，氣氛有點沉重。

「哼，麻煩的新人終於來了嗎？」利隆禮嘲諷道。

「隆禮，現在不是互相指責的時候。」利雅言斥道：「雖然蘇同學他日前確實闖了禍，但也全靠他的提醒，我們才可以事先有所防範。」

「大家稍安勿躁。」利主祭揚手吩咐眾人，包括蘇梓我等人坐下，並示意大家一同注視著聖堂牆上的投影螢幕。

蘇梓我一臉沒趣地看著投影白幕，心想：這是焦點新聞直播？

接著螢幕上的畫面轉到國內一個新聞頻道，利主祭凝重地說：「要開始了。」

背景似乎是在一處祭壇，而鏡頭前站著一位年約五十、穿著華麗紅色祭司袍的男人，字幕顯示他的頭銜為「中國正教會廣東教省大主教」。

「為什麼電視會突然直播中國正教的主教演說？」蘇梓我突然想起公爵的預言。「難道是——」

利雅言輕拍一下他的肩膀。「先留心聽對方有什麼話要說。」

蘇梓我只好捺著性子，而這時廣東教省大主教已經說完開場白，正要切入正題。

「鑑於近日鄰近的聖教香港教區發生混亂，包括較早前的幾宗針對信徒的襲擊，連日來共已造成上百人的傷亡。這是近期罕見的暴亂，也是對聖主的侮辱……

「可惜香港教區沒有能力阻止仇視聖主的犯罪發生，使受難的信徒越來越多。有鑑於此，為了保障同樣奉神的教友，本人謹代表中國正教會廣東教省宣布，決定執行《耶路撒冷公約》第二條的權力，代為接管聖教於香港教區的一切事務，並協助香港同胞平息一切騷亂……

「這是正教會廣東教省向聖教會香港教區發出的最後通牒，希望香港教區的聖職員在十四日內撤走，否則本教省就會按照《耶路撒冷公約》第七條條款發動聖戰，以適當武力強行接收香港教區……

「本座再重複一次，請香港教區的聖職員在十四日內全面撤走，否則本教省會按照《耶路撒冷公約》第七條發動聖戰……

「因情況危急，本教省不接受任何談判。但如果香港教區有任何聖職員願意歸順正教，本教省會依從《耶路撒冷公約》第六條給予宗教庇護……」

許多奇怪名詞瞬間衝進蘇梓我腦內，他雖然不太明白，但至少可以確定，正教果然如彼列公爵所說，公開向聖教會的香港教區宣戰了。

但究竟所謂的聖戰是什麼一回事？蘇梓我暫時無法想像，不過既然利雅言叫他們集合，必定是因為此事。事情越來越複雜，蘇梓我沒有想過，一個月前的暑假他只懂得躲在冷氣房打電玩，如今卻被捲入一場戰爭當中。

10

「雅言，父親要回到座堂，與主教還有其他堂區祭司商討對策，聖火堂暫時就交由妳主持了。」利主祭又對利隆禮說：「你留在這裡輔助姊姊，一旦有什麼消息我會立即通知你們。」

利雅言向父親躬身道：「我們明白了，請主祭大人放心。」

利主祭帶幾個親信離開了聖火教堂。接著，利雅言站到眾人前面下達指令：「相信大家都聽到鄰近廣東教省大主教的宣布。總結來說，他們已經對本教區發動了『聖戰條款』，因此所有聖職人員必須謹守崗位直至上層通知。」利雅言嚴肅地吩咐：「這段日子，大家務必要留在教堂內等待分工。」

此時坐在角落的蘇梓我出聲發問：「什麼是『聖戰條款』？」

『聖戰條款』源於《耶路撒冷公約》，又與十八世紀歐洲工業革命和美國獨立戰爭有關。

當時殺人的武器技術突飛猛進，即便是一個普通人，只要持有重型槍械就能大量屠殺；同時期，美國在獨立後發生「大叛教」，新教企圖取代聖教，成為當地人的主流宗教，於是美國政府暗中資助新教大批武器用以殺死聖教徒，並得以在極短時間內確立新教的地位。

不過「大叛教」的結局實在太過殘忍，國際社會漸漸意識到約束教會的必要。接著經歷了兩次世界大戰，各國勢力版圖重新分配，領土問題不再限於國與國之間，甚至教會之間的衝突仍時不時發生。特別是聖教與正教，在爭奪耶路撒冷主權一事上越趨激烈，隨時會重演像「大叛教」那樣的慘烈廝殺。

為防止慘劇發生，又或者避免教會形象低落，抑或是其他種種政治原因，《耶路撒冷公約》就此誕生。

《耶路撒冷公約》是聯合國及三大教會在耶路撒冷所簽下的國際條約，除了訂立正教與聖教分治東西耶路撒冷，各種條款也嚴格定義了教會在國際上的角色。

以上是《耶路撒冷公約》的歷史背景，但利雅言不方便在其他信徒面前又將聖教歷史再說一遍，也沒那麼多時間，只好長話短說解釋《耶路撒冷公約》的重點：

《耶路撒冷公約》第一條：確保了聖主是唯一的神，而地球上只能存在包括聖教、正教和新教這三個宗教。任何不屬於這三個宗教的宗教團體即屬異教，必須予以取締。

《耶路撒冷公約》第二條：明訂任何政府或國家機構均不得以國家權力干涉教會內政，同時教會擁有治外法權，能夠在任何國家地區建立教區，軍隊不得阻止。

《耶路撒冷公約》第三條：主要在軍事方面約束教會。所有教會組織一概不能以任何方式持有軍火，或者任何強大殺傷力的武器。即使在槍械沒有管制的國家，教會也必須遵守本條款，以換取教會的治外法權。

利雅言說：「剛才那三個條款正是《耶路撒冷公約》最基礎的部分，清楚定義了教會與其他國家的外交關係。不過《耶路撒冷公約》還有另一條非常重要的內容，就是公約的第七條，別稱『聖戰條款』。」

「聖戰條款」賦予教會執行第二條的權力，即教會能在任何地方，包括他教的根據地建立起自己的教區。如有必要，宣教的教會更能向原本另一教會發動聖戰，以決定該地區究竟誰屬。

「聖戰一旦發生，這就是教會之間的戰爭，任何國家都不得干涉。」利雅言如此解釋。

蘇梓我問：「可是其他條款不是禁止教會擁有槍械嗎？」

「沒錯，只能用原始的冷兵器作戰，不使用機械，算是對聖主所創造的生命的一種尊重。」

在旁聽著的娜瑪不爽地道：「這都是教會的歪理吧？殺人就是殺人。」

蘇梓我附和：「撇開歪理不談，這樣原始的戰爭也相對殘酷，好像有點奇怪。」

利雅言神色哀傷地說：「當然也有可能動員白衣騎士及使用聖魔法……事實上，祭司級別的聖魔法足夠與任何現代戰車匹敵，只是如此一來，關於聖魔法的祕密就會公諸於世。」

「都打仗了，也顧不了太多吧？」蘇梓我說。

「坦白說，我也不曉得聖戰將會演變成什麼樣子，畢竟『聖戰條款』自公約訂立以來只有啟動過幾次，而且都是非常瑣碎的戰爭，又或者在開戰前其中一方就已撤離。」利雅言續道：「不過香港已經是聖教在遠東的最後一個根據地，無論經濟或政治地位上都十分重要……我認為聖教不會輕易放棄香港教區，換句話說，聖戰是勢在必行。」

「沒錯。」利隆禮總結：「現在就等主教決議如何保衛本教。而且我們不會輸的，香港教區這一百年來建立的歷史，絕對不能讓外來者摧毀。」

現場數十位聖職者非常同意利隆禮的話，個個站起來振臂高呼、士氣高昂。

利雅言見狀，於是試圖冷靜一下現場氣氛，走到祭壇前方說：「各位請聽我說，現在我們仍須等候祭司會議的結果，方能決定下一步的行動。事關重大，祭司會議很可能會一直延續到夜深，所以大家趁這段空檔先行休息吧。我已經為大家在教堂內安排了床鋪，如果有人覺得肚子餓，也可以到內殿用餐。這段日子要麻煩大家留在教堂生活了。」

在場眾人回應：「不用客氣，我們都聽從聖女大人的話。」

但利隆禮不太同意，低聲質問利雅言：「這樣好嗎？只剩十四天的限期，我們應該把握時間，擬定備戰方案。」

「隆禮，面對教會史上第一次正面交鋒的聖戰，你覺得我們能夠如何準備？」

「單靠目前聖火堂區聖職者的數目，難以組成有效率的騎士團，必須招募願意殉教的信徒跟我們一起作戰。」

「沒錯，你說的計畫其實昨天已經擬定好，這也是因為蘇同學在事前提醒了我們正教的動向。」利雅言對蘇梓我點頭微笑，幾乎要融化掉蘇梓我的心。

利隆禮說：「好吧，畢竟是雅言，看來無須操心。」

但利雅言感到有些不好意思。「抱歉，因為這是教會內部的事，我剛好升任助祭才有份參與事前的準備。不過接下來的聖戰就要靠隆禮你了。」

「當然沒有問題，我願奉女神之名奮戰到底。」利隆禮向姊姊敬禮後，便離開聖堂返回房間休息。

接著利雅言走向蘇梓我三人。「蘇同學、酆同學、夏同學，你們也先去休息吧。你們所屬的小聖堂在離開此處後，右轉走到最盡頭就是。」

蘇梓我突然問：「利學姊，聖戰會死人嗎？」

「嗯……大概會。蘇同學你感到害怕？」

「哈哈，當然不是！」蘇梓我扠腰笑道：「我是英雄主角肯定不會死的，而且我也會確保沒有敵人能傷害妳分毫。」

利雅言溫柔答謝：「因為你才剛加入，你不介意就好了。而且我也很需要你的力量。」

「話說是十四天後嗎？」蘇梓我取出手機查看。「那就是十月十三日，黑色星期五呢。」

「那只是迷信——咦，十月十三日？」利雅言感到訝異，喃喃道：「最近因為發生太多事，居然忘了這個重要日子。」

「什麼重要日子？」

「法蒂瑪聖母顯現的一百週年，太陽奇蹟之日……這應該不是巧合吧？」

接著利雅言坐在一角落獨自沉思。雖然蘇梓我想好奇追問下去，卻被夏思思拉住。

「蘇哥哥，我們還沒有吃晚飯呢，不如先到內殿用餐嘛。」

這時蘇梓我的肚子也餓得咕嚕響。「嘖，真拿妳沒辦法。我陪妳們去吃飯好了。」

「唉，家中的鱸魚沒有人吃，被煮得很冤枉啊。」娜瑪一邊抱怨，一邊跟隨兩人離開了聖堂。

11

內殿傳來美味的肉香，蘇梓我見到有十多名信徒排著隊，在蠟燭台前跟廚師領取晚餐，自己也一馬當先跑到隊伍之中。

「話說在教堂裡吃飯沒問題嗎？」蘇梓我問。

夏思思回答：「教會他們平常崇拜也有領聖餐，應該沒問題吧。蘇哥哥你只要祈禱他們分配的晚飯不是餅乾魚乾就好。」

「五餅二魚嗎。」蘇梓我探頭看了一下，正在派發晚餐的人年齡有些跟自己差不多，也許是聖火書院的學生。搞不好是從烹飪學會借調過來幫忙的。

終於等到蘇梓我領食物，不過就是肉丸義大利麵，但看起來還行，他不客氣地領了兩盤。

他身後的娜瑪看到義大利麵，似乎非常感激，反覆問道：「給我吃可以嗎？真的可以？」

年輕廚師禮貌地答道：「當然了，聽聖女大人說，你們都是保衛聖教的戰士，我也只是略盡綿薄之力。」

「噢……謝謝你。」娜瑪雙手接過餐盤後點頭道謝，滿心歡喜地離開。

眾人找了長椅坐下後，蘇梓我指責娜瑪：「妳幹嘛因為這點小事就這麼高興？像小嘍囉一樣，怎配當本大爺的使魔。」

「你這混蛋當然不會明白我的感受！」娜瑪說：「自從被你捉回家之後，每晚都是我煮飯給你們吃，這是第一次有人煮飯給我吃，當然感動！」

「這不是理所當然嗎？天底下哪有女僕會抱怨煮飯給主人吃的，扣妳一個肉丸。」

娜瑪見蘇梓我用叉子搶走了自己碟上的肉丸，立刻生氣回罵：「快還給我啊，你就是喜歡什麼東西就搶走。」

「嘿，假如妳讓我舔一下妳的一雙『肉丸』，我就考慮把小肉丸還給妳。」蘇梓我笑淫淫地盯著娜瑪的胸口。

「蘇梓我你這個變態！」娜瑪漲紅了臉，望向別處低頭說：「不過平時你都是無緣無故就捏我……為什麼這次居然會徵詢我的意願？」

「我看也差不多已經把妳調教得會自願給我搓揉了吧？」

「這個日子永遠不會來臨的。」

但見蘇梓我把肉丸餵到自己嘴前，娜瑪不自覺地張開口想吃。接著蘇梓我慢慢把叉子移回自己，娜瑪便跟著俯身靠向他，連自己衣領走光也沒有留意，被蘇梓我看得光光。

「這個角度好，嘿嘿，就賞妳吃吧。」蘇梓我把肉丸塞到娜瑪口中前後拉扯，用力到連叉子都被娜瑪咬斷了！

「哼，別小看惡魔。」

娜瑪咬牙說著。她這一咬把蘇梓我嚇得臉色蒼白，萬一下次他把手指還是什麼放到她口裡，不就鐵定完蛋？

「小娜娜、蘇哥哥，這裡是教堂呢，其他人都看向我們這邊了。」夏思思有點嫉妒地說。

「這、這都是那個變態的錯……」

就這樣，蘇梓我和娜瑪依舊吵吵鬧鬧地過了一個晚上。直至凌晨，香港教區終於宣布了對戰的決定。

◇

同夜，廣州市正教會聖心主教座堂的地下總部，一共十二人的教省樞機團正與大主教圍在圓桌前，部署接下來的聖戰。

「香港教區果然接受了我們的宣戰，這樣他們保管的『天使』就是我們正教的囊中物了。」

「還是不能夠大意，說到底，羅馬教廷也不可能會袖手旁觀。」

「如果羅馬教廷敢插手，我們就動用整個教省的騎士參戰。所謂遠水不能救近火，到時情勢反而對我們更加有利。」

樞機團內其中一人道：「話說回來，香港教區姓利的主祭祕密來函，說他願意歸順正教作為內應。」

「敷衍一下他，假裝答應便可。經歷上一次的失敗，姓利的那個人難以委派重任；而且香港教區主教也不是笨蛋，必然會對他有所防範。」

「再加上這回是聖魔法的戰爭，那個連自家聖火都保不住的叛徒根本派不上用場。真是典型會見風轉舵的香港人，我們就把這片夜郎自大的彈丸之地拿來獻祭給聖父吧。他們該慶幸自己能成為『彌賽亞再臨』的第一步。」

在教省大主教的號令下，圓桌樞機團一同舉杯高呼「彌賽亞再臨」，把象徵聖父聖血的紅色葡萄酒一乾而盡。

◇

翌日早上，大批聖徒在媒體上得悉潘主教的決定後，便紛紛前往自己所屬的堂區表示支持。有的為教堂送上物資，有的則自薦參戰，加入各堂區臨時組成的「騎士團」捍衛聖教。這個情況在聖火堂區也不例外。

「好多閒人呢……教堂比起平常上學時更加熱鬧。」蘇梓我睡眼惺忪地來到禮拜堂，因為他早上七點鐘就被娜瑪叫起床了。

娜瑪習慣早起，加上在教堂內，即使是蘇梓我也無法對她出手，所以昨晚她難得地睡得十分香甜；睡得甜，氣焰也就燒起來，笑道：「反正下等種都是愚蠢生物，為了宗教而互相殘殺。」

夏思思回答：「但果然不可以小看教會在地區的動員力。尤其休宿在蘇哥哥印戒裡的維斯塔女神，她的力量直接來自聖火堂區教徒的信仰心。信眾越多，維斯塔的能力也會越強。」

「哼，下等種的教會在自己教區可謂佔盡地利，因此惡魔族才不敢輕易入侵。不知道正教打算怎麼做？」

畢竟香港絕大部分民眾都是信奉聖教，正教在沒有信仰支援下應該舉步維艱，也許不用擔心對方會主動挑起聖魔法戰爭。

此時在禮拜堂的演講台上，大型投影螢幕的畫面一轉，轉到了羅馬教宗對香港聖戰的公開回應。看見教宗親自回應，堂內近百名信眾都抱著期盼，屏息靜聽。然而，羅馬教宗只有表示遺憾和譴責正教，卻表明不會直接參與香港教區的聖戰，席上信眾都難掩失望之情。

利雅言立即走到台上說：「請大家無須感到失望，教廷不參與戰爭對我們來說反而更加有利。廣東教省比我們教區還要高一階，他們率先開戰定必招人話柄。如今羅馬教廷不插手的話，他們就更加有所顧忌了。」

夏思思依偎在蘇梓我大腿說：「原來如此，利姊姊一眼便看穿教廷的打算。」

「妳確定我們教區不是被放生嗎。」蘇梓我感到無聊，便推開了夏思思，一心想找找看教會有沒有其他身材更好的美女……卻只見到一個老頭氣沖沖地走回教堂——事實上，利主祭為人雖然狡詐，但平日都盡量扮好慈祥的角色，因此教堂信徒見他如此生氣都有些意外。

不過利主祭好像已顧不了形象，只是匆忙地走來召集：「雅言、隆禮，我已經收到教區的最高指示，你們都跟我來。」他又看了蘇梓我一眼。「蘇弟兄你也來，有要事向你們交代。」

「嘿嘿，大概是這老頭要拜託本大爺出手了吧。」

蘇梓我大搖大擺地與利主祭一起走到後殿祭室，但不足三分鐘就滿臉不爽地走出來抱怨。

娜瑪笑道：「大英雄蘇梓我這麼快就被教會趕出來唷？」

「可惡，那老頭不知發了什麼瘋，居然禁止我參與任何關於聖戰的準備！本大爺才不稀罕呢！」蘇梓我一邊說，一邊亂踢禮拜堂的長椅洩憤。

「哈哈，雖然是下等種，但他們看人挺有眼光嘛——哎呀，別一直打頭會變笨的！」娜瑪抱著頭抗議。

夏思思說：「的確很奇怪呢，利主祭應該最清楚蘇哥哥女神附體的力量才對。難道香港聖教會不打算以聖魔法迎戰嗎？」

「不，聽那老頭說，正教和聖教都已有共識，不再隱瞞聖魔法一事，更把香港這個戰場作為向世人顯現聖主大能的舞台。」

「用聖戰來宣教呢。」夏思思拉住蘇梓我的手說：「反正蘇哥哥如今被罰坐冷板凳，思思倒是有一個提議。」

「嗯？如果不有趣的話，我可是會打娜瑪的。」

「為什麼都是我！」

但沒人理會娜瑪，夏思思續道：「不如我們先回魔界吧。既然彼列公爵能夠準確預言正教會向聖教宣戰，說不定他知道更多內情。」她又奸笑說：「蘇哥哥也不甘心就這樣收手吧。」

「說得好，我要教會那些人後悔沒有重用本大爺！」

「又要見彼列公爵大人嗎……」娜瑪又是本能地感到害怕，畢竟欺善怕惡是惡魔的天性。

12

夏思思發動魔空間回歸，帶著蘇梓我和娜瑪轉移到魔界的撒馬利亞城。雖然魔界受到永夜詛咒，但撒馬利亞城一帶依舊燈火通明，熱鬧得很。不知為什麼，惡魔族的少女普遍婀娜多姿、身材姣好，對於蘇梓我來說，這裡才是天堂吧。

夏思思看見蘇梓我的目光都在路人身上而非自己，便生氣起來，把他拖行在街上直到彼列公爵所居住的城堡前。三人在門外求見。

在管家安排之下，蘇梓我等人在城堡內的客廳等了十多分鐘，彼列公爵終於騎著白馬現身。

「為什麼在室內騎馬……」

「噓！大公閣下做什麼都別懷疑啊！」娜瑪很快就掩住蘇梓我的嘴。

至於夏思思則馬上奉承讚道：「不愧是彼列公爵，很優雅的嗜好呢。」

「呵呵，聽到幾位來找本王，本王就策馬回來見你們一面。」

「公爵閣下的關懷實在令我等受寵若驚。」夏思思恭敬地致意。「託公爵的福，蘇哥哥也解放了印戒的力量。」

「如此甚好。」彼列公爵接過管家奉上的紅茶，慢慢品嚐著茶香。「所以幾位找本王所為何事？」

夏思思答：「回公爵，昨晚正教果然向聖教宣戰，而且香港教區也剛剛決定迎戰。不過大公料事如神，想必早就知道了吧。」

「嗯……」彼列公爵優雅地拈來三層點心架上的餅乾，一邊細細品嚐，一邊掩嘴地問：「所以你們會照本王的話去辦嗎？在這場聖戰代表聖教立下功績，以便混入教會刺探祕密。」

「當然了。只不過暫時遇到些許阻滯，但相信蘇哥哥很快就會克服。」

「呵呵，是你們的上司利得福主祭的關係吧。」彼列公爵雖然說話沒什麼氣勢，但總是一副洞悉世事的模樣。「那個姓利的人對聖教抱有異心，你們乾脆趁這次機會離開他為好。」

「原來如此，利主祭是因為想投靠中國正教，才阻止蘇哥哥大顯身手。」

「嗯……」彼列公爵吃到最後一層的點心，緩緩道：「聖教的主教也知道利得福有異心，因此才派他前往偏遠地區駐防。」

夏思思連忙躬身道謝：「不愧是大人，這個情報我們一定會善加利用。」

「別令本王失望呢。你們不努力的話，香港教區不用多久就會被吞併了吧。」

「欸？」夏思思想追問，但她留意到對方表情上的細微變化，恐怕公爵已感到不耐煩了。於是她只好相告特別情報：「公爵閣下已經得知聖戰的開戰日期了吧？是十月十三日。」

「哦？的確是這樣……這個日子很特別呢。不知道阿斯塔特閣下有何發現？」

夏思思謹慎地說：「公爵閣下之前曾提及，三大教會正在爭奪某些東西讓『彌賽亞再臨』，這跟一百年前的十月十三日不是很相似嗎？畢竟當日天神族曾復活了數十分鐘。」

「對了！」蘇梓我突然記起利雅言的話。「那個什麼什麼奇蹟之日嗎？」

「法蒂瑪聖母顯現的一百週年，太陽奇蹟之日。」夏思思說：「利姊姊就是這麼說的吧。當時思思阻止蘇哥哥追問下去，知道為什麼嗎？因為無論怎麼問，利姊姊也無法告訴你真相喔。」

彼列公爵擦了擦嘴說：「的確，法蒂瑪的祕密可是教會的最高機密呢，歷來只有教宗和少數教宗親王知道。假如香港的聖戰跟法蒂瑪聖母有關，這可真是非常有趣。」

「所以什麼是法蒂瑪聖母？」

此時一直害怕得不敢作聲的娜瑪突然發作。「居然連法蒂瑪聖母都沒聽過！幾十年前，你們人類世界不是有一樁很轟動的劫機案嗎？」

「幾十年前我又還沒出生，怎麼會聽過？反倒是妳為什麼會知道？」

「蠢、蠢材！惡魔的年齡不能用你們下等種的方法來計算！要分類的話，本小姐還是屬於青春年華的美少女大惡魔！」

「妳不用擔心，我養寵物就算年紀大了也不會隨便棄養。」

「你搞清楚是誰養誰啊，平日是誰煮飯給你吃的？」

夏思思制止二人：「你們總是幾句就吵起來，在公爵面前多失禮？」雖然其實夏思思是非常嫉妒。

然而說到一半，她便發覺彼列公爵吃完茶點後又坐著睡覺了。結果他們只能打聽到利主祭的異心，再也沒有其他收穫。反而蘇梓我很關心利雅言所說的法蒂瑪聖母，娜瑪只好勉為其難，把一百年前的事情解釋一遍。

◇

背景是第一次世界大戰的尾聲，當時人類失去信仰，教會又經歷了美洲的大叛教而元氣大傷，使得不少信徒反遭國家迫害。

就在教會最艱難的一段歷史裡，一九一七年五月十三日，法蒂瑪聖母第一次對人類顯靈了——那是一位美若天仙的女士，身穿雪白無垢的衣服，莊嚴華貴得無可比擬。沒人知道聖母的身分，但因為見證者的三名牧童來自葡萄牙一個叫法蒂瑪的小鎮，所以大家便稱呼聖母為「法蒂瑪聖母」。

起初沒人相信那三名牧童的話，但法蒂瑪聖母曾答應牧童，一連六個月的第十三日都會前來轉告上天的話，於是六月十三日便有幾十個村民一同來湊熱鬧，結果都成為顯現的見證人。

一個月後消息傳開，到七月十三日，竟有近三千名信徒聞風前來牧地等候聖蹟。於是一陣皓光再度從天空照來，法蒂瑪聖母再次顯現，並將三個預言告訴給三名牧童，日後稱之為「法蒂瑪的三個祕密」。

八月十三日，法蒂瑪聖母的消息已經傳到其他城鎮，前來牧地見證的信徒數以萬計。可是當地官員害怕信徒造反，就把三名牧童囚禁起來，並企圖探取祕密的內容。豈料立即天降異象，嚇得官員在數日後將三名牧童無罪釋放。

九月十三日，前來朝聖的信徒有增無減。三名牧童不只借助法蒂瑪聖母的力量醫治病人，更預告下個月會有最大的奇蹟要展示給世人，要令所有人都信服。

十月十三日，因為先前的預告，縱使當天下著大雨，仍無阻近十萬名民眾前來朝聖；他們當中有來看熱鬧的外地人，也有尋求真相的新聞記者。就在聖母顯現的剎那，其中一位牧童突然大叫：「你們看太陽！」語畢，天空烏雲散去，原先下著的大雨馬上停了。

雲霧撥開，太陽竟化成圓碟狀飛下來在低空旋轉，並向四面八方綻放五光十色的光芒！牧地上那些抱持懷疑的人都感到害怕，紛紛跪在地上祈求聖母原諒。至於虔誠的人只是繼續念頌《玫瑰經》，讚美聖母。最後圓碟飛回天上，原先黯淡的天空恢復了原有光芒。

正當現場的人懷疑是否為集體幻覺時，他們發現自己之前被大雨淋濕的衣服都變得乾爽，就連牧地上的泥沼都消失得一乾二淨！這只能夠用神蹟來形容，就連新聞報紙都如此報導。

據說當日在法蒂瑪方圓九百里的居民，都有親眼目睹太陽的異象，要是把所有民眾都加起來的話，見證者甚至接近一百萬人，堪稱是歷史上最明顯及宏偉的奇蹟。

「由於天神族是惡魔的天敵，就在那一天，眾多魔神都不約而同感受到天使的氣息，更一度以為天神族要復活了。」夏思思補充說。

「可是現在神族又隱蔽起來了。」蘇梓我問娜瑪：「那接下來怎樣了？」

「經歷了太陽的神蹟，加上聖母準確預告見證的牧童們被主蒙召的日子，從此再也沒人懷疑法蒂瑪聖母的真偽。」娜瑪說：「於是人們的焦點都移到了『法蒂瑪的三個祕密』上。」

娜瑪說，法蒂瑪聖母的第一個祕密昭揭地獄的存在，第二個祕密則預言第一次世界大戰結束和第二次世界大戰開始，可是第三個祕密卻遲遲沒有公開。

「所以一九八一年才會發生倫敦希斯洛機場的劫機案，而犯人唯一的要求，就是要教宗公開法蒂瑪的第三個祕密。」娜瑪續道：「但即使有超過一百多名的人質，教宗依然不願公開祕密，可想而知，祕密的內容肯定非常重要。」

「最後教廷還是沒公開第三個祕密嗎？」

「算是說錯一半吧。」娜瑪解釋：「進入西元二千年後，羅馬教廷就改變心意，把法蒂瑪的第三個祕密公諸於世，雖然那肯定也是個謊言。」

「『也』是謊言？」

「當然囉，從第一個祕密開始，教廷就沒有說真話了。法蒂瑪聖母當日對民眾展示的幻象不是地獄，而是魔界；法蒂瑪聖母正是想把魔界和惡魔的存在告訴世人，可是卻被教會扭曲成為地獄，對魔界隻字不提。」

同樣的，關於法蒂瑪的第二個祕密，羅馬教廷指出，如果俄國繼續迫害教徒，世界就會陷入第二次大規模戰爭。可實際上，法蒂瑪的第二個祕密並非預言第二次世界大戰，聖母真正所指的，是宗教戰爭。羅馬教廷只不過以聖母之名宣告虛假的預言，藉以打擊俄國正教會的正統性。

「由此可以推斷，教廷公布的第三個祕密肯定也是假的，教會都是卑鄙的人。」一提及教會，娜瑪總是一臉不悅。

「那妳認為第三個祕密的真相是關於什麼？」

「我原本在想，應該是關於世界末日的預言……但我現在忽然想到另一個可能性。」娜瑪睜大眼睛說：「會不會是預言一百年後，即將在香港發生的聖戰？」

娜瑪突發奇想，將法蒂瑪的第三個祕密與兩個星期後的香港聖戰連結在一起；這觀點非常直切核心，但真相如何，只能留待開戰當日揭曉。

而且彼列公爵在會面後又不知去向，結果這段期間，蘇梓我等人就寄住在夏思思在魔界的大宅內。理由很簡單，因為蘇梓我對於自己被禁止參與備戰仍懷恨在心，索性就留在了魔界。

「那個可惡的老頭想投靠正教，偏偏我就要打倒正教頭目，看他到時還敢不敢違背我！」

蘇梓我打算留在魔界盡享七大罪，盡情暴食、淫亂、貪婪，尤其是淫亂。但很可惜，撒馬利亞的城主彼列公爵愛好優雅，城內居然沒有色情行業，令到蘇梓我大失所望。

結果直至開戰之前為止，蘇梓我留在魔界只能召喚一下羅剎女來娛樂自己，順便在夏思思的指導下練習魔魔法。

接著，時間就來到了十月十二日，即是開戰的前一刻，蘇梓我等三人又從魔界回去現世湊熱鬧了。

◇

13

「啊，眼睛好痛！」當蘇梓我回到熟悉的港鐵站前，差點就被正午的太陽刺傷眼睛。

「畢竟魔界一直都是黑夜，蘇哥哥很不習慣吧。」

「另一角度來說，這傢伙正是因為太習慣魔界的生活，回來現世才不適應。」

「嘖，娜瑪妳好煩啊！」

蘇梓我想遠離娜瑪，身體卻有點不聽使喚地左搖右晃——

突然，從小巷轉角處出現一位坐輪椅的婦人，還差點撞到了他；蘇梓我一生最討厭死小孩，其次是老人，於是下意識大力往輪椅一踢，把婦人「哎呀」一聲就踢離輪椅、飛到兩尺外——

砰！

又另一聲巨響，眼前無人的輪椅被忽然從天空掉下的玻璃窗砸得變形。

沒多久，一位少女連忙跑來道謝：「先生，謝謝你救了家母……咦？你不是蘇梓我嗎？」

「哦？原來是夕嵐，妳怎麼會在這裡？」

「這句話應該是我問才對。」她說完，杜晞陽也走過來與姊姊一同扶起倒地的母親。

「蘇老大，剛才你反應真是神速啊，再慢半秒，媽媽可能就變得跟那個爛掉的輪椅一樣了。」

「哦……怎麼我沒出現一陣子，街上好像變得危險多了？」蘇梓我問。

杜晞陽指向身旁的大樓，說：「蘇老大，你也看見這座商業大樓的玻璃窗都搖搖欲墜的吧？幾日前附近發生暴動，暴徒在周圍丟石頭，商店街的店鋪都無一倖免。這個鐵路站應該也暫時封閉了才對，只不過媽媽忽然離家出走才差點發生意外。」

說著的同時，杜夕嵐奮力地揹起母親，慢慢走離那座破破爛爛的大樓，問：「蘇梓我，你這幾天都去哪裡了？」

「這個嘛……就各種修行吧。」蘇梓我隨便編了個理口。

「不愧是教會的騎士。」杜夕嵐開言卻深信不疑。「我之前問過教會，他們都說你不在，害得我很擔心。」

見杜夕嵐還真的憂心忡忡，大概是一直照顧弟弟所以母性爆發？

可能是蘇梓我第一次見到有人擔心自己，他忽然感到渾身不自在，又看見杜夕嵐嬌小的身軀吃力地揹著母親，有點看不下去，就走到她背後抱下杜母。

「欸……謝謝你。」過程中，蘇梓我難免會碰到杜夕嵐的腰背，加上夏天杜夕嵐衣著比較輕薄，令她有點尷尬。

在旁看著的娜瑪感到意外，低頭心道：原來蘇梓我也有體貼的一面——哇！

想到一半，娜瑪突然感到背上有人壓了下來！蘇梓我拍著她肩膀說：「夕嵐的母親就交給妳揹了。」

「可惡啊！果然不該對你有期望的，我真是個笨蛋！」娜瑪淚目大叫。

「這個……會不會為難了酆同學呢……」杜夕嵐感到不好意思。

「哈哈，不用擔心，娜瑪不是普通人，比起我們都要強壯得多。我這樣做是知人善任而已。」

「不愧是蘇老大！」

這時杜母回神過來，又聽見自己兒女的對話，便對蘇梓我說：「難道你就是之前救回晞陽的恩人？」

「對啊媽媽，他就是蘇老大！」

「原來是你，你真是我們杜家的貴人。」杜母高興說著，看來剛才被踢倒在地後，並沒怎麼受傷。

「唉，他們全家都是瞎子嗎……」娜瑪無奈嘆道。

「話說回來，」蘇梓我問：「剛才你們說這附近發生過暴動，又是怎麼一回事？」

杜夕嵐解釋：「就在你離開香港之後，香港政府突然實施了戰時旅客管制，只允許記者和少數國際監察員來港，同時又遣返其他外國旅客……唯獨國內旅客的出入境沒有管制，據說反而還更加寬鬆。」

蘇梓我交叉手臂點著頭，問：「這有什麼問題嗎？」

「問題可大了，因為國內大多都是正教徒，換言之，聖戰還沒有開戰之前，香港就湧進大批正教信徒，當然會與本地教徒發生衝突。」

結果香港變得治安混亂，兩邊的教徒互相指罵，防暴警察不顧教廷的施壓，仍拘捕了多名滋事聖教徒。

蘇梓我聽見後感到不耐。「這樣聖教還有勝算嗎？」

「不可以氣餒啊，利主祭已率領聖火堂騎士團前往駐地了。倒是你，不用隨他們出發嗎？」

「不，本大爺是祕密武器，留待敵人以為勝券在握而鬆懈時，再殺他們一個措手不及。一切都在我本大爺的神機妙算之中。」

「嗚……好瘦啊，」娜瑪不想再聽蘇梓我自吹自擂，便抱怨道：「你們要聊到什麼時候？不如找個地方坐下再說，好嗎？」

「抱歉！」杜夕嵐說：「因為家母一直嚷著要上山到教堂祈禱，現在蘇梓我也回來了，我想我們也到教堂看看，有沒有什麼事能幫忙的吧。酆同學……能麻煩妳再忍耐多一會兒嗎？」

「欸……還要上山嗎？好吧，反正我都沒有人權。」

◇

結果眾人比平日多花了半小時才抵達聖火教堂，娜瑪把杜母放下後，就在禮拜堂的地板上躺平休息了。

蘇梓我不忘吩咐夏思思為他披上自由騎士的白袍，步入教堂後其他人都對他恭恭敬敬的。

蘇梓我神氣地教訓娜瑪：「喂，妳是個女孩子，這樣很沒儀態啊。」

「都不知道是誰害的……」娜瑪滿不情願地坐起來。

杜母聽見後感到不好意思，除了道謝娜瑪揹自己上山之餘，也解釋：「本來之前我用拐杖也可以勉強走得到，無奈最近身體好像變差了一點，不知道跟正教入侵有沒有關係。」

杜夕嵐附和：「是啊……媽媽身體變差確實是最近的事。」

蘇梓我留心看了一下，之前見到杜母坐輪椅以為她是六、七十歲的長者，但其實應該只有四十多歲而已。不知道她有什麼毛病，雙腿好像不太靈光。

「蘇哥哥，我猜到原因了。」夏思思踮起腳尖對蘇梓我耳語。

「哦……我試試看吧。」兩人對話後，蘇梓我便走近杜母，俯身伸出右手放到杜母的膝蓋上。

接著蘇梓我念念有詞，忽然，他右手的印戒發出溫暖光芒，更把整個禮拜堂都照亮起來！

他接著跳上長椅，模仿聖子在《路加福音》的對白，高聲說：「起來，拿妳的臥榻回家去吧！」

同時光線消失，而杜母居然就這樣站了起來！「我能走了！我能走了！」

在場其他信徒有些認識杜母多年，見一直行動不便的她居然不用拐杖站了起來，紛紛稱頌是神蹟。

杜夕嵐也看得目瞪口呆。「主啊……感謝祢……」接著並向蘇梓我下跪。

「哇哈哈哈，這小意思而已。明天繼續看我表現吧！」蘇梓我扠腰大笑，就在聖戰前的一天，他突然變成了聖火教堂內行神蹟的聖人。

14

聖戰前夕，晚上九點鐘。當晚電視台都是在播關於聖教會和正教會的新聞特輯，或是中港邊境的現場直播。

但畢竟只是教會之間的戰爭，信徒與非信徒的反應各是兩極；街頭訪問時，很多教徒都咬牙切齒地痛罵對方，而非信徒者則抱著看戲的心態，在網路上嘲笑那些宗教瘋子。

——明天一定要將那些中國的教徒趕回內地！

——香港是中國的地方，為什麼就偏偏只有香港信奉聖教？支持我國明天消滅西方聖教。

——無知。香港是聖教地盤，今晚一開戰，正教就馬上敗陣啦。

——是凌晨十二點開戰嗎？正教的宣戰好像沒說時間吧，過了十二點就有戲可看了。

——坦白說，哪個教打贏都沒關係，反正之後又要上班上學，或者他們打久一點我就可以請假去歐洲旅行了。

夏思思躺在禮拜堂的長椅上滑著手機。「大家都討論得很熱烈呢，一副事不關己的態度。」

娜瑪回答：「這個時間還有閒情上網聊天的，都是同一類人吧。」

因為其他虔誠信徒不是加入騎士團抗戰，就是來到禮拜堂內為騎士祈禱。

至於娜瑪，她無所事事地盯著禮拜堂的投影螢幕，而畫面裡正好看到深圳河兩岸的正教與聖教騎士團。

娜瑪說：「就是那條河分隔了香港和內地呢。三個小時後邊境就會變成戰場，那些記者還在訪問都不怕死嗎？」

「大概是和平太久腦袋變空吧。」夏思思繼續躺在長椅上毫不留情地批評。

另一邊廂，蘇梓我則意氣風發地跟教堂內的少女少婦聊天，聊得相當盡興。娜瑪一旁看著，不爽地問夏思思：「剛才妳究竟跟那色狼說了什麼，讓他能夠治好杜媽媽的腳疾？」

「連高材生的小娜娜也有不懂的東西嗎。」夏思思笑說：「妳忘記了杜弟弟之前的遭遇？很明顯，他們家族血脈都有著羅剎天的靈魂碎片嘛。唯一不確定的是，到底遺傳羅剎靈魂的是父系還是母系，但聽見杜媽媽近期身體變差，肯定就是母系囉。」

「妳是指，因為羅剎天被那色狼收拾了，所以影響到杜媽媽的靈魂變弱嗎？」娜瑪喃喃道：「於是蘇梓我就召喚羅剎天的力量，替杜媽媽強化靈魂……原來是這樣。」

說是神蹟的確也是神蹟，畢竟羅剎天曾經是吠陀文明的二等神。

「不過看到那色狼能夠行神蹟就很不爽呢……」娜瑪托著下巴嘆道。

◇

晚上十一點，深圳河中游，介於羅湖口岸和福田口岸之間。正教與聖教的先鋒，各自均有三千名教會騎士在兩岸駐紮對峙。

此外，河岸上空還有不少國際媒體的新聞直升機在附近盤旋，準備要將這場現代的宗教戰爭直播給全世界。

「哼，真是一群麻煩的記者。」在香港一方的岸上，一位資深祭司十分不滿地抱怨著。

「團長大人，不到一小時就要十二點了，要先回營內準備嗎？」旁邊祭司的副手說著，看來資深祭司同時也身兼著聖教先鋒團的團長。

「好吧，反正就按原定計畫作戰，無須理會那些媒體。」

「遵命。」

其實先鋒騎士團早就收到香港教區主教的指令，待十二點一到，他們便使用聖結界魔法，集中防禦正教的魔法攻擊就好。

反正一切都是表演給媒體看的。也許深圳河在軍事上是天塹，但聖魔法需要有信徒的信仰力，才能威力倍增。因此聖教早就決定放棄邊境，引誘正教深入香港新界的腹地，然後一舉殲滅之。

團長心想：我們邊境騎士團只不過負責演戲，抵抗一下就佯裝撤退。聖教的真正主力部隊都駐紮在香港的幾座高山上，能夠隨時在山頂發動大規模B級聖魔法，轟炸入侵者。

◇

「各位觀眾，時間已經來到十一點三十分，是十一點三十分！還有半小時，香港聖戰就要開始了！」

電視機裡的主播用輕鬆口吻，為深圳河上空即時轉播的畫面旁述：「到底半小時後，世界近代史上首次的聖戰會是什麼模樣？我們今晚很榮幸邀請到軍事評論家陳先生，為我們作最後的分析，有請陳先生。」

評論家說：「根據資料，香港聖教區有超過五百萬名信徒，假設每一百人當中有一人自願參軍，保守估計至少有五萬規模的兵力。因此中國的正教會應該也派出了相當數目的正教徒參戰。」

主播回應：「可是看深圳兩岸各自只有三千人，這人數不會太少了嗎？」

「可能雙方都採取比較謹慎的策略，希望先觀察對方的行動吧。畢竟這是《耶路撒冷公約》實行以來首次大規模的衝突，就連交戰模式如何都沒有先例。究竟缺乏軍火支援的戰爭要如何進行，也是大眾關心的疑問。」

主播點頭說：「陳先生講得沒錯，相信電視機前的觀眾都很想看看，教會聖戰究竟是怎麼一回事。會是兩教互相祈禱罵戰，抑或是血腥的廝殺？又或者其實是傳聞中的魔法大戰？我們今晚請到了另一位嘉賓，神學專家宋先生，為我們預測一下。有請宋先生。」

「咳咳，」神學家宋先生清一清喉嚨說：「魔法大戰，確實是有可能的。」

「哦！果真如傳聞一樣，教會的祭司都會神聖魔法，能呼風喚雨進行攻擊？」

「沒錯。一直以來，全球各地都有不少人親眼目睹過教會的魔法，只不過被教會隱瞞起來而已。但這一次聖戰，我看兩教騎士輕裝上陣，唯有魔法戰爭才能解釋了。」

「原來如此！」主播興奮地說：「相信各位觀眾都很期待稍後是否會有魔法戰爭吧，請大家不要離開電視，廣告後，我們再回到現場直擊香港聖戰！回頭見。」

◇

「有夠白痴的節目，下等種都把戰爭當成什麼派對一樣。」教堂內的娜瑪如此評價。

「蘇哥哥，還有十分鐘左右就十二點了，別睡著啊！」夏思思猛地搖晃著蘇梓我。

「呃……這麼久了還沒有開戰嗎？等開火時再叫醒我吧……呼呼……」

「都說還有十分鐘啦！十分鐘後正教一定會開戰的，那些蠢材評論家根本對教會一知半解。」

夏思思繼續搖晃仍無法喚醒蘇梓我，只好把他一頭栽進娜瑪胸上，那雙柔軟的感觸果然令到蘇梓我頓時精神百倍。

「你們究竟都把我當作什麼……」娜瑪沒好氣地鄙視著蘇梓我與夏思思。

這時，一位老修士緩緩走到講台上說：「請各位開始念頌《玫瑰經》，為此刻正在邊境作戰的騎士弟兄獻上祝福。」

於是現場氣氛頓時嚴肅起來，在安靜的環境下，蘇梓我只好乖乖坐著。

五十六分──

五十七分──

五十八分──

五十九分──

「時間到了。」蘇梓我低聲說，同時教堂內所有會眾都一齊注視著電視直播。

「什麼嘛，都沒什麼事發生……咦？」

電視畫面突然空白一片。這不是影像訊號的問題，因為就連教堂外面深夜的天空都亮像白晝一般。

眾人看見異象，紛紛跑到玻璃窗前眺望，卻見證了令人無法置信的畫面——

一位長鬚巨人聳立在遠處北方，巨人全身極其光輝，雙目比太陽還要燿眼；頭頂能夠碰到天空雲彩，雙臂張開時比起山巒還要遼闊，就連一呼一吸都能颳起大風。

同時間，蘇梓我身邊的兩個惡魔一見到巨人就立即跪地，抱著身體顫抖。只見娜瑪小聲地說：「這感覺不會錯……祂就是把惡魔族趕盡殺絕的……聖父！」

蘇梓我大驚，聖父是三位一體的那個主神嗎？

不過沒人回答蘇梓我的問題，這時電視直播又恢復了畫面，而且還可以聽見主持人非常驚訝地開始胡言亂語。可是畫面只持續了幾秒，就見鏡頭中的聖父高舉右手掌，大力往地面一拍——

轟隆一聲，深圳河立即被擊出一座巨山！河水馬上被截成兩段，而明明應該是十多公里外發生的事，就連聖火教堂都感到山崩地陷，如大地震一般。

下一秒，三千名在河岸另一邊駐紮的聖教騎士全都失去聯絡。

這就是香港歷史上，最後一個黑色星期五的開始。

第五章
訣別

1

忽見夜空升起火紅的蘑菇雲，蘇梓我目瞪口呆，但他身邊兩位惡魔感受更為強烈。

「娜瑪、思思，妳們怎麼都站不穩？」

蘇梓我扶起面色蒼白的娜瑪，她說：「現在好多了……聖父的壓迫感好像消失了……」

思思也緩緩爬起。「對呢……剛才幾乎透不過氣……」

「聖父有那麼可怕嗎？」

娜瑪回答：「雖然沒有親身經歷過，但在天魔戰爭中，親手葬送最多惡魔的就是聖父。祂是這個世上力量最霸道的神祇，就連撒旦大人都遠不是祂的對手。」

「哦，畢竟是那種大小。」

蘇梓我沒有之前與羅剎天交戰的記憶，這次是他第一次親眼目睹巨神的真身；再眺望北方，待煙塵消散後，聖父的身影已然消失，天空又回復一片黑暗。

然而在場的信眾始終無法平靜下來。

——剛才那是聖主的顯現嗎？

——難道我們犯了錯嗎？

——那景象就好像世界末日……

「各位弟兄姊妹請冷靜！」台上的老修士說：「我們只需要繼續念經，無論如何聖主都不會責備祂的羔羊。」

確實是羔羊沒錯，教堂內的聖徒都六神無主，只懂得聽命低頭頌經。另一方面，講台上的投影螢幕終於恢復畫面，但攝影棚內那些主播和自稱專家的人都在議論紛紛，沒人知道現在深圳河的情況如何。

說到底，就連香港聖教的主教座堂也無法得知現下戰況。

◇

凌晨十二點十分，香港島聖母無染原罪主教座堂，地下白衣騎士團總部。

「究竟發生何事！」潘主教大發雷霆。「還沒有聯絡到先鋒騎士團嗎？」

「不……十二個分隊都沒有回應，現場所有映像也都中斷了。」主教副手問：「需要調動附近的教士前去偵查嗎？」

另一老祭司阻止道：「根據探測班回報，剛剛那記聖魔法的威力輕易就超過了A級規模，那是神的境界；邊境太過危險，貿然前往與送死無異啊。」

難怪聖魔法結界完全擋不住，想到這裡潘主教便冷靜下來。「抱歉，剛才是本座過於激動了……但邊界的神影是聖父嗎？莫非正教會已經掌握了喚醒三位神格的方法？」

「若真如此，我們根本無力招架。」另一位堂區主祭說：「不過現在聖魔法的波紋又恢復至正常水平，看來他們無法持續使用聖父的力量。」

老祭司提議：「與其坐以待斃，不如趁這空檔反擊吧！」

此提議卻被潘主教否決。「我們如今無法承受更多的損失了，只能專注防守。至少要守到三日後，我們才算沒有後顧之憂。」

「主教大人，那是撤退的準備？」

「那是最壞的打算。既然正教能夠發動聖父的力量，他們背後肯定有莫斯科正教會撐腰……萬一發生什麼意外，我們只能把『天使』歸還給羅馬教廷。」

雖然潘主教如此平靜說著，但他心裡比起在場任何一人都更加氣憤。他窮半生精力，好不容易當上香港教區主教，縱使有部分原因出於虛榮，不過為香港聖徒服務也是他的本願。他決定，就算這場聖戰敗在正教手上，也不能讓「天使」落入正教手中。

「相信正教很快就會渡河南下，」潘主教下令：「指示各山頭的騎士團，倘若發現任何人員入侵結界，立即就用聖魔法轟炸！第二條防線，我們一定要堅持住。」

第一條防線是指深圳河岸和鄰接的邊境，但如今這條防線已不復在，正教勢必南下至新界腹地。幸運的是，新界山嶺連綿，倘若正教要繼續摸黑進軍，必然會路經谷地的市區，正好就成為山頂上聖教砲轟的目標。

「請主教大人放心，我們就是為此而將附近居民疏散上山，探測結界也已布置妥當。而且讓山上民眾為騎士祈禱，更能增幅聖魔法的威力，算是一石二鳥。」

換言之，新界的山嶺就是整個香港教區的第二道防線了。萬一此防線被攻破，正教入侵至九龍一帶，那麼最後的防線就只剩下維多利亞港。

畢竟敵人若能渡海登陸香港島，島上的山嶺大概都守不了多久。這已在第二次世界大戰時就已經實證過了。

◇

凌晨兩點，新界北結界探測到有不明集團入侵；駐守大刀屻①山頂的聖盾騎士團立刻集結一眾擁有聖品的騎士圍成方陣，並一同低頭念咒——

咒語結束，方陣上空突然水平浮起一道紅光圓環，直徑達數十尺，環內又有閃爍磷光的大衛星圖形，組合成魔法大陣。緊接「啪咻」一聲，大衛星照出光柱直射天際，並從雲的另一端如同雷電劈往越界的敵人。

「大規模聖魔法……命中目標！」負責偵測的修士，用望遠鏡確認轟炸地點冒出白煙。

「目標已經排除了嗎？」身披白袍的騎士團長問道。

「咦？不可能……」另一人望著電腦數據慌道：「結界內依舊探測到數以千計的靈魂波紋，難道聖魔法轟炸失敗了？」

團長也緊張起來。「你確定剛才那一擊沒有異樣？一個正在移動中的軍團怎麼可能抵禦得了B級大規模聖魔法。」

① 位於香港新界北部林村郊野公園內，山脊兩側皆為懸崖或斜坡，形狀像刀刃向上的一把刀，故得其名。

「不對，電腦分析剛才的聖魔法轟炸勉強只及C級程度，好像有什麼出錯了。」

團長馬上跑到民眾駐紮的營地確認——別說要平民念經了，眼前只有一群絕望的信徒如烏合之眾般連聲埋怨抱泣。

「快振作起來！不是說過要一直頌經嗎？再不加把勁的話，那些正教徒就會來佔領教區了！」

如今現場山頂一片混亂。親眼目睹聖父顯現後，所有人都非常恐懼，不敢與聖父的勢力對抗。顯然正教召喚聖父異象一事，不僅對先鋒騎士團的打擊甚大，連聖教徒信仰心也遭受到巨大影響。

「你們不要被妖術瞞騙！那個巨人異象並非我們的主，只不過是正教徒卑劣的手段罷了——」

此時遠處天空忽有一小光點浮現，耀眼無比，從上投射下的光芒如同光箭垂直穿過天際。這似曾相識的情景，騎士團長抬頭一看，大山岬的雲頂已被穿了一個大洞——

「防禦結界、馬上——」

迅雷不及掩耳之間，現場已轟起隆隆爆風！一瞬間，整座山頭變成火海，眾人被火舌包圍；信眾見狀以為是遭受天譴，只顧往四面八方逃跑，聖盾騎士團也因而潰不成軍。

「團長！我們怎麼辦？」年輕騎士跑來，他的左半身已被燒傷。

「撤退，立即往南撤退！」

其實從失去信仰的那一刻開始，就已分出勝負，防禦結界也形同虛設。結果不只大刀岬，就連其他山上駐紮的聖騎士團都被正教逐一擊破。到最後，香港聖教在深夜宣布棄守新界，第二道防線亦告瓦解。

但令人費解的是正教的行為。在搶佔山頭據點後，正教騎士分成十七支百人隊掃蕩新界的十七個小堂區，比起乘勝追擊，他們似乎有其他的目標。

戰事一直持續至天亮，聖教位於新界的所有堂區相繼淪陷；而正教派去攻佔聖火堂區的百人隊唯獨遲遲沒有捷報，甚至失去了聯絡。

2

正教的第十三分隊按照計畫，準時於清晨五點抵達聖火山下的住宅區。眼見商場店舖早已拉下鐵門，路旁街燈一明一滅，流浪狗在垃圾堆翻找食物，氣氛一片死寂。至於附近的公寓大樓，就算裡面居民還未就寢也仍不敢開燈，以免被正教騎士盯上。

百人隊的副隊長向隊長報告：「前方山上就是聖火教堂，但魔力反應薄弱，我看他們已經放棄抵抗了。」

「那裡囚禁著異教神，而且他們家族的騎士已經歸順正教，教堂只剩一些無力的信徒罷了。」說話的百夫長年約四十出頭，他笑逐顏開，摸著下巴續道：「真為他們感到羞恥。明知道聖父在我們這一方，那些聖教徒還有什麼藉口反抗我們？」

副手同樣嘲笑：「他們已經失去了信仰心，聖魔法也失靈，聽說其他百人隊未損一卒就把附近堂區全部佔領了，哈哈！那些聖教的信眾口中只有大愛，連人都沒有殺過，又有什麼資格上戰──」

最後一字忽然變成嘶叫，空中劈來一刀，副手當場灑血身亡。同時方圓數十尺被黑霧屏蔽，百夫長驚道：「魔空間侵蝕？怎麼會在這個地方有惡魔出現！」

──抱歉，聖魔法失靈的話就用魔魔法啊。

聲音先行，下一秒蘇梓我現身眾人頭頂；百人隊長抬頭望去，立刻指揮部隊向天空攻擊。
漫天火球，蘇梓我同樣指揮手下，呼喚一聲「娜瑪」，她便無奈飛往火球中間張開霧盾擋下所有攻擊。

「惡、惡魔出現了！」在場正教騎士們看見火舌碎片化成黑煙消失，無不大感訝異。
「冷靜！」百人隊長斥道：「趕快通知指揮長，聖火堂區遭遇上大惡魔，要求增援！」
「不行，通訊被魔空間侵蝕截斷了！」

——呵呵呵。

「就是這個原因才要魔空間侵蝕喔，笨蛋。」伴隨優雅的笑聲，嬌小的夏思思乘坐巨大蟒蛇從天而降。巨蟒張開血盆大口，一陣毒霧瘴氣瀰漫空中，從四面八方包圍住百人隊。
同時蘇梓我也在半空中扠腰大笑：「趕快給本大爺投降吧！也許我可以放你們一條生路。」
「哼！別小看正教的騎士，我好歹也是有聖品位的！」
百夫長握緊右拳，拳頭便閃起電光隆隆作響；他大喝一聲，隔空出拳，電光尤如離弦之箭直刺蘇梓我的防守死角——
只見蘇梓我右手獸印與印戒共鳴，七十三支大刀頓時橫空而出！大刀垂直排圈，築成兩排刀欄把他包圍在內——內圈的三十三把大刀順時針浮空旋轉，外圈四十把則逆時針流動，不留半分虛位。結果電光硬闖大刀陣瞬間化為烏有，看得刀圈內的蘇梓我得意大笑。
「那個色狼什麼時候學會了那種魔魔法？」娜瑪問。
「就在魔界小娜娜妳不讓蘇哥哥碰的時候，他每晚唯有召喚諸羅剎女來解悶。結果連續修行了十二天，現在七十三大羅剎女的靈已成為像蘇哥哥的手腳一般，任由他隨意使役。」

「就是玩女人特別有一手啊。」娜瑪嘆息。

蘇梓我意氣風發地舉手號令，由羅剎女化成的七十三諸刃往地上的正教徒亂刀劈砍。這氣勢雖然不及羅剎天的五百劍陣，不過對付百人隊的低階騎士已綽綽有餘，不消一會兒已經血花四濺，哀鴻遍野。

「這還算是教會的人嗎？簡直是魔鬼！」百人隊長全身發抖，覺得自己死定了，而不幸的是，他的預感從未出錯。

夏思思舉手打響指，魔空間侵蝕便隨即消失；聖火山腳下恢復平靜，只是多了躺在馬路邊的一百具屍體。

「還真是殘酷呢，」娜瑪皺眉說：「雖然我等惡魔也沒資格批評你們下等種，但蘇梓我你還真沒有猶豫就把他們全部殺死。」

蘇梓我降落地上。「戰爭就是這麼一回事吧，只有蠢人才以為聖戰是嘉年華會。」

夏思思亦從巨蟒頭頂躍下，摟著蘇梓我嚷道：「別忘記正教一開戰就屠殺了三千名聖教騎士喔，兩邊都不是好人。」

蘇梓我又問：「不過為什麼聖父會幫助正教去攻擊其他教徒？假如正教有聖父加持，其餘兩個教會不就可以直接投降解散了。」

「這個思思也不清楚，從來沒聽說過教會的真主藏身於正教之內。」夏思思續道：「而且凌晨那一刻的感覺也是怪怪的，好像是正教有方法能召喚聖父去攻擊敵人。但聖父理應是教會的主人才對，怎麼變成了蘇哥哥和小娜娜的關係。」
「我是被迫要服侍蘇梓我的啊！」娜瑪非常不滿。
「所以說聖父也是被迫聽從正教會的指揮？」蘇梓我追問。
「不可能啦。」夏思思答道：「都說聖父是世上最強大的神祇，正教會如果有這本事支配聖父，早就能征服世界了。」
「或者現在就是征服世界的第一步？」
「也並非不可能……思思也認為正教不會無緣無故發動聖戰。」
三人沉默，這時蘇梓我看見百夫長的衣襟內有東西在振動，大概是手機吧。於是蘇梓我走近用腳蹬了對方一下，把手機踢到地上並拿起來看。
「哇，是十幾年前的款式。」他研究了下才找到接聽鍵，按下之後，聽筒一方就傳來男性的問候。
「進攻聖火堂區的小隊是被你殺死的嗎？」
「哈哈！你們聽好了，我就是大名鼎鼎的超級英雄蘇梓我。要是你敢再派人來搗亂，我見一個就殺兩個！」
「原來聖教內還有這樣有趣的人物。」從聲音聽來，說話的人約是二十出頭。他冷靜地自我介紹：「本人是廣東教省首席樞機騎士——郭漢。日後請多多指教。」
「我一向不記臭男人的名字，你告訴我也沒用。」
「呵，但你的名字我會記住的，蘇梓我。」語畢，對方就掛斷了。

娜瑪問：「你這樣挑釁對方好嗎？」

「沒差吧，反正他們那麼弱。」

「你這次打敗的只不過是正教用來鎮壓平民的部隊，要是引來他們的主力，你這笨蛋肯定打不過——哇呀呀，好痛啊！別捏我的臉頰！」

但夏思思也同意娜瑪的話。「聽說聖教已退守到九龍半島了，我們沒必要再把聖火堂變成戰場吧。不然可能會傷害到附近蘇哥哥的朋友。」

「妳說得對，」蘇梓我大感後悔，便喝令娜瑪：「妳快打電話回去，告訴剛才那人我不跟他們打了！」

「……他們才不會理會你吧。」娜瑪無奈地接過百人隊長的手機回撥，果然沒有人接聽。

「蘇哥哥，現在只好暫時全心全意守護聖火教堂吧。」夏思思笑說：「也許我們能夠製造轉機，讓聖教扭轉頹勢。」

但娜瑪並不樂觀。「除非我們有方法恢復聖教徒的信仰力……」

「哦！小娜娜這提議不錯嘛，蘇哥哥只要像他們一樣，展示跟聖父差不多的神蹟，例如把維斯塔女神顯現於世。」

「不過那笨蛋只是曾經在魔界無意識地召喚過一次古神，之後就沒有跟羅剎天對戰時的那種霸氣了。坦白說，我還真懷疑當時那人到底是不是蘇梓我。」

夏思思也相當苦惱。「蘇哥哥似乎比較適合召喚魔神，跟女神相性不太好；尤其維斯塔的象徵是貞潔，蘇哥哥卻沒有節操的。除非……」

——蘇同學？

就在娜瑪和夏思思兩人七嘴八舌地討論之際，她們口中的關鍵人物出現了。

「利學姊！妳不是跟隨妳父親出征了嗎？」

「嗯……但前線崩潰，很多堂區都相繼淪陷……我不放心聖火堂，所以先回來看一下。」利雅言擔憂道。

「呵呵，妳放心好啦。剛才本大爺把那些正教徒都收拾掉了！」

利雅言瞄看路邊具具屍體，只好平復心情對蘇梓我說：「辛苦你了，總之沒事就好。」

「利學姊妳也是啊。一個人走回來也太危險了，還是有其他原因嗎？」蘇梓我心想：應該是擔心本大爺吧，呵呵，真是的。

「蘇同學你看出來了嗎？」利雅言垂頭說：「其實父親大人好像有點奇怪……他無視了教區撤退的命令，一直駐紮在偏遠山區，似乎不願跟正教交鋒。」她越說越無奈。「而且隆禮也只懂得聽從父親大人，我實在猜不透他們的想法。於是這才偷偷出來，打算回來看看聖火堂的狀況然後再做打算。」

「那個嘛，妳父親行為古怪也不是一、兩天的事了，畢竟他一直在私底下跟正教內通。妳沒有察覺到嗎？」

「什麼？為什麼會這樣說？」

夏思思插話：「是時候要坦白一切了，關於蘇哥哥還有利主祭的事。而且我們也需要利姊姊的力量。」

「看來事情並不單純嗎……」利雅言做好了心理準備。

反正蘇梓我也沒有什麼好隱瞞下去，便打了個呵欠道：「先回去教堂坐下來休息一下吧，大家整晚都沒睡。」

3

當四人回到山上教堂時大約清晨六點半，太陽剛好升起；杜夕嵐與弟弟在門口看守，一見到蘇梓我在早晨曙光中出現，便跑上前迎接。

「蘇梓我，你們沒事嗎？那些入侵者呢？」杜夕嵐也見到利雅言。「咦？學生會會長，不對，是聖女大人也回來了。」

「叫我會長沒關係，杜同學。」利雅言微笑道：「妳來教堂的話不用照顧令堂嗎？還是杜伯母也在這裡？」

「託聖主的福，家母正在教堂內小睡，而且比起之前都要精神多了。尤其蘇梓我替她醫治腳傷後，母親昨晚還一直繞著禮拜堂內散步呢。」

「蘇同學替杜媽媽治療？」

蘇梓我答道：「對啊，本英雄用聖魔法讓她的腳變好了。」

娜瑪在旁心道：嚴格來說那是羅剎天的魔魔法。

當蘇梓我走進教堂時，堂內教友都為他拍手歡呼，看來他已正式成為了聖火堂的一份子。

「蘇同學，看來現在你已是獨當一面的自由騎士了呢。」

「只要我努力的話，這點小事不足掛齒啦。」蘇梓我聽見利雅言的讚賞後滿心歡喜。

「我已經相信蘇同學的人格，也不會再懷疑你跟惡魔勾結是另有目的。」利雅言認真問：「那麼你願意告訴我剛剛的事了嗎？」

「沒問題。只是不太方便被太多人知道，利學姊麻煩妳……。」

於是利雅言帶著蘇梓我與兩個使魔來到私人小聖堂，閉門商討。

「居然是這樣……」

蘇梓我把利主祭在地下祭壇監禁維斯塔女神，還有內通正教一事如實相告。

「但蘇同學你們為何要隱瞞此事？」

原本蘇梓我想利用這個祕密威脅利主祭將女兒交給自己，但這當然說不出口，夏思思只好代為解圍：「我們害怕利姊姊難堪，想先自己解決。抱歉呢利姊姊，是我們能力不足。」

「不……也不是你們的錯。」

蘇梓我問：「妳相信我剛才的話嗎？」

「家父的事我心中也有數，但幽禁維斯塔一事確實有點過火。而且家父的行徑，教會應該也知情，很難相信聖教會做出如此殘酷的事，活生生地焚燒維斯塔女神……莫非當真主隱世之後，教會就墮落了嗎。」

「但如果真主本身也是很殘酷的神，又該如何？」

這次輪到夏思思把羅剎天在天魔戰爭前夕的記憶，以及《天使長拉結爾之書》的內容簡單告訴了利雅言。利雅言理解得很快，便說：

「妳是指，天魔戰爭的目的並非要消滅惡魔，而是將所有地方神趕盡殺絕。」她續道：「這樣的話，《天使長拉結爾之書》也許就是拉結爾用來逼迫其他地方神墮落成魔的紀錄，好讓天使勢力名正而順地供奉真主成為唯一神。」

夏思思嘆道：「原來還有這個層面……換言之，地方神墮魔的幕後黑手正是天使他們啊。而教會則負責竄改歷史，把所有責任推到魔神身上。」

娜瑪附和：「就說教會都不是好東西。」

但利雅言搖頭表示不同意。「我只是總結妳們說的話，並不代表已經相信妳們。」畢竟娜瑪和夏思思是惡魔，利雅言顯得相當謹慎；而且一直信奉的教會，原來行事跟惡魔差不多，那究竟她這十多年來所做的，是好事還是壞事？

「可是蘇哥哥的身世妳就不得不信嘛。」接著夏思思說出蘇梓我與蘇萊曼的記憶，以及傳說中蘇萊曼的印戒之事。

利雅言聽完後，小心翼翼地捉住蘇梓我的右手，問：「這就是那個印戒嗎？」

「是啊，好像是很厲害的神器。」

利雅言不禁以指尖輕碰印戒，一陣維斯塔的聖力便流經了她全身，她感到非常溫暖。

蘇梓我大叫：「哇，利學姊妳整個人發光了！」

「很親切……我確實感受到聖火的力量。」利雅言的手指離開印戒後，蒼焰亦隨之消失。

「不愧是利姊姊，無論外表或內心都能跟維斯塔十分契合。」夏思思拉回最初的正題。「所以我在想，將女神降臨到利姊姊身上的話，應該能重現昨夜凌晨那種規模的神蹟，嘻。」

「夏同學妳的意思是說，我可以召喚維斯塔女神來到現世？」

「沒錯。只要聖教徒看見聖火聖女顯現，必定能消除他們內心不安，並重拾信仰之心吧。」

「這……聽起來行得通。」利雅言迅速思索著，同時也有點好奇。「夏同學妳明明是惡魔，為什麼卻想盡方法幫忙聖教呢？」

「按照利姊姊之前的推斷，惡魔本來就只是比較喜歡自由和放縱的一族，並沒有像墮魔那樣誇張啦。思思也有心地善良的時刻喔。」夏思思說著的同時，又抱著蘇梓我的手臂撒嬌，並瞄看娜瑪生氣的模樣。

「是這樣嗎？」利雅言半信半疑，續問：「那麼我要如何才能使女神降臨在心中？需要戴上蘇同學的印戒？」

「不，蘇哥哥的印戒只有他能駕馭，可是我們可以與蘇哥哥共享神魔賜予靈魂的力量。」

夏思思解釋分享靈魂的方法有幾種，一種是本身有血緣關係的，但這明顯不適用在利雅言和蘇梓我身上。

第二種是血契，即用雙方的血寫成契約交換承諾，蘇梓我和娜瑪之間就屬於這種。不過利雅言言始終不想訂下帶有惡魔色彩的契約，所以便否決了。

「第三種就是肉體的結合。透過男女之間的親密接觸，便能互相分享靈魂。俗話說心有靈犀，也是這種狀態。」夏思思毫不害臊地說著，反正她和蘇梓我就是屬於這種關係。

「喔喔……」蘇梓我聽得有點心動，卻遭利雅言立刻駁回。

「維斯塔貞女在三十年間必須保持堅貞，唯有如此才有資格侍奉維斯塔女神。如果失貞的話，反而本末倒置，行不通。」

夏思思便補充說：「也不一定要真的那個啦，例如親吻也可以喔，只不過要親得深一點。」

「都不行，夏同學妳果然是惡魔呢。」利雅言生氣的樣子也很漂亮，但她身上同時築起一道神聖不可侵犯的結界，把一切雜念都反彈開了。

夏思思喃喃道：「不愧是維斯塔貞女，防守力很高。」

畢竟在古羅馬時代，如果維斯塔貞女犯禁，可是會被囚禁在地下密室被活生生地餓死。

正當夏思思苦思如何攻破利雅言的道德防線時，一位信徒突然大力拍門，嚷道：「大事不好了！聖火山下剛剛偵測到有三、四千名正教騎士正朝著我們上山！」

比預期來得快，正教騎士團果然不容小覷。但現在不是稱讚敵人的時候，利雅言聽見後面色一沉，看樣子她不得不做出取捨了。

4

「四千名正教騎士……」利雅言頓時想起正教一開戰就召喚了A級的聖魔法，把聖教先鋒全數殺退。當時對方人數差不多也是這個數，這次肯定來者不善。

「現在才跑已經太遲了。」夏思思說：「果然只剩下女神降臨的方法？」

「不……我要親自出去跟他們談判。」利雅言說：「只要我願意無條件投降，正教也沒有理由去傷害教徒——」

說到一半，天花板猛地搖晃，窗外天空亦閃出蜘蛛網狀的紅光異象。

利雅言急忙走向窗前查看。「那是聖魔法的遠程砲擊。雖然一時半刻未必能突然教堂的防禦結界，但這樣下去這裡早晚會失守。」

「所以利學姊再考慮清楚吧？假如妳就這樣出去，正教騎士肯定不會放過妳，也不能保證他們會放過教堂內的人。」

「蘇哥哥說得沒錯。正教之所以到處侵佔堂區，目的就是要完全剷除聖教信仰，變相解除香港聖教會的武裝。就算利姊姊妳投降，正教會也不可能善待聖教徒的。」

利雅言閉目沉思，終於有了決定。「我接納你們的意見，但同時也要疏散教堂的群眾。」

「利姊姊妳是認真的？疏散信眾的話，維斯塔女神便會流失神力啊。」

「我只是想爭取時間讓平民撤離，只要他們沒事，什麼後果我都願意承擔。」

「利姊姊果然很頑固呢。」

夏思思也沒力氣再說服，一旁的娜瑪見此則若有所感。

「原來教會也有好人，我開始明白為什麼那色狼會喜歡上利家的女祭司了……」

至於利雅言，她凝望蘇梓我說：「請你借給我維斯塔女神的力量吧，我——」

蘇梓我已經情不自禁，踏前一步撫著利雅言的臉，一言不發地奪去了她的初吻。蘇梓我親著利雅言的唇，感覺很柔軟，很舒服，還有女性的香氣；他對利雅言的渴望蓋過了罪惡感，於是得寸進尺，摟著利雅言把她一擁入懷。

利雅言的胸口壓在蘇梓我身上，兩人的心跳一同起伏，彷彿在分享彼此靈魂的鼓動。雖然利雅言很害羞地想推開，但蘇梓我變本加厲地輕咬著她的櫻唇，又舔著利雅言的舌頭——

「已經足夠了吧。」利雅言喘著氣地推開了蘇梓我，只見她滿面通紅，尤其嘴唇還有些變腫。

蘇梓我只好連忙揮手道歉：「我不是故意的，大概是不可抗力之類的東西……但利學姊看起來很滿足——」

「沒有這回事！」利雅言別開了臉。「只不過比起想像中還要刺激。」

「你們兩個啊，打算胡鬧到什麼時候？」娜瑪指向窗外又閃出一輪電光雷火。

「咳咳，差點忘了正事。」利雅言深呼吸後很快又恢復平靜。「蘇同學，麻煩你借我維斯塔女神的力量吧。」

「嗯……」蘇梓我意猶未盡，但也無可奈何。

娜瑪在背後抱怨：「可惡，為什麼蘇梓我在利家女祭司面前這麼低姿態，他都不會對我道歉。」

「這個嘛，利姊姊有貞潔結界能夠淨化心靈。」夏思思答道。

「這我也明白，只是——」

——「轟」的一聲，忽然在蘇梓我和利雅言之間燃起了神聖的蒼藍火焰，同時，一位漂亮女性身繞磷光，從火焰中來到利雅言面前。

利雅言說：「妳是維斯塔女神，我認得這熟悉的感覺。」

她與維斯塔四目相交，就像看見鏡中的自己。維斯塔沒有說話，只是緩緩移向利雅言，直至兩人身體重疊，女神的靈便降臨到了利雅言身上。

利雅言會心微笑道：「是啊，一直共處多年，我們之間已經無須言語。」

接著她又轉回認真的臉，走到禮拜堂下令：「各位弟兄姊妹，此刻有四千名正教騎士入侵此地，我下令所有人全面撤離聖火堂！」

台下無數信眾議論紛紛，震驚萬分。但利雅言沒有讓步，繼續命令資歷最高的老教士：「麻煩帶領眾人從後山小道撤退。正教騎士正從南邊道路上山，他們理應不知北邊的下山路徑。」

老教士回應：「但正教已穿越山腹結界，很快就會來到聖火堂，我怕大家來不及撤退……」

「我會殿後保護大家離開。」

「聖女大人！怎麼可以讓聖女大人犧牲呢！」

「不必擔心，我已得到聖火聖女的庇佑，正教騎士無法傷我分毫。」利雅言又撒了謊：「我將會執行儀式召喚聖女顯現，此地很快就會變成戰場，各位留在教堂只會使我分心。」

「可、可是……」

「沒時間再討論——」

語音未落，教堂的穹頂壁畫突然裂開透光，掉下數塊拳頭大小的石頭，砸傷了其中一位信徒。

「結界要破了，這座建築也快支撐不下。」利雅言再次催促眾人從後門撤離，而自己則衝出教堂正門，希望能吸引正教騎士注意。

「利學姊我也來助陣！」

蘇梓我邊叫邊跑，兩個使魔理所當然也隨後跟上；四人踏出教堂，正教的遠程砲擊也同時停了下來——

正教騎士的千人大隊已經兵臨城下，在教堂外一百尺排好魔法方陣；另有其他騎士弧形列隊包圍教堂，準備隨時近距離轟炸。

「住手！」利雅言斥道：「本人是聖火堂的助祭，現時聖火堂區已經沒有騎士團駐防，請你們按照《耶路撒冷公約》第二部分交戰協定的第十條附例，立即撤離平民區。」

「但小姐是聖教騎士吧？」一位臉上有疤痕的男子輕佻地說：「本團只是按照《耶路撒冷公約》第七條的權力，以武力排除所有異教人士，並摧毀任何屬於基地性質的建築。」

此時利雅言見到對方的臉，竟頓時有所動搖。「這道疤痕……難道你是正教的首席樞機騎士，郭漢？」

對方搖頭大笑道：「妳太高估自己了，我們郭帥豈會跟你們這種小貨色糾纏？就由我這個入門弟子替師父把此處夷為平地吧，哈哈哈！」

原來對方只是想討師父喜歡，所以同樣在臉上劃上疤痕。但無論如何，利雅言仍感不妙，因為教堂內的人員還未全部撤離，要是現在開始轟炸，肯定死傷無數。

「嘿，你真的有這個本事嗎？」蘇梓我突然上前挑釁。

「你是……」對方稍有猶疑。「對了，我聽郭帥講過，聖火堂有個不知天高地厚的臭小子，該不會就是你吧？」

「哼，我今早明明是叫他親自見我，豈料那個姓郭的派了一條狗來。」

「你口氣挺大的。希望你倒是有相應的本事，否則我就以『聖痕約翰』之名把你碎屍萬段。」

「喔，是嗎？小聖痕。」蘇梓我故意嘲諷他，厲聲道：「我是蘇梓我，就是今天要殺死小聖痕的大英雄！」

「混帳！」聖痕約翰被蘇梓我激得怒不可遏，某程度來說，蘇梓我是挑釁對手的天才。

聖痕約翰隨即下令身後的聖魔法方陣施咒，頓時大地震動，有如風起雲湧之勢，彷彿所有空氣都凝聚到方陣教士的上方——

「喝！」

正教魔陣上空應聲被劃出十二角星，每個尖頂擊出十二道光柱，一同轟向蘇梓我面前。

——懇求敬愛的神立即顯現！

一道清脆的女聲乍現，握著女神像護身符的利雅言整個人包裹蒼焰，頃刻間，一位巨大的女神聳立在正教騎士與蘇梓我之間。那十二道光柱碰到維斯塔女神的身體，立即被聖火燃燒殆盡、化作塵煙。

「這是……原來如此，想不到香港教區也有人懂得召喚古神。」聖痕約翰看起來毫不驚訝，反倒覺得有趣，他揚手命令：「把我的武器拿來。」

三名正教徒合力將一把闊刃大劍抬到聖痕約翰身旁。只見聖痕約翰單手抓著劍柄，輕鬆舉起，同時持劍那手的手背上更浮起十字架的魔法陣圖。

「好，且看我親手宰了異教神！」聖痕約翰高聲斥喝，提劍便躍往維斯塔巨神的靈，如同流星一般，卻中途被另一刀光截下——

「在那之前我就先宰了你！」蘇梓我猛力砍向鐮刀，兩聖器互劈，火花中，聖痕約翰卻被硬生生轟回地上。

「原來你也是擁有聖力的人？那我就無須手下留情了！」

聖痕約翰又一箭步衝向蘇梓我，同時背後的魔法方陣則繼續砲轟著教堂，與利雅言的女神之力較勁。

現場陷入混戰，但有一人躲在草叢內偷偷看著，暗笑道：「終於，終於等到這一天了！維斯塔女神降臨到雅言身上，哈哈哈！」

就在今早，利主祭已經將部下解散，並得到正教允許，隨千人大隊行軍充當嚮導。然而，他此刻的目標只有一個，就是那擁有女神附體的完美身軀。

5

「維斯塔這異教神由我們利家代代看守。還記得第一次看見古神時，我是如何深受感動……體悟到原來人類是如此渺小。自從那一天開始，我便決定即使窮盡畢生精力，也要找到復活古神的方法。以往用聖火燃燒古神以獲得神力的方法，實在太過浪費了。」

利主祭不經意憶起往事。年輕的他醉心研究如何復活古神，甚至不惜尋找擁有古羅馬血統的女性來結婚，目的就是想誕下一個能夠成為維斯塔容器的女性。

「沒錯，古神肉身受了超過二千年的火刑，基本上已經不復存在，我們一直燃燒的，不過是維斯塔的靈魂。因此要讓古神再次復活，就必須為她找到新的肉體。」利主祭喃喃道。

但即使找到了合適的身體，他還是沒有十足把握將女神臨降在利雅言身上。就算成功，他也不能保證利雅言和維斯塔不會產生抗斥而失控。

「但現在看來雅言十分穩定，真多虧了那姓蘇的小子。原先還擔心會失去古神，但現在聖火很快就要回到我手上了。」

利主祭馬上走到正教的魔法方陣隊，跟小隊長說：「快集中火力攻擊那巨神！」

「我們不聽你的命令。」小隊長說完，改對隊員下令：「第一、第二砲擊隊繼續轟炸教堂，其餘的人利用聖魔法掩護聖痕團長！」

「嘖。」利主祭沒趣地離開，又看著遠處蘇梓我跟聖痕約翰的刀光劍影，心道：一陣子不見，即使聖火的力量已經轉移到雅言身上，但姓蘇的體內還有別種神力，居然能跟正教的樞機騎士平分秋色……假以時日，那小子必成大患，必須及早鏟除。

利主祭說得不錯。此時，蘇梓我與聖痕約翰的刀劍你來我往，不分上下。別人用十數年時間修行得來的聖力，蘇梓我僅僅十多天就得到——

聖痕約翰想起自己出身農村家庭，為求改善生活，約五歲時就加入正教接受訓練。十多年來他目睹很多同期一個接一個離去，有人是鍛練途中傷殘，有人是執行任務時殉職。然而教省從不重視他們，視人命如草芥。聖痕約翰好不容易捱過各種訓練，升格成為樞機騎士，卻居然打不過這偏遠山區的臭小子，實在沒比這還更令人不爽。

「小聖痕受死吧！」蘇梓我故意揮空，狡猾地喚出四把羅剎大刀，從反方向劈向聖痕約翰！

「居然還有後著？」然而聖痕約翰沒有理會羅剎大刀，反而加速衝向蘇梓我，大劍狠厲一揮。

「這個混蛋不怕死啊！」蘇梓我見狀驚叫出聲，來不及反應，但照理聖痕約翰仍會先遭受攻擊才對——然而全數羅剎大刀都打偏了。不，正確來說，是被聖痕約翰身後魔法方陣施放的聖光箭打偏，四位羅剎女紛紛被打回原形、掉到地上。

「可惡！居然傷害我的女人！」但說時遲那時快，聖痕約翰的闊刃大劍已往蘇梓我刺來只剩半秒距離——

吼！

千鈞一髮間，夏思思召喚出烏洛波羅斯，魔獸用頭頂走了蘇梓我，救了他一命。

「哼，原來還有使魔助陣。」聖痕約翰退後數步。

「你不也是有一群嘍囉幫手嗎？」蘇梓我得意地說：「但我這邊的手下比你們厲害多呢！娜瑪，快給他們點顏色看看！」

「欸？我嗎？」娜瑪無奈道：「好吧，雖然沒有神器但盡力好了。」

接著娜瑪浮在半空，黑霧纏身；麥穗色的鬈髮在空中飄逸，女僕裙也揚起了半分。

方陣小隊見狀驚道：「是惡魔！趕快把她射下來！」

眾隊員趕緊念咒，並瞄準娜瑪的頭顱放出聖光箭——

「放肆！區區下等種想傷害我？」娜瑪用樣以黑霧化成魔箭直接射破對方的聖魔法，而魔箭更在方陣前的泥地轟出一個大洞！

滾滾沙塵當中，聖痕約翰開始感到不妙。

「這威力，是爵位惡魔嗎……而且還有兩個。」他接著又望向站在教堂前的巨神維斯塔，心道：還好古神只有在保護教堂，否則連古神都發狂起來，現在就是有三千人恐怕都難以應付。

同一時間，利主祭也注意到維斯塔有點古怪。他心想：雅言特意召喚女神守住教堂有何用意？他想了一想，便恍然大悟。「雅言她沒道理一直守著教堂，除非教堂內還有正在撤離的信徒。這樣的話，他們肯定會從北邊下山的路徑離開！」

於是利主祭又跑到方陣前，對小隊長說：「立即發動魔法轟炸教堂北邊的後山！那裡是巨神的弱點！」

「你這老頭再阻礙我們的話，休怪我先殺死你！」

「我是認真的！而且我身上帶了神器能夠制伏那巨神！」利主祭隨即從手提袋拿出一條用魔法礦製成的金屬鏈，金屬鏈閃閃發光，似乎是神聖之物。

利主祭續道：「這魔法鏈曾經鎖過衣索比亞公主安朵美達，還有泰坦神普羅米修斯。我有方法可以生擒眼前的巨神，更何況我本就是聖火堂的主祭，聖火女神我最清楚不過了。」

其實這魔法鏈是利主祭在幾年前蒐羅來的，原本打算留在女神失控時使用，但此刻登場亦非常適合。

「我只配合一次。」小隊長低聲回答，並命令隊員瞄準後山的空曠地方亂射——

霎時間，數十道紅色光柱平行而出，成拋物線劃過天際。利雅言驚見其勢直墜後山，立刻使役維斯塔用身體為正在逃難的信眾擋下攻擊——

「露出破綻了！」利主祭將魔法鏈大力拋向維斯塔女神的腳踝，魔法鏈馬上繞成一圈，鎖住了維斯塔女神的腳。

「啊啊啊！」維斯塔女神痛苦大喊，魔法鏈同時在吸收著她的神力——

利主祭大喊：「巨神剛剛甦醒，力量還不完整，這是千載難逢的機會！大家快向巨神放箭！」

於是聖光如雨灑下，密集光箭毫不留情穿透了維斯塔女神的巨軀。維斯塔步履蹣跚，按著心胸跪下；巨神倒下，周圍颳起一陣狂風。

「很好，女神歸我所有了！」利主祭抽起魔法鏈，一瞬間就把維斯塔連同利雅言一齊扯到他的身邊。

蘇梓我見狀十分生氣。「可惡，快把利學姊還給我！」他從烏洛波羅斯的頭頂往敵人陣地一躍而下——

「蘇哥哥，太危險啦！」夏思思想阻止已來不及，只能立即使役烏洛波羅斯掩護蘇梓我——

「來人把他攔下！」

一聲號令，數百人執起棍棒就把蘇梓我重重包圍。蘇梓我一心只想救回利雅言，立即召喚出七十三羅剎諸刃瘋狂劈向一眾正教騎士，頓時一陣腥風血雨……

另一邊廂，利主祭則抱著利雅言拔足逃跑，越跑越遠。

「終於得到古神的力量，可以復活古神了！」這時利雅言已被他打昏了過去，身體只剩下微弱的聖火。

——鬧劇已經結束了。

「是誰？」利主祭急步停下，東張西望。正教騎士都在跟蘇梓我糾纏，理應沒人會阻止自己才對。

「是我。」一個黑影突然從樹林中走來。

「原來是隆禮，你來得正好，快來跟我一起——哇啊！」

利隆禮二話不說，用束棒大力擊向利主祭的小腹，利主祭突然全身著火，緩緩倒地。

「念在你是我這個肉身的親父，我就不殺你。」正在說話的利隆禮似乎變成另一個人似的，全身燃起赤焰，與利雅言的蒼焰形成對比。

「赫斯提亞，我來接妳回去了……」

說畢，利隆禮抱起失去知覺的利雅言，兩團火焰就這樣消失於山林之間。

「究竟什麼回事……」蘇梓我想馬上追上兩人，奈何眼前有數百騎士擋住去路。而且他們跟昨晚來攻佔聖火堂的騎士不同，全是受過訓練的菁英。

要單靠一人之力打倒他們，對目前情勢一無所知的蘇梓我來說，或許太困難了。

6

「快殺死那小子！絕不能讓他活著離開！」

喧囂聲中，蘇梓我看見數百個裝備精良的正教騎士朝自己衝來，只好用印戒使役羅剎諸刃亂劈，卻發覺羅剎諸刃原來也有先天的限制。她們跟無機物的兵器不同，在混戰十數分鐘後，諸羅剎女開始感到疲憊，蘇梓我竟無法將她們揮灑自如。

此消彼長下，正教以人海戰術圍攻蘇梓我，一浪接一浪，蘇梓我勉強擊退兩波攻勢後，已是傷痕累累。

「還不肯去死嗎？我們要為同胞報仇！」

正教的魔法士當然不打算放過蘇梓我，一同高舉聖杖擊出光球，頃刻間有如槍林彈雨。蘇梓我只好憑著求生本能閃躲迴避，但他身後的聖火教堂卻因此遭殃；轟隆一聲，聖火教堂的大理石牆就在連環砲發下整座倒塌。

「幹得好！此地已再無結界保護，我們要殺光聖教的人，拆清聖教的教堂！」

「殺光聖教騎士！殺死聖教徒！燒掉聖教堂！」

正教軍隊如流氓般高聲歡呼，甚至用魔法把聖火聖女的大理石像砸爛；聖女像手腳斷裂、支離破碎，蘇梓我看在眼裡卻無力還擊。他不但守護不了利雅言，連聖女的雕像也保護不了。

「我明明是英雄才對……難道什麼地方出錯了？」蘇梓我憤怒得全身顫抖，用力握著鐮刀柄的掌心更握得出血。

「受死吧！」又一名正教騎士趁蘇梓我愣住之際衝前砍劈，卻被蘇梓我揮舞鐮刀一砍倒地。

「一起支援弟兄！」其他正教騎士蜂擁而上，似乎不把蘇梓我殺死絕不罷休——

此時大地突然劇烈搖晃，眾人頓時站不穩腳步，下一秒，他們腳下草地竟猛地裂開！只見一大巨蟒從地底鑽出，擊出泥石撞向眾人；烏洛波羅斯趁亂把蘇梓我放到頭頂，迅速離開——眾騎士見狀，便用聖魔法轟在烏洛波羅斯身上，卻被牠的鱗片一一彈開；牠載著蘇梓我飛到半空，使在場的正教騎士攻擊不到他。

「休想逃！」

喊話的人是聖痕約翰。他眼見巨蟒快要逃掉，便趕緊躍上牠的尾巴，踏著烏洛波羅斯的身體一路跑往頭頂，成功逮住了蘇梓我。

「臭小子，你別以為可以活著離開！」

聖痕約翰氣勢凌人，反倒蘇梓我在失去利雅言之後已無心戀戰，氣勢也輸了一截，沒有任何反應。

「哼，連遺言都沒力氣說了？」聖痕約翰罵道：「你只不過是個倚仗魔力又不學無術的廢物罷了。」

此時底下的夏思思抬頭，察覺危機，便立即使役烏洛波羅斯在空中亂舞，試圖將聖痕約翰從百尺高空中摔下；但聖痕約翰豈會如此容易被擺脫，他二話不說提起巨劍，便往蘇梓我的頸項猛力砍去！

這是聖痕約翰出盡全力的一擊，其爆發力甚至比大砲還要厲害；蘇梓我雖然沮喪，本能反應還是拚命握緊鐮刀接下攻擊——蘇梓我兩臂一痠，驚覺自己根本擋不了如此巨大的衝擊，「砰」的一聲便如斷線風箏從巨蟒頭頂掉下。

聖痕約翰的砍擊，加上百尺高空的衝力，蘇梓我便在半空中失去了知覺……

◇

……

眼前一黑，彷彿靈魂正在穿越時空隧道，在隧道最盡頭突然見到陌生的光景。

又是過去的夢嗎？天空雲朵不斷在蘇萊曼的視線掠過，原來他正在空中飛翔——不對，正確來說是被人猛力扔到空中。

沒錯，阿斯摩太用計騙走了蘇萊曼的印戒，並從耶路撒冷城的宮殿奮力將他扔到千里之外。

蘇萊曼不曉得自己實際被扔了多遠，僅是一直在黑夜雲間穿梭，過了十分鐘才掉回地面，不過自己居然毫髮無傷。

「至少阿斯摩太那傢伙有留了魔力保護我嗎？」蘇萊曼搖頭輕嘆，在月夜下望見四周一片荒涼，倍覺悽涼。

「已經這麼晚了，又不知道這裡是什麼地方，附近連個人影也沒見到……沒辦法，先找個地方休息一晚，明天再起程回去耶路撒冷吧。」

——嗷嗷嗚嗚嗚！

忽然從遠方傳來狼嚎，蘇萊曼馬上舉手召喚魔神保護自己，才想起印戒已被阿斯摩太奪去。

「是啊，平日太過依賴魔神的力量了，今晚唯有靠自己吧。」

只是當時蘇萊曼仍不知道，自己與耶路撒冷足足距離了二千公里，那絕不是能夠用腳走得回去的路程。

翌日，蘇萊曼在荒野上走了半天，才在一處山丘下找到一座小村落。蘇萊曼走到村口，找來一位男村民問道：「請問你知道耶路撒冷該怎麼走嗎？」

「什麼耶路撒冷？沒聽過這地方。」村民反應非常冷淡，本想無視蘇萊曼，但蘇萊曼又繼續追問。

「那麼你可以給我一點食水和麵包嗎？我已經有半天沒吃東西了。」

男村民聞言不屑一顧。「我沒有義務要提供食物給你這外人吧？趕快走啦，別再煩我。」

蘇萊曼生氣起來，立即想召喚魔神嚇一嚇對方，卻再次忘記印戒早已不在。

「你伸手給我看是想打架嗎？」男村民呼喝道。

「不是。」蘇萊曼只好坦白：「我其實是以色列的王，我不會對我的子民動手的。」

「你這個瘋子在說什麼？你是國王的話怎麼會沒有隨從，還要跟我討吃的？」

「本王說的千真萬確。」蘇萊曼道：「倘若你願意給我食物和水，我回到耶路撒冷就賞你同等重量的黃金。」

「哈，真是個白痴。趁我還沒有回心轉意之前，你最好立即在我眼前消失，『國王陛下』。」

「唉……」

蘇萊曼只好沒趣地離開，但腳步一踉蹌差點摔倒，畢竟已有大半天沒吃任何東西了……頭昏眼花當下，蘇萊曼開始痛恨自己，心道：難道本王一旦離開耶路撒冷，一旦失去印戒的力量，就連一個人都沒辦法生活？

「一直以來，我只是一個倚仗神力卻不學無術的人嗎……」

蘇萊曼忽然感覺自己很沒用，於是自嘲起來，慢慢放鬆身體倒下──

「先生？你沒事嗎？你的臉色很差呢。」一位少女走了過來關心道，並吩咐弟弟打開水筒給蘇萊曼喝，讓他稍微恢復了精神。

「謝謝你們……」只不過蘇萊曼的意識突然再次遠去，眼前又是一片漆黑。

◇

「啊！」蘇梓我在夢中掙扎醒來，驚覺自己身處一間陌生的房間；牆上沒有任何窗戶，室內非常陰暗。由於剛才的夢境太過真實，他馬上檢查自己右手，竟發現印戒不在手上！

「為什麼不見了！」蘇梓我大喊，一位少女便馬上走來，吩咐弟弟交出印戒。

「因為剛剛替你擦洗身體，才會暫時拿下戒指，我不是有意的。」杜夕嵐在蘇梓我的床邊連忙道歉。

「不……我沒有責怪你們的意思……」

房門突然打開，這次則是娜瑪跑進房內，緊張地說：「蘇梓我你終於醒過來了！我還以為你死了，契約也可以跟著銷毀了呢。」

「明明小娜娜才是擔心得要死的那一個。」夏思思在背後小聲說。

「我才沒有！」娜瑪又看了一下蘇梓我。「總之你沒死就好。」

「這是哪裡……」蘇梓我頓然想起一件非常重要的事。「利學姊呢？利學姊她在哪裡？」

「蘇弟兄，你不妨先冷靜下來吧。」

一位頭髮花白、面目慈祥的老人走進房內。蘇梓我一時間想不起對方身分，仍覺得他十分面熟……對了，這人最近一直出現在電視上。

蘇梓我喃喃道：「香港教區的主教……潘牧修。」

7

「主教……這裡是什麼地方？」蘇梓我坐在床上問道。

「聖母無染原罪主教座堂的地底，白衣騎士團的地下總部。」潘牧修回答說：「蘇弟兄，不久前你才來過此地接受冊封呢。」

「主教座堂？為什麼我會被帶來這鬼地方？」

「呵呵，你還記得自己在聖火山上，被正教的樞機騎士打敗了嗎？」

蘇梓我努力回想，只記得自己在巨蟒頭上被轟了下來，之後就沒有印象了。

夏思思說：「幸好諸羅剎女用盡最後一口氣，團團抱住蘇哥哥掉落山下，蘇哥哥才能保住性命。不過當時情況混亂，思思和小娜娜都無法找到蘇哥哥，反而第一時間把你救走的，是杜姊姊和她的弟弟。」

「咦？是夕嵐嗎？」

「嗯……」杜夕嵐低頭說：「我們看到你從半空掉下都嚇了一跳，所以才折返跑往你落下的方向，希望能比正教的人早一步找到你。」

「抱歉……當時你們跟母親正在撤離吧？反而給你們添了麻煩。」

第一次聽見蘇梓我道歉，杜夕嵐一時不知怎麼回應。「沒、沒什麼，畢竟你替母親治好了腳傷，又救過晞陽。你是杜家的恩人嘛。」

「那個……後來我怎麼樣了？」

「後來思思和酆同學也前來幫忙，她們兩人為了保護你，也吃了不少苦頭呢。」夏思思交叉手臂嘆道：「人類雖然弱小，但一起行動起來也很難應付呢。還好附近的聖教騎士團突然出現助陣，對方才決定暫時撤退。」

潘主教補充：「本座在維多利亞港的另一端看見聖火山上有古神顯現，便下令附近正在撤離的部隊回頭營救。」他說完後欲言又止，看來救回蘇梓我等人的原因並不單純。

此刻蘇梓我感慨良多，尤其擔心一個人。「有利學姊的消息嗎？」

一直沉默的娜瑪出聲：「不……利家女祭司大概已經離開了香港吧。」

「怎麼可能？利學姊不會丟下信眾逃跑的，而且香港教區已被正教封鎖，妳怎麼能肯定利學姊離開了香港？」

「因為她被利隆禮抓走了。」娜瑪反問：「你還記得利隆禮身上的紅色火光嗎？那是阿波羅的火焰，至少我們是感覺如此。」

「阿波羅？太陽神阿波羅？」

「沒錯，阿波羅是愛琴文明的古神，也是羅馬文明的古神。」

「兩個文明，卻供奉相同的太陽神？」

娜瑪解說：「希臘的神祇和羅馬古神本來就有很多相似之處嘛。不但羅馬十二主神對應奧林帕斯十二主神，就連大部分的羅馬神都有相對應的希臘神……唯獨阿波羅比較特別，他是兩個地區的同一神。」

蘇梓我心情不好，而以他對娜瑪的認識，他有預感她又想掉書袋長篇大論，便阻止道：「我對希臘或羅馬神話都沒有興趣，我此刻只想知道哪裡才能找到利學姊。」

「你就是這樣，什麼都不知道才會失敗啊。」娜瑪訓道：「利家女祭司身上有著羅馬爐灶女神維斯塔的靈魂，如果你對神話一無所知，根本沒辦法找到她的下落。」

——你只不過是個倚仗神力又不學無術的廢物罷了。

聖痕約翰嘲諷自己的聲音又一次在腦海迴盪，蘇梓我只好冷靜下來聽娜瑪說故事。

◇

原初之時，這個世界根本不存在羅馬眾神，阿波羅也只是希臘的神祇，奧林帕斯十二主神之一。他是光明之神，尤如天上聖火，與地上聖火的爐灶女神赫斯提亞可說是天生一對。

赫斯提亞天生麗質，阿波羅深深被她的美貌吸引，於是鼓起勇氣向她求婚。可惜赫斯提亞一心只想引領希臘人民，她不但拒絕了阿波羅的求婚，更以宙斯的頭髮起誓永不結婚，讓阿波羅心痛欲絕。

之後在公元前約十二世紀，特洛伊戰爭爆發，當時大部分的奧林帕斯神都站在希臘一方，唯獨阿波羅選擇協助特洛伊城。有一次，特洛伊的英雄埃涅阿斯差點被雅典娜的愛將殺死，幸好在緊急關頭阿波羅出手相助，埃涅阿斯才能保住一命。

可惜無論如何，埃涅阿斯始終無法為特洛伊扭轉戰局。戰敗後，埃涅阿斯在阿波羅的協助下展開了逃亡旅程，並於最終點建立起自己的部落——那就是羅馬城的前身。

但在建立羅馬城之前，埃涅阿斯意識到，一個民族需要有強大的神靈守護才能興旺。於是阿波羅就替他說服了「世界」，讓羅馬人擁有跟希臘人相同的地方神。

「於是羅馬十二主神就這樣誕生了，而羅馬的地方神隨後也幫助羅馬人建立王國，奠立羅馬文明的基礎。」

蘇梓我忍不住打斷娜瑪：「雖然我很有耐心地聽完了，但這跟利學姊有什麼關係？」

娜瑪回答：「阿波羅離開希臘奧林帕斯山，並讓羅馬主神誕生於世，這一切目的並非是幫助埃涅阿斯，他其實是想得到赫斯提亞。或者說，就算無法得到真正的赫斯提亞，阿波羅仍希望可以跟赫斯提亞的複製神結婚。」

娜瑪說到這裡，就算蘇梓我再笨，也猜到了赫斯提亞在羅馬的對應神是誰。

蘇梓我說：「維斯塔——羅馬的爐灶女神、聖火女神，與赫斯提亞互相對應。」

「正確。可惜維斯塔連性格也跟赫斯提亞一模一樣，不論維斯塔或赫斯提亞，她們都是地方文明最有名的處女神，阿波羅始終無法得到赫斯提亞的愛。」

「換言之，利隆禮被阿波羅附體，然後再捉走了擁有維斯塔附體的利雅言嗎……」

「假如利家弟弟仍有意識的話還好，但如果他完全被阿波羅支配，那麼利家女祭司就很危險——」

「會怎樣危險？」蘇梓我衝下床，緊抓著娜瑪問。

「會被殺死。」娜瑪解釋：「畢竟阿波羅鍾愛的是赫斯提亞，他大概會帶利雅言回到雅典的赫斯提亞古廟，施咒讓赫斯提亞的靈魂完全侵蝕她的身體。到時，利雅言這個人將不復存在於世上了。」

「太、太荒謬了吧？難道我讓維斯塔臨降在利學姊身上，反而是害了她嗎！而且為什麼利隆禮會擁有阿波羅的靈魂？」

「這……」娜瑪無言以對，她只不過把所見的事實說一遍而已。

「大概跟利得福主祭有關吧。」潘牧修主教說：「那個人為了得到古神力量，什麼都做得出來，因此他才會生下女神適性極高的利雅言。只是他萬萬也想不到，與利雅言孿生的利隆禮同樣有著古神適性。」

蘇梓我反問：「但你身為主教不也對此事一無所知？」

「真慚愧，更詳細的只能問利得福和利隆禮他們了。」

「利隆禮很可能已經離開了香港，那利主祭呢？他現在人又在哪？」

「下落不明。」潘牧修主教簡單回答。

「那我不如索性去雅典等利隆禮現身？至少要阻止他做出傷害利學姊的事情！」

「那就去吧，如果你能逃離正教的封鎖的話。」

「當然可以！利隆禮都能夠辦得到，為什麼我不行。」

「蘇弟兄，你真的認為自己比利隆禮有能力嗎？或許你擁有王者的力量，但此刻的你根本對這世界一竅不通；簡單來說，你太過無知了，這樣的你做什麼都只會注定失敗。」

蘇梓我又想起自己被人打敗，利雅言從自己手上被人搶走，他無法反駁。

娜瑪見蘇梓我死氣沉沉，不忍心之下便說：「如果你真是一無是處的話，教區主教也不會特意命人將你救回來，我說得沒錯吧？」

「呵呵，這位小惡魔很聰明。」潘牧修主教笑道：「我已經為你們準備了專屬的逃亡路徑，但前提是蘇弟兄得替我辦一件事──就是將『天使』平安送回梵蒂岡。」

「天使？你們把天使收在這所座堂內？」在場眾人和惡魔都大感訝異。

「沒錯。但凡由羅馬教廷直接牧養的教省或教區，都會被賜予守護天使庇佑。香港教區也是其中之一。」

夏思思搶道：「主教你不會忘記我們的身分了吧？我們惡魔族一直尋找天使報仇，卻苦無線索，而你現在居然告訴我們天使就在座堂內？」

「這就說明了現下狀況如何惡劣，即使借助惡魔的力量也在所不惜。」潘牧修主教眉頭緊皺。「開戰之前，我還以為會有勝算的，誰也沒想到會變成現在這樣……」

「因為聖父顯現？」夏思思試探地問道。

「聖父一事牽涉到教會的最高機密，恕我無可奉告。」

夏思思追問：「那關於『彌賽亞再臨』呢？」

「這個更不能說。」潘牧修主教苦笑道：「其實我只是個教區主教，很多事僅是略知一二；也許你們送返天使之後，聖座會把相應情報告訴你們，現在本座交託天使已是職權極限了。」

「可是為何偏偏選中我？」蘇梓我問：「你們也有騎士可以將那個什麼天使送回梵蒂岡吧？」

「這裡全部都是座堂的白衣騎士，注定要在這場聖戰之中與座堂共存亡。但蘇弟兄你不一樣，你是自由騎士，離開座堂也不會有人責怪。事實上，教會歷史的英雄大多出身自由騎士，他們需要歷經流浪、修行，最終才能成為聖人。」

羅馬人的祖先、特洛伊的英雄埃涅阿斯也是如此。

夏思思回應：「但我們什麼都不清楚就要答應──」

「我答應你。」蘇梓我說：「我答應你把天使送還梵蒂岡。但這麼做不是為了幫助你們，我只是想尋找利學姊的下落。」

「嗯，這樣就好。」潘牧修主教催促道：「那事不宜遲，你和兩位惡魔姑娘就跟我來吧。」

杜夕嵐說：「等等！請問我也可以加入嗎？」

潘主教問她：「不知妳與蘇弟兄有何關係？」

「我、我只是想幫助蘇梓我……」

杜晞陽也搶話說：「對，我也要幫助蘇老大！」

「原來如此，蘇弟兄果然是受到眷顧的人……不僅天神魔神，就連人類也要助你。」潘主教說：「好吧，這也是主的安排。你們所有人都可以跟來，但是，當你們見過天使後，就再也無法回頭了。」

杜夕嵐點頭說：「沒問題，我也想親眼看看，這個世界究竟發生了什麼事……」

8

蘇梓我一行人緊隨潘主教離開房間，穿過好幾條戒備森嚴的通道後，終於在一道金屬大門前停下來。

這道門長寬皆超過五尺，簡直就像個巨型保險箱；最特別的還是它的材質，蘇梓我認得那種反射著純白聖光的金屬——魔法礦。

潘主教伸手輕碰金屬門，口中念念有詞；詞音喚起合成音聲共鳴，金屬門頓成螺旋狀摺疊打開，密封的正方空間呈現眾人眼前。

「大家都進來吧。」潘牧修主教先走一步，其餘眾人跟隨入內。待所有人都進入密室後，主教又念起魔法咒語把魔法礦的大門關上——

「好黑……」

室內沒有照明，當大門緊閉後連唯一的光源也消失。蘇梓我牽著娜瑪的手嚷道：「天使呢？這麼黑什麼都看不見……咦？」

密室牆壁紛紛亮起星光，不論地板還是天花板都滿布星團、星雲；有藍色閃爍的、亦有紅色燃燒的。一時間，整間密室變成了天文館，蘇梓我甚至以為自己身處太空，凝望著宇宙洪荒，感覺自己非常渺小。

「這是天使的視覺。」潘主教說著的同時，密室中間突然浮起一團難以名狀的發光體；正當眾人盯著它載浮載沉時，主教說：「這就是天使。」

蘇梓我驚道：「這團奇怪東西就是天使？」

「毫無疑問。他就是守護香港的天使，聖德芬天使長。」潘主教一點都不像在說笑。

蘇梓我摸不著頭腦。「天使……不是應該長得像我們人類嗎？眼前這個天使甚至連生物都不像……吧？」

「教會一直以來都是這樣稱呼的，至於為何天使會成為如此形態，大概只有教廷才知道，畢竟所有涉及聖主的資訊全是最高機密。但至少你們或蘇弟兄的使魔，應該能感受到天使與眾不同的聖力吧？」

娜瑪嘆道：「的確可以感受到天使的力量從發光體中散發出來……但這真的是天使嗎？」

夏思思附和：「僅感受到聖力，卻沒有生命的氣息……這難以名狀之物就是我們一直想報仇的東西？」

潘主教說：「聖德芬天使長的力量是無容置疑的。要不是當年英國聖教會把聖德芬帶來香港，香港肯定不會有今天的成就。」

蘇梓我感到茫然。「我不明白這團發光物跟香港有什麼關係……」

「明天你就會知道了。正因為聖德芬天使長的力量過於強大，本座才要阻止他落入正教手中，以免使三大教會的平衡崩潰……否則屆時又會是另一場生靈塗炭。」

「但是既然天使這麼厲害，就不能用那個力量擊退正教嗎？」

主教搖頭說：「守護天使的力量就跟原本的地方神一樣，只作為文化、知識的傳承，並無武力制裁的能力。」

「好吧……不依靠天使，依靠惡魔的力量就好。」蘇梓我說完想伸手觸碰「天使」，卻被主教阻止了。

「請留待明天行動。現在一旦取走天使，香港發生的異變一定會被正教的人發現。」

蘇梓我反問：「被正教的人知道也沒差吧，反正他們還在對岸？如果明天正教的軍隊越過維多利亞港，登陸港島進攻座堂時我才把天使帶走，豈不更加危險？」

「你說得沒錯，可惜我們別無選擇，因為逃走的路徑要明天才能準備好。」

「逃走的路徑？」

「明天中午大概兩點左右，英國一艘核動力潛艇會來到香港島西南方的海濱載你們離開。」

「那是軍隊的潛艇嗎？聖戰不是要排除國家勢力的介入？」

「這也是無可奈何，羅馬教廷向同盟國借調潛艇，希望低調地把天使接回聖座。」潘主教嚴肅地說：「你大概沒有認真想過，現在究竟發生什麼事吧？這件事比你想像的還要複雜——」

「這樣更應該由你們親自護送吧？還顧及白衣騎士的面子什麼的。你就這樣把如此重任交給我們，不是很奇怪嗎？」

「呵……」潘主教深吸了一口氣，告訴蘇梓我：「正如你所說，明天正教就會攻到島上，完全封鎖座堂區。座堂的騎士團根本無力反抗，但至少能盡量引開正教的注意，好讓你們能夠脫身離開。畢竟你們是教區裡最不起眼、同時又擁有力量的人。坦白說，我只不過將生命最後的賭注押在你們身上罷了。」

潘主教又望向娜瑪和夏思思，笑道：「況且我相信兩位使魔不會背叛蘇弟兄，而且本性善良。畢竟一位是地母神，另一位是豐收神，幫助人類也在情理之中吧。」

娜瑪大吃一驚。「你這樣是在讚美惡魔嗎？」

「呵呵，所謂的七大罪真的是十惡不赦的罪名嗎？妳們惡魔自身不要同樣被教會影響才對。」

娜瑪無言以對，身旁的蘇梓我則說：「我知道了，我們明天再來護送天使離開。」

「好好把握在香港最後一晚的時間吧。明天以後，香港就會被正教佔領，再加上守護天使離去，這片土地肯定會受到詛咒，民不聊生。蘇弟兄你們沒有辦法在短期之內回來，假如有什麼放不下的，就趁今晚了結吧。打個電話也好，現在電話網路還算運作正常。」

「那……」杜夕嵐摸著杜晞陽的頭說：「那我們要跟家母好好道別了……」

「家人嗎……」蘇梓我閉起眼睛後，腦海中只浮現一個人的臉孔。

◇

離開天使密室後，蘇梓我一言不發地回自己房間，讓一直看著他背影的娜瑪十分擔心。

「自從利姊姊被捉走之後，蘇哥哥好像變成另一個人似的。」夏思思在娜瑪耳邊說。

「那色狼不就被別人搶了獵物，所以心情低落而已。」

「可是蘇哥哥一直那個樣子的話，思思看得也很辛苦呢。思思本來就是想找尋快樂才會跟隨蘇哥哥的嘛。」

娜瑪回答：「我不是不懂妳的話，那頭色狼死氣沉沉確實更加噁心。」

「嘻，不如小娜娜就去安慰一下蘇哥哥啦，說不定小娜娜POWER能夠解開他的心結喔。」

「我才沒有那種古怪的POWER……」娜瑪也垂頭喪氣地離開。「明天再看看那色狼吧。」

剩下夏思思一人站在原地，她若有所思，心道：這樣下去明天恐怕也不會順利……看來我還是回魔界一趟，準備後著好了。

◇

——砰，房門關上。蘇梓我躺到床上，想起主教的話。

「聽說正教對外封鎖了通訊，但香港對內的通訊沒有影響……」

蘇梓我拿出手機，滑了幾下，然後按下「君姊」的名字……

「喂？是蘇梓我嗎？」

手機另一邊傳來孔穎君的聲音，蘇梓我有著一種莫名的安心感。畢竟相識多年，大概對方也是一樣吧。

「是啊，只是打電話看看妳那邊狀況怎樣。」

「你這聲音聽起來好像很疲倦啊？我這邊還好，與爸媽暫時留在家中避難，靠著之前儲備的半個月糧食，節省一點應該沒有問題。想說你和你兩位女朋友在家的話，倒是可以分享一點食物給你們……」孔穎君又笑道：「但果然是我想太多了，就知道你不喜歡安分地待在家。」

「嗯……難得不用上學，所以就到處去玩玩嘛。」蘇梓我欲言又止。「不過發生了一點意外，看樣子暫時無法回家了。」

「真是的，完成手頭事情就早點回家吧。雖然你是問題學生，但好歹當了十年鄰居，突然不在的話我也不習慣。」

「君姊……不，我想，我也許要離開香港一段日子，暫時回不了家了。」

「原來如此……」聽見孔穎君嘆了口氣。「我都知道喔，我知道你們正在做一些很危險的事。雖然不知道詳情，但看到窗外街上一片混亂，大概也猜得到。」

「抱歉，雖然君姊妳一直叫我不要多管閒事。」

「這麼多年難道我會不清楚你的個性？每次你感到沮喪都會埋怨自己，不過打起精神來啦，男孩子每跌倒一次，膝上每一道疤痕都能使你日後站得更穩。」

「又是說教時間嗎……」

「這也是最後一次說教了。念書的時候我們之間有個約定，還記得嗎？最多只能跌倒十次。如今已是最後一次了，是時候要跟男孩子的自己說再見了。」

「哼……本來只是想打電話向君姊問候一下，結果反而又被妳教訓了一頓。早知道就不打電話給妳了。」

「是嗎？反正這是最後一次我以姊姊的身分對你說教，之後也照顧不到你了。但身為班主任，我可不會讓你逃掉的；出席率不足的話無法畢業，我會在學校等你回來。」

「哈哈哈，聽起來很可怕呢。」蘇梓我放聲大笑。「君姊保重了，晚安。」

「晚安，願聖主與你同在。」

孔穎君掛斷後，蘇梓我便下定決心，對自己說：「一定要完成教會的任務，然後再回來香港趕走正教的人。我就是英雄蘇梓我，哇哈哈哈！」

9

翌日清晨六點半，太陽才剛升起，但娜瑪已坐在床上，跟針線衣料搏鬥。

「那色狼好像比較喜歡裙襬有花邊的？而且還是粉紅色……」娜瑪細心地縫紉著女僕裙，同時又自言自語：「胸口位置再露出多一點會比較好吧？唉，又要再裁過了……真是的，為什麼本小姐要通宵做這種事？」

娜瑪繼續抱怨：「都是那個夏思思不好，說了奇怪的話，叫我要去安撫那頭色狼……可是他一直那個樣子也很麻煩，現在我們同坐一條船上，他被正教殺死的話我也自身難保。」

「對、對！所以我只不過為了自己才去哄那變態高興，才不是自願做的——喔！」娜瑪舉起粉紅女僕裙站起來。「完成了！感覺滿可愛的嘛。」

接著娜瑪換上女僕裙，並偷偷地走到蘇梓我房內；看見蘇梓我還在睡著，臉上好像仍有些悶悶不樂。

「就給他一點鼓勵吧……」

於是娜瑪爬到蘇梓我身旁，耳語道：「主、主人起床囉。」

「咦！」蘇梓我嗅到熟識的香氣便馬上醒來，接著第一眼果然是盯著娜瑪的胸部。

只見娜瑪面紅耳赤地說：「好啦……今天你有重要任務在身，不能繼續沮——啊！」

豈料蘇梓我忽然把娜瑪撲倒，一頭栽在娜瑪的乳溝中間，就像小孩子一樣興奮。

娜瑪心中慌道：這色狼昨晚不是無精打采的嗎，為什麼突然又生龍活虎的！莫、莫非我這套衣裙真有如此奇效？這樣的話總算不枉我通宵縫好啊。

「哇哈哈哈！這次妳是自投羅網，休怪我手下無情！」

「欸……你喜歡就好……但跟之前一樣只限前戲！」

「嘿嘿嘿，果然是我最喜歡的娜瑪！」

於是蘇梓我的房間一大早就傳出嘈雜的聲音，直到早餐時間他才心滿意足地走了出來，回復了昔日那個意氣風發的樣子。

◇

「早安，蘇梓我、酆同學。」

「蘇老大早安！」

地下食堂坐滿了白衣騎士，還有一對格格不入的姊弟，蘇梓我跟他們打了聲招呼：「早啊，兩位。」

杜夕嵐看見蘇梓我容光煥發，問道：「今早有發生什麼好事嗎？」

「嘿嘿，早起的鳥兒有蟲吃，妳說對吧？娜瑪。」蘇梓我拍一拍娜瑪的屁股。

「是啊……嗚……」娜瑪淚目走過來。「我去領早飯吃了，你們慢慢聊吧。」

「嗯，吃飽一點，等下就要執行本大爺的天才大作戰。」蘇梓我又問杜氏姊弟：「你們都準備好了嗎？」

「沒問題，我們會盡量不扯你後腿。」

杜夕嵐看起來沒什麼信心，但蘇梓我神氣地拍一下她的肩，說：「放心吧，我可以借給妳和杜小弟力量。從今開始，你們也是英雄蘇梓我的手下，要表現得更有自信才對！」

「遵命，蘇老大！」杜晞陽對蘇梓我立正敬禮。

「哈哈哈，就是這樣！」

夏思思走來笑說：「剛才看見小娜娜步履不穩，果然小娜娜POWER都被蘇哥哥吸乾了呢。這樣子蘇哥哥一定擬定好該如何送走天使的計畫呢。」

「這是當然！」蘇梓我反問：「但思思妳剛才到哪裡了？如果妳也在的話肯定更加愉快！」

「嗯？思思到外面看維多利亞港的海戰喔。正教士氣如虹，又靠著聖魔法，應該幾個小時後就會搶灘登岸了吧。」

「哼，正教什麼我根本不放在眼裡。還有啊，要是再給我見到那什麼聖痕，我一定會劈死他！」蘇梓我撐腰笑說：「趕快把天使送走，然後找到那個利隆禮出來痛打一頓，最後抱利學姊回家，嘿嘿嘿。」

夏思思暗笑心道：看來蘇哥哥已經回復本性了呢，希望最後的一著可以不用派上用場吧。

10

「時間到了，蘇弟兄你隨我去領天使吧。」潘主教匆忙走來。

蘇梓我看一看手錶，問：「那個什麼潛艇已經來了？」

「不，英國軍方的潛艇如今身處何地，本座也不知道，只能相信他們會在兩點出現。」

「無法跟他們聯絡嗎？」

「畢竟在海底，假如沒有軍用的激光通訊設備，根本無法與他們接觸。但正因如此，潛艇潛在水裡才能避開正教的偵測來到香港，然後祕密地運走天使。」

「可是現在才十點多，還有將近四個小時耶。現在就出發會不會太早？」

主教搖頭道：「很可惜，由於正教的侵略比起預期中快……」

「是你們比想像中弱吧。」

「真尖銳的批評啊，」主教答道：「本座也沒想到整個維多利亞港會被摩西之杖分隔開。」

「摩西之杖？那是課金武器嗎？」

主教無奈回應：「摩西之杖確實是天神級的聖武具。正教這回精銳盡出，座堂恐怕也防守不了多久。」

蘇梓我感到不爽。「怎麼對方什麼神兵利器都有，反倒你們什麼都沒有啊？」

「對方那樣才異常，世界上天神級的聖武具沒多少，英國教省當然不會把聖武具留給香港。」

「這個嘛，那你們打算怎麼做？」

「唯有殉教一途。」潘主教雙眼堅定，似乎已經有所覺悟。

「好啦好啦，我會替你把天使送到教廷手上，你可以瞑目了。」說畢，蘇梓我便踏步走往收藏天使的聖室，潘牧修主教亦一同前往。

◇

早上十點二十四分。此刻從維多利亞港的上空俯瞰的話，會見到一條橫跨一公里、寬度超過二百尺的巨型通道赫然貫穿海港。海水被東西分隔形成近百尺高的藍色海洋絕壁，海床的通路則一直線貫穿兩岸碼頭，壯觀且不可思議。

粼粼海洋中間，數千名全身反光的正教騎士浩浩蕩蕩地走到海中，列陣前進，企圖強行橫越海港。

至於聖教方面，為應對入侵，他們在香港島北岸布置了超過二千名聖魔法士排陣施法；紅色藍色的魔法陣在半空閃過不停，比起新春煙火更加璀璨；接著漫天聖火球有如流星雨般落到海中央，猛地砲轟正在渡海的正教騎士——

轟隆一聲，海水炸陷一角，海床沙塵滾滾，卻無阻正教重騎士舉起盾牌反射聖光，繼續冒死前進。

「可惡，正教的傢伙還裝備了全套魔法礦製成的重甲！」聖教防禦隊長對無線電大叫：「第一班、第二班、第四班咒擊團別停下來！還有讀經班專注點！」

但無論隊長如何聲嘶力竭，聖教似乎已無法阻止重裝騎士的推進。

「不行了……新界九龍地區的教堂都被正教拆毀，我們沒有足夠的信仰心繼續施行魔法了。」一位隊員跪在地上嘆道。

隊長立即拉他起來訓話：「即使不行也不能放棄！就算是C級的火球術也好，有什麼東西都給我轟下去！」

眾人只好繼續誦經施法，念到途中，卻忽見天空烏雲密布，甚有風雲變色之勢——

剎那間太陽黯淡無光，早晨天空竟有如晚霞般染上一片紫紅；鮮紅淡光映在兩岸摩天大樓的玻璃帷幕上，一片詭異氣氛籠罩著維多利亞港。

啪躂、啪躂、啪躂。

突然有幾條死魚掉到正教騎士的腳邊。他們起初沒有理會，在海床通道上繼續朝聖教座堂推進。然而不出幾秒，兩側海壁居然接二連三地掉下數百條腐爛的死魚，使本就陰森的海床通道更加詭異。

「是紅潮，又好像不是……？」岸上的防禦隊長看得目瞪口呆，因為海水被染成紅色，同時海中活魚又死了三分之一。

不只是海上異象，就連對岸山頭整個都變成褐色——他們不知道山上的樹木已枯萎了三分之一，天空鳥兒掉下來死了三分之一，甚至是野草也因失去營養而壞死了三分之一。

「生命……正在消失……」

不僅是聖教隊長，甚至連正教的重騎士團也被異象嚇住，唯獨一位長髮戴墨鏡的青年從行伍中走出，站到騎士團最前方回頭質問：「怎麼大家都停下腳步了？」

領頭的正教重騎士連忙道歉：「郭、郭帥！對不——哇啊啊！」

迅雷不及掩耳，重騎士就被攔腰劈成了兩段。其他騎士見狀立即跨過屍體前進，因為大家都知道首席樞機騎士郭漢的脾性。

「嗯……」郭漢緩步走到側面的海牆，拿下墨鏡清洗血跡。「就算是聖品的血也很髒呢。」拿下墨鏡後，眼角上一道疤痕清晰可見。他就是聖痕約翰的師父郭漢。

「蘇梓我……準備好跟我玩耍了嗎？」

◇

另一邊廂，潘主教把被稱作「天使」的難以名狀之物放到木盒裡，並叮囑：「這個裝著聖德芬天使長的櫃子，如同昔日裝有十誡法版的約櫃一樣神聖，請蘇弟兄務必小心保管。」

「我知道啦。」蘇梓我隨手接過天使櫃，卻突然聽見「喂」的一聲。

「哇！你別在耳邊亂說話嚇人啊。」

「嗯？蘇弟兄我沒有說什麼啊。」主教回答。

「是嗎……」蘇梓我感到一陣詭譎，只好急步離開聖室。

兩人返回地下總部的大殿，潘主教向僅存的白衣騎士宣布：

「本座已將天使交託到蘇弟兄手上。從此刻起，蘇弟兄獲得破格提升為驅魔品，並受聖命護送聖德芬天使長返回聖座。」主教又說：「異教當道，聖主受罪；返回梵蒂岡此行一定相當凶險，請各位為蘇弟兄送上祝福，願聖主永遠與大家同在。」

「願聖主永遠與大家同在！」在場一呼百應，如雷撼動。

接著潘主教帶蘇梓我走到台下，對他說：「等下我們在場所有聖騎士會一同衝出座堂，表面上是要突襲正教，但其實是為你們五人開路，引開正教的注意。」

「那我們就趁亂溜走？」

「沒錯，別讓正教徒發現你們。」主教囑道：「假如能瞞天過海，把天使櫃帶到海邊與英國軍方會合的話，接下來一切安排就如原先計畫；但倘若你們被發現甚至被跟蹤，核潛艇單獨的作戰能力有限，很可能會被正教的樞機騎士擊沉，整個計畫泡湯。」

「我明白啦，我心中已經有全盤計畫。」說畢，蘇梓我便離開主教，走到娜瑪身邊。他對娜瑪說：「這東西非常重要，如果有什麼閃失妳就以死謝罪吧！」接著蘇梓我就大力地把天使櫃拋到娜瑪面前。

「啊啊啊！」娜瑪手忙腳亂地接下天使櫃，罵道：「你不說這櫃子有什麼閃失我就要死嗎？我差點就被你殺死了耶！」

「哼，這點小意外也受不了的話，之後怎麼在戰場上保護櫃子？」

蘇梓我把歪理說得頭頭是道，娜瑪已懶得反駁。

接著他又走到杜氏姊弟面前。他先用右手輕拍杜晞陽的頭，杜晞陽馬上變出獠牙利爪，就如之前失控暴走的羅剎惡鬼一般。

「晞陽！」杜夕嵐見狀大吃，但杜晞陽卻安慰她。

「不用擔心啦，我並沒有迷失本性，吼！」杜晞陽說話時口中還噴出白霧，杜夕嵐不自覺地退後一步。

蘇梓我笑道：「哇哈哈！因為妳和杜小弟都有羅剎基因，只要運用適宜就能發揮超越常人的能力，幾個正教騎士也不會是你們的對手。」

「所以你該不會也想把我變成那個樣子吧……」杜夕嵐低頭問：「雖然你要我變成怎樣都可以，但變成那個樣子你不會嫌棄我嗎？」

「妳在說什麼？」蘇梓我輕拍杜夕嵐的頭，然後一陣白霧飄過，杜夕嵐身體上卻好像沒有任何變化。

「咦？」杜夕嵐問：「這樣算是變身成功了？」

「嗯。羅剎一族男的長得像怪物，但女的全部都是美人。不過夕嵐妳原本就長得漂亮，已經無法變得更美了。」

「喔、喔……」杜夕嵐滿臉通紅，不敢直視蘇梓我。

「思思也準備好了嗎？」蘇梓我回頭問。

「隨時聽從蘇哥哥吩咐。」夏思思突然出現，笑著回答。

「那大家就隨英雄蘇梓我上吧！」

11

「報告主教！正教的重裝騎士團已經登岸，掃蕩了駐紮在碼頭區的聖魔法咒擊隊，現在正於堂外五百尺處集結，朝著座堂直線逼近！」一名聖教騎士跑到地下總部報告。

潘牧修主教回應：「按原定計畫引誘對方深入商業區，再派騎士隊包抄他們後勤——」

「聖劍騎士團已經嘗試從後包抄，但是對方像懂得妖法似的，我方騎士團完全不是對手……」

又是一輪令人慨嘆的對話，潘主教聽著己方節節敗退的消息，唯有用最後的策略——下令全軍出擊，並吩咐蘇梓我隨時準備逃走。

於是蘇梓五人混在聖教的白衣騎士團裡，等候潘牧修主教一聲令下，座堂五百騎士便一齊衝往商業區，與正教騎士展開巷戰。

混亂中，蘇梓我對四名手下說：「我們往山頂走！」

「咦，走山路嗎？」杜夕嵐問：「去西南海濱公園的話，不是沿海邊走比較快？」

「那裡平地空曠很容易被正教發現，走山路易於藏匿。」

「雖然你說得沒錯，但山路難行，也很容易迷失方向……」

「這個我也有方法，總之先走吧。」蘇梓我胸有成竹，眾人見狀真不知該放心還是擔心。

接著五人拔足逃跑，拋下身後打得天翻地覆的兩教人馬；他們直往南走向太平山頂，目標是要翻山前往會合地點。

「哇！這山發生了什麼事？」蘇梓我跑到入山口，赫然看見眼前樹林竟枯死了一半，地上更落滿黑色落葉。一瞬間他還以為自己來到了魔界。

「因為守護香港的天使被你這個笨蛋取走，大地一時適應不了，就變成這個樣子了啊。」娜瑪回答，但蘇梓我卻被另一件事吸引住。

「欸，妳們怎麼這樣卑鄙！」蘇梓我看見娜瑪和夏思思竟用翅膀高速飛行，便發脾氣：「我也要飛啊！跑山路很累！」

「你又不是惡魔……」娜瑪沒好氣地繼續拍翼飛行。

「可惡！」於是蘇梓我加快腳步追上娜瑪。

縱使無法像娜瑪那樣飛，但蘇梓我在羅剎天的加護下，體能遠勝常人，穿躍於樹林間如同忍者般矯捷；同一時間，杜氏姊弟也高速緊隨其後，可畢竟是新手，沒多久便跑得氣喘吁吁。

「娜瑪！總之我命令妳抱著我飛，不然就落地跟我一起跑。一個人飛實在太卑鄙了！」

「哎呀，為什麼這重要關頭都還要欺負我——」娜瑪無奈地收起了漆黑翅膀，降落到苔蘚地上，卻「哇」一聲摔了一屁股著地。

「哇哈哈哈，真沒用。再不爬起來我們就不等妳囉！」蘇梓我一邊大笑，一邊奔跑。

「嗚……不知道天使櫃有沒有……咦？」娜瑪查看裝著天使的木櫃，居然被撞出一條裂痕！

「什麼都沒看到……什麼都沒看到……」娜瑪若無其事地把櫃子收回裙內，然後連忙跑到蘇梓我身邊。

「腳踏實地才對嘛。本大爺不能飛妳也不能飛！」

這時夏思思在前頭半空中嬌嗔道：「不過思思是個弱質女子，應該可以用飛的吧？」

「嗯，妳還是小孩所以沒問題。」

娜瑪心道：這笨蛋是看胸部大小決定對方年齡嗎？

但她沒力氣再吐槽，此時她心中只擔心那個木櫝別爛掉就好。

◇

五人就這樣吵吵鬧鬧跑了十多分鐘，但才剛跑到山腰，蘇梓我身後忽然傳來雜亂又急速的奔跑聲。

「思思，妳飛高一點，看看後面的聲音是什麼。」

「好喔。」夏思思飛往天上，又飛回來說：「看來是蘇哥哥的跟蹤狂呢，有一堆正教騎士騎著馬衝著我們來。」

「騎馬？這山路很多石頭，又有樹枝散落地上，馬匹怎能追到山上？而且正教他們要到哪裡準備馬匹啊？」

「那些馬頭頂都有角，很像獨角獸喔。」

娜瑪立即睜大雙眼，問道：「那些馬是白色的嗎？」

「是白色的。小娜娜知道什麼嗎？」

「噢噢噢！」娜瑪回頭一看，興奮回答：「白馬黑尾黑鬃，四足為虎爪，頭頂長尖角。那是叫

『駮』的召喚獸，中國特有種啊。我記得在《山海經》裡看過，想不到能在這裡親眼見到！」

夏思思無奈地說：「我知道娜娜喜歡看書，但這不是感嘆的場合吧？牠們跑得比我們快，很快就要追上來了。」

「因為四腳都是虎爪嘛，牠們跑山路也是如履平地。」

「不用慌，」蘇梓我得意地說：「這時該輪到思思的寵物登場了。」

「哦，對呢。」夏思思放下手環，手環頓變成數十尺長的巨蟒著陸。思思續道：「大家上來吧，要抱緊烏洛波羅斯，牠在山上移動速度可是非常快喔。」

眾人依照夏思思的吩咐地爬上巨蟒，至於夏思思本人則跳到蘇梓我後面抱著他。「思思就這樣抱著蘇哥哥呢。」

「隨妳喜歡啦，叫妳的寵物繼續走，別讓那些妖馬追上。」

只見一眾騎著駮的正教輕裝騎士越追越近，蘇梓我回頭一看，對方一共約五十人，而且那個最討厭的人也在其中——聖痕約翰。聖痕約翰騎著與眾不同的妖物，帶頭追了上來喊陣：「臭小子我們又見面了！想不到聖火山上你沒跌死呢。但也沒差，我等不及要再殺你一遍，哈哈哈！」

「嘖，偏偏又是他。」

「蘇哥哥，要怎麼辦？」夏思思問。

「他們只不過騎馬妖，妳叫妳的寵物飛越右手邊的山谷吧！應該可以擺脫他們。」

「好，思思就這樣辦。」

於是巨蟒急轉方向，蛇尾一擺就掃斷山頭樹林，但後方騎士靈活閃避，依舊窮追不捨。

烏洛波羅斯加速蛇行前進，涼風猛掠過眾人的臉，接著夏思思大叫：「大家抓緊，要跳囉！」

烏洛波羅斯伸直身體，就在太平山頂上奮力躍往另一山頭，企圖跨越五百多尺寬的山谷——

「又追到你了，臭小子！」

豈料，聖痕約翰騎的妖怪居然有翼會飛，半空中他雙腿夾著坐騎，上半身傾盡力揮劍——蘇梓我拿出鐮刀勉強擋下，接著被轟到數十尺外，連夏思思想捉也來不及捉住。

「哇啊啊啊！」蘇梓我在半空中自由落體，幸好不到一秒，娜瑪就長出黑翼從後接住了他。

「笨蛋，又掉下去的話這次就沒救啦！」

「哈哈，我蘇梓我大爺又怎會這麼容易掉下去。」

「也不知誰剛才大叫救命。」

「一定是妳聽錯，剛才我只是大叫『娜瑪』而已。」

此時夏思思和杜氏姊弟乘著烏洛波羅斯已躍到對面山頭，雖然看見蘇梓我和娜瑪在半空中對罵，但也沒有空閒理會他們。

「思思！」後面的杜夕嵐大喊：「那些騎士還是追了上來，那些駿跑得太快了！」

「沒辦法，只好一邊逃跑一邊擊退了。杜姊姊，麻煩妳先操作一下烏洛波羅斯。」

「欸？怎麼操作？哇！」烏洛波羅斯一直往前蛇行，就在幾乎撞上岩石之際，杜夕嵐本能迴避著身體，同時烏洛波羅斯也一同轉彎。

「杜姊姊很有天分嘛。」夏思思笑道，並繞過杜夕嵐緩緩走到蛇尾。她先是整理一下被風吹亂的頭髮，然後對一眾尾隨騎士喝道：「你們誰想先死的，就讓我以阿斯塔特之名把你們統統殺光！」

「咦……那位姊姊突然變得很可怕？」

杜晞陽見夏思思整個人煥然一變，胸變大了，氣勢也回來了。一陣令人窒息的魔瘴聚到夏思思身上，把整個樹林罩一片漆黑；同時黑霧在夏思思胸前幻化成數十條小蛇，隨她意念撲向正教騎士團。

「當心，是魔魔法！」一名騎士拔劍斬蛇，卻被黑蛇纏住劍刃，張口往頸一咬——騎士立即墜馬，被後隨的同伴踐踏而死。

「居然要我動真格……不爽。」夏思思又揚手浮起巨箭，嗖聲射往另一名騎士胸口——

「豈能讓妳得逞！」對方立刻拉韁迴避，但巨箭竟像長了眼睛般窮追不捨，一箭穿心就把他當場殺死。

「誰都無法逃過阿斯塔特的預視術……」夏思思越想越生氣，舉起雙手，索性向尾隨騎士連環砲轟——轟炸聲中又有幾個騎士跌落坐騎。

坐在前頭的杜夕嵐跟弟弟說：「嗯……平日還是盡量對夏同學好一點吧……」

這邊廂夏思思佔盡上風，但另一邊，子爵惡魔則正努力抓著蘇梓我，免得他又掉到山下。

12

娜瑪在空中抱住蘇梓我，並解說道：「聖痕約翰的坐騎叫『英招』，也是《山海經》裡記載的飛天妖怪；人面虎身，是東方的史芬克斯。」

史芬克斯即是類似埃及卡夫拉金字塔旁的人面獅身妖怪。

「哈哈，」聖痕約翰見到蘇梓我和娜瑪狼狽的樣子，便嘲道：「居然要讓女人救你，你還有臉跟我打嗎？」

「什麼嘛。你騎你的馬，我騎我的娜瑪，有什麼不公平的？」蘇梓我指向聖痕約翰，命令娜瑪女說：「娜瑪給我衝上去！我要給那混蛋一個教訓。」

「你認真的嗎？」娜瑪猛地拍翼，好不容易才維持著高度。「這種狀態要怎麼跟對手打？」

「別囉嗦，給我上啊！」

「好啦好啦，我也不管了！」

娜瑪只好笨拙地抱著蘇梓我衝向聖痕約翰，聖痕約翰則拍打一下英招的虎背，英招靈活地繞到蘇梓我背後，接著他亮起大劍劈向蘇梓我和娜瑪的後背——

「羅剎刃！」

蘇梓我從空中猛然召來利劍，格擋了聖痕約翰的攻擊。但聖痕約翰仍得意地說：「臭小子，你的技倆早已被我看透了。雖然你這個人很古怪，能吸收古神力量，但誰叫你將聖火女神的力量分給那個女人呢？如今身上只剩下羅剎之力，你根本不是我的對手。」

蘇梓我大怒。「什麼叫那個女人！你敢再說一遍？」

「哦，原來她是你的相好嗎。」

「居然敢罵我的利學姊，我要將你碎屍萬段！」

「如果你有這本事的話。」聖痕約翰用腳踢著虎腰衝前。

「放馬過來！」蘇梓我則用後腳跟踢著娜瑪示意前進。下一秒，半空中兩道劍光交集，鏗鏘一聲擦出聖光火花、照亮山頭。

「再來！」緊接蘇梓我左手拿起羅剎劍，右手緊握魔法鐮，左右開弓同時襲向聖痕約翰——聖痕約翰見狀馬上橫劍一揮，便將蘇梓我的武器連環擋開。

「還沒結束呢！」蘇梓我趁對方大劍收招較慢，立即又召喚另外的羅剎諸刃斬向對方要害。

不過這些技倆正如聖痕約翰所說，都是千篇一律；對方只是瞄準蘇梓我一瞬即逝的空隙，雙手舉劍就用劍尖猛力刺向蘇梓我——

「啊啊啊！」蘇梓我閃避不及，衣服肚腹處立刻染上一片鮮紅。不過他嘴角上揚，雙手牢牢抓住聖痕約翰的大劍笑道：「你中計了！」

「什麼——」

「下等種受死吧！」聖痕約翰忘記了娜瑪的存在。

由於娜瑪雙手環抱蘇梓我，她只能張口大力吸納空中魔瘴，並吐出漆黑魔球——魔球扭曲了周圍視覺，聖痕約翰大為緊張，連忙凝神聚氣準備硬接娜瑪的攻擊——

「砰！」

血肉應聲橫飛，只見英招嗚呼一聲就被娜瑪擊斃，直墜山下百尺；原來漆黑魔球的目標不是聖痕約翰，而是他的坐騎！聖痕約翰伸手掙扎，只見他墜落的身影越變越小，直至掉落地上發出「砰」聲巨響，蘇梓我才心滿意足地大笑起來。

「那人不是主角，這麼高掉下去穩死吧！哇哈哈！英雄蘇梓我大勝利！」

「嘖，」娜瑪不滿道：「信不信我就立即放手，讓你這個笨蛋跟那混蛋死在一起？」

「妳敢嗎？」

「唉……」娜瑪垂頭喪氣，只好繼續抱著蘇梓我飛回地面，與夏思思等人會合。

「蘇哥哥成功了呢。」此時站在烏洛波羅斯身上的夏思思已變回小女孩形象，充滿稚氣地歡迎著蘇梓我。

「嗯，辛苦你們了。」蘇梓我冷靜地說：「既然追兵已除，時間又尚早，我們先收回思思的寵物繼續祕密前進吧。」

「畢竟這麼大條的蟒蛇肯定會被敵人發現呢。」夏思思微笑道：「幸好思思將追兵的四十九個騎士和妖怪全部殺光，一個都不留喔。」

杜晞陽在背後看著，心想夏思思的微笑果然永遠都伴隨著幾分可怕。

◇

收拾聖痕約翰後，蘇梓我五人繼續翻山越嶺，終於在約定的兩點鐘抵達了海濱公園。可是集合點卻無人接應。蘇梓我往周圍查看——突然，海邊浮出一個龐然大物，翻起海水湧向岸邊。那就是主教說的英軍核潛艇吧。

蘇梓我等人跑到海岸，潛艇上有數名軍官及外國祭司匆忙走過來了跟蘇梓我確認：「天使在手上嗎？」

「娜瑪！」蘇梓我便傳召他的女僕惡魔過來。

「呃……」娜瑪從裙子裡拿出木櫃，並用手指掩住裂痕。她心想蓋上的裂痕好像變長了，但應該是自己的幻覺？

「是天使沒錯。」棕短髮的男祭司向軍官確認，接著軍官便示意眾人趕快登艇。

登艇前，蘇梓我回望正冒起濃煙的北方，心想此刻座堂已經淪陷了吧，不過這只是暫時的受難，他有朝一日定會回來親手收復香港的——咦？

遠方馬路的地平線上，忽然出現裝甲車的蹤影，一輛、兩輛……越來越多，裝甲車隊正高速駛往這邊的海岸。

蘇梓我感到不妙，便跑向軍官，並用破爛的英文報告，卻遭對方推開喝道：「快隨士兵爬上甲板，潛艇馬上要起航了！」

「但，那個！」

軍官對他大喊：「我們知道。香港教區聖教座堂已告失守，而且正教派出了騎士團四處尋找天使的下落。所以沒時間再解釋了，趕快登艇！」

「喔、喔……」

蘇梓我一行人隨指示爬進潛艇內，不久艦內開始響起準備下潛的廣播……

二十尺、四十尺、六十尺……潛艇高速潛進海底，娜瑪這才鬆了一口氣，抱著天使櫃坐在休息室內。

外國祭司走過來說：「剛好逃過了正教的追捕，你們幾位做得很——」

突然整個空間向右傾斜，蘇梓我和娜瑪撞到牆上，連忙扶著牆壁保持平衡。聯絡通道上正在奔跑的好幾人紛紛跌倒，緊接著，艇內響起了警報。

蘇梓我問外國祭司：「發生了什麼事，有敵人嗎？還是潛艇遇上意外？」

「我也不知道，去操作室看看。」

眾人趕到操作室後隨即真相大白，原來潛艇在海底遇上神祕衝擊，聲納探測前方有異狀。

「簡直像海中心出現了一道絕壁，擋住去路……」操縱員如此回答。

「摩西之杖啊！」蘇梓我想起潘主教的話，緊張地說：「一定是正教的傢伙用杖分隔大海，企圖阻止我們逃走。」

——報告！前方絕壁突然消失，另一道絕壁又突然出現在東方三十度的五十尺外！

蘇梓我罵道：「正教的混蛋正在用摩西之杖亂槍打鳥。不過他們應該不曉得潛艇的正確位置，但這樣下去早晚會擊中我們——」

語音未落，船艙又再次劇烈搖晃，就好像被魚雷的震波掃過。此時同行的外國祭司說：「正教開始用魔法轟炸海底了，能繼續深潛嗎？」

「不，我們仍在近岸地區，無法再潛得更深了！」

幾位軍官在旁急急討論，表情都神色凝重，現場氣氛十分緊張。

但夏思思卻悠悠地對大家說：「不用太過擔心吧，到了這地步自然有人會處理。」

「嗯，這位小姐是？」

夏思思舉起雙手，逐一攤開手指說：「一、二、三、四……十。」

潛艇的工作人員大感疑惑。「那是什麼意思？」

「砲火已經停止攻擊了吧？」夏思思把雙手放到腰後笑著。

駕駛員聞言，馬上檢查聲納探測的裝置，果然前方那些詭異的絕壁都統統消失了；正教的魔法砲轟也停了下來，剛才發生的事彷彿是一場夢。

「可以繼續安心前進啦。」夏思思笑著說畢，便離開了操縱室。

蘇梓我上前追問：「妳為什麼知道會停下攻擊？」

「蘇哥哥想知道嗎？思思直播給你們看喔。」

於是她召集眾人一同來到休息艙中，並使役烏洛波羅斯自銜尾巴結環，把海岸邊的即時場景投影於環內——

13

「報告郭帥，南方五百尺外發現一艘不明潛艇正在下潛！」裝甲車的車廂中，一位手持雙筒望遠鏡的正教騎士向郭漢匯報。

「聖教的傢伙居然私通了外國軍方，打算利用潛艇運走香港的守護天使嗎……」郭漢冷笑道：「無論如何都要阻止那艘潛艇離開。這是明顯違反《耶路撒冷公約》第二條的行為，就算轟掉潛艇，我們也是佔理的一方。」

「可是被他們逃到海底下，聖魔法威力大減，恐怕難以阻止……」

說著同時，正教裝甲車隊已駛近海濱公園，並直接闖進公園草地上停靠。

郭漢一馬當先，二話不說直直跑到岸邊，並朝向剛才潛艇的位置舉起蛇杖，用奇怪的語言大聲叫喊——

頓時，權杖蛇頭活了過來，朝天張口；頃刻間，郭漢眼下海洋一分為二，好像被一雙無形的手硬生生地撕成兩半。裂痕一路從海岸延伸至遠方無盡的水平線，將附近船隻捲入海底，但並未見到潛艇的蹤影。

「嘖，打偏了嗎。」郭漢喃喃道。

「郭帥大人，」近衛騎士連忙追上前。「我們也來幫忙轟炸海底。咒術班！」

「在！」隨行的三十名精銳術士一同念經施咒，召喚出聖光球猛地轟在被隔斷的海床周圍。

大海之中爆炸聲此起彼落，一些殘存在海面的船隻也著火燃燒，海面頓成火海煉獄。沒有找到潛艇蹤跡之前，郭漢誓不罷休，於是相隔短短一分鐘內又再次朝另一方舉杖施法——

海面風起雲湧，原本的海路先是填平，緊接另一道海水又被分成兩半，巨大的變化使海面疊起千層巨浪。然而依舊沒有發現運送天使的潛艇，郭漢越來越煩躁。

「走運的傢伙……再來一發好了。」

「請郭帥大人保重身體！」近衛騎士看見郭漢正在流鼻血，想必短時間內連環施展神級魔法，已超出常人身體的負擔了。不過郭漢一抹唇邊鮮血，打算再次舉杖頌經——卻被一陣毛骨悚然的感覺突襲而停了下來。

不止是郭漢，在場所有正教騎士都愣住了半秒。他們抬頭看到風雲變色，雲層間竟浮出一個巨型召喚陣，面積更是覆蓋了整個香港島。

空中的召喚陣乃是連接魔界的大門，一道紫光乍現，彈指間便釋放出上萬惡靈布滿天空。

領頭的是一輛烈火馬車，如流星掠過，車痕之處留下火焰軌跡，把整片天空燃燒起來，灼熱異常。緊隨其後的，則是不同種族的惡魔，有綠皮膚的、有三顆頭的、有長獨角的。牠們看起來雜亂無序，卻忠心耿耿地追隨領頭的烈火馬車，浩浩蕩蕩地橫越天空，完全遮蔽了早已黯然失色的太陽。

「惡魔軍團？」郭漢眉頭一皺。只有爵位惡魔能統領大軍，更何況眼前的烈火戰車有上萬惡魔追隨，換言之，對方是個能夠統領超過一百個百人團的大惡魔。郭漢心中馬上有了結論。「是地獄三大公之一。」

在旁騎士一聽大驚。「怎麼可能？」

「從那種規模的魔力來看，準是公爵惡魔沒錯。哼，事情越來越有趣了。」

就如郭漢所說，此刻駕馭烈火馬車翱翔天際的，正是彼列公爵本人。他優雅地展露笑容，心道：阿斯塔特所言非虛，香港教區的保護結界已經完全消失，這樣本王就能坐收漁翁之利，將教會聖人的靈魂一網打盡，呵呵呵。

彼列公爵鞭策馬車前行，同時又在天邊打開另一道地獄之門，掛在天邊的月亮突然湧現了無數惡魔來到現世。

《死海古卷》曾有對彼列的記述，他身為撒旦副手，能夠統領魔界三分之一的下等惡魔。另外，在《新約聖經》中也有標注彼列為聖子的最大敵人，實力可見一斑。

「地獄的同胞啊！去蒐集你們渴求的靈魂吧！」彼列公爵一聲令下，底下的雜牌惡魔便魚貫擠到地上，以雷霆萬鈞之勢橫掃在海濱公園的正教騎士。

眼見大難當頭，近衛騎士連忙請求指示：「我們應該撤退嗎？」

豈料郭漢搖頭。「對方是傳說級的大惡魔，不交手的話實在對不起自己。」

說畢，他便召喚出人面虎身的英招作為座駕，攜同摩西之杖直奔向彼列公爵的馬車——沿途有無數惡魔擋路，但郭漢如離弦之箭般直破而出，一條血路從地上延伸到彼列公爵面前。

「吾乃正教廣東教省首席樞機騎士郭漢，在此向地獄大公討招，請賜教！」

「呵呵呵，看起來是很有活力的下等種呢。」彼列公爵以紅玫瑰掩嘴笑道，無時無刻都盡量表現出他個人定義的優雅。

「轟」的一聲，玫瑰忽地燒成飛灰；彼列公爵隨手拈來一團魔瘴，往地面正教騎士駐紮處拋出，頓時炸出一個直徑百尺的撞擊坑洞，瞬間蒸發了坑內所有騎士的性命。

「隨手一揮便能拔樹撼山，是A級的魔魔法嗎。」

「呵呵，這位可愛的正教騎士，你單槍匹馬的，要如何跟本王對抗？」

「想不到閣下連本人手中的權杖都認不出來，原來魔界的大公也是有眼無珠。」

郭漢向天伸杖，天空頓然颳起極大風暴與冰雹雨，將彼列公爵身後幾千頭低階惡魔全數吹入海中淹殺，一個不留。

「長蛇纏杖，原來是昔日聖主賜給摩西的權杖。」彼列公爵感到相當意外。

雙方都重新確認到彼此實力，於是同時鼓動靈魂；在波濤洶湧的海洋上空，兩股威力同時對衝，剎那間，猶如超過百噸的黃色炸藥在雲間爆炸；衝擊波翻出海嘯，將岸邊土地完全淹沒——

◇

映像突然中斷，休息艙內原本浮空的銜尾蛇「砰」一聲掉到地上吐血，神情十分辛苦。

「烏洛波羅斯，沒有大礙吧？」夏思思急步走上前，抱起毒蛇慰問。

「沒、事……」烏洛波羅斯用非常低沉的聲音回答。

蘇梓我問：「牠怎麼會忽然掉到地上？還有彼列公爵和正教的戰況如何？」

夏思思輕撫著銜尾蛇答：「大概因為兩者魔力太過強大，即使只是『回憶』，仍遠遠超過烏洛波羅斯能承受的範圍，因此無法繼續窺看戰況，要留待抵達目的地才能知道香港後續的消息了。」

娜瑪說：「不過大公閣下應該不可能輸給正教的人吧？彼列大公是魔界的第二把交椅，不可能會敗給下等種。」

「嘻嘻，小娜娜所言甚是。反正我們暫時脫險了，可以輕鬆一下嘛。」

沒錯，蘇梓我一行人總算有驚無險，成功把香港的守護天使帶離正教手中。教會史上記載的「香港聖戰」終於在這一天落幕。

（末日前，我把惡魔少女誘拐回家了！1完）

國家圖書館出版品預行編目資料

末日前，我把惡魔少女誘拐回家了！/ 黑貓C 著.--初版.--台北市：奇幻基地，城邦文化發行；家庭傳媒城邦分公司發行 2019.7（民108.7）
面： 公分. –（境外之城：94）
ISBN 978-986-97628-7-8（第一冊：平裝）

857.81 108008653

ISBN 978-986-97628-7-8

Printed in Taiwan.

城邦讀書花園
www.cite.com.tw

境外之城 **094**

末日前，我把惡魔少女誘拐回家了！1

作　　者／黑貓C
企畫選書人／張世國
責任編輯／劉瑄
發 行 人／何飛鵬
副總編輯／王雪莉
業務經理／李振東
行銷企劃／陳姿億
資深版權專員／許儀盈
版權行政暨數位業務專員／陳玉鈴
法律顧問／元禾法律事務所　王子文律師
出版／奇幻基地出版
城邦文化事業股份有限公司
台北市 104 民生東路二段 141 號 8 樓
電話：(02)25007008　傳眞：(02)25027676
網址：www.ffoundation.com.tw
e-mail：ffoundation@cite.com.tw
發行／英屬蓋曼群島商家庭傳媒股份有限公司城邦分公司
台北市 104 民生東路二段 141 號11 樓
書虫客服服務專線：(02)25007718・(02)25007719
24 小時傳眞服務：(02)25170999・(02)25001991
服務時間：週一至週五09:30-12:00・13:30-17:00
郵撥帳號：19863813　戶名：書虫股份有限公司
讀者服務信箱 E-mail：service@readingclub.com.tw
歡迎光臨城邦讀書花園 網址：www.cite.com.tw
香港發行所／城邦（香港）出版集團有限公司
香港灣仔駱克道 193 號東超商業中心 1 樓
電話：(852) 2508-6231 傳眞：(852) 2578-9337
馬新發行所／城邦（馬新）出版集團
【Cite(M)Sdn. Bhd.(458372U)】
11, Jalan 30D/146, Desa Tasik,
Sungai Besi, 57000 Kuala Lumpur, Malaysia.
電話：(603) 90578822　傳眞：(603) 90576622

封面插圖／Fori
封面設計／李涵硯
排　　版／極翔企業有限公司
印　　刷／高典印刷有限公司
■2019 年（民 108）7月2日初版一刷

售價／330元

廣　告　回　函
北區郵政管理登記證
台北廣字第000791號
郵資已付，免貼郵票

104台北市民生東路二段141號11樓
英屬蓋曼群島商家庭傳媒股份有限公司城邦分公司 收

請沿虛線對摺，謝謝

奇幻基地

每個人都有一本奇幻文學的啓蒙書

奇幻基地官網：http://www.ffoundation.com.tw
奇幻基地粉絲團：http://www.facebook.com/ffoundation

書號：**1HO094**　　書名：末日前，我把惡魔少女誘拐回家了！1

請於此處用膠水黏貼

奇幻基地

讀者回函卡

謝謝您購買我們出版的書籍！請費心填寫此回函卡，我們將不定期寄上城邦集團最新的出版訊息。

姓名：________________ 性別：□男 □女

生日：西元________年________月________日

地址：________________

聯絡電話：________________傳真：________________

E-mail ：________________

學歷：□ 1.小學 □2.國中 □3.高中 □4.大專 □5.研究所以上

職業：□ 1.學生 □2.軍公教 □3.服務 □4.金融 □5.製造 □6.資訊

□7.傳播 □8.自由業 □9.農漁牧 □10.家管 □11.退休

□ 12.其他________________

您從何種方式得知本書消息？

□ 1.書店 □2.網路 □3.報紙 □4.雜誌 □5.廣播 □6.電視

□7.親友推薦 □8.其他________________

您通常以何種方式購書？

□ 1.書店 □2.網路 □3.傳真訂購 □4.郵局劃撥 □5.其他

您購買本書的原因是（單選）

□ 1.封面吸引人 □2.內容豐富 □3.價格合理

您喜歡以下哪一種類型的書籍？（可複選）

□ 1.科幻 □2.魔法奇幻 □3.恐怖 □4.偵探推理

□ 5.實用類型工具書籍

為提供訂購、行銷、客戶管理或其他合於營業登記項目或章程所定業務之目的，英屬蓋曼群島商家庭傳媒（股）公司城邦分公司，於本集團之營運期間及地區內，將以電郵、傳真、電話、簡訊、郵寄或其他公告方式利用您提供之資料（資料類別：C001、C002、C003、C011等）。利用對象除本集團外，亦可能包括相關服務的協力機構。如您有依個資法第三條或其他需服務之處，得致電本公司客服中心電話 (02)25007718請求協助。相關資料如為非必要項目，不提供亦不影響您的權益。

1. C001辨識個人者：如消費者之姓名、地址、電話、電子郵件等資訊。
2. C002辨識財務者：如信用卡或轉帳帳戶資訊。
3. C003政府資料中之辨識者：如身分證字號或護照號碼（外國人）。
4. C011個人描述：如性別、國籍、出生年月日。

對我們的建議：________________

____

____

請於此處用膠水黏貼